L'ANTRE DU TONNERRE

DU MÊME AUTEUR
CHEZ POCKET

LE MASQUE DE L'OUBLI
MIROIRS DE SANG
LA MORT À LA TRAÎNE
LA NUIT DES CAFARDS
LA NUIT DU FORAIN
LA PESTE GRISE
UNE PORTE SUR L'HIVER
LA VOIX DES TÉNÈBRES
LES YEUX DES TÉNÈBRES
LA MAISON INTERDITE
FIÈVRE DE GLACE
LUNE FROIDE
LA CACHE DU DIABLE
MR MURDER
DÉMONS INTIMES
TIC TAC
ÉTRANGES DÉTOURS
L'HEURE DES CHAUVES-SOURIS
LES LARMES DU DRAGON
PRISON DE GLACE
LE RIDEAU DES TÉNÈBRES
SPECTRES

COLLECTION TERREUR
dirigée par Patrice Duvic

DEAN R. KOONTZ

L'ANTRE DU TONNERRE

POCKET

Titre original :
THE HOUSE OF THUNDER

Traduit de l'américain
par Marc Veignat

Si vous souhaitez recevoir régulièrement
notre zine « **Rendez-vous ailleurs** », écrivez-nous à :

« Rendez-vous ailleurs »
Service promo Pocket
12, avenue d'Italie
75627 PARIS Cedex 13

PRESSECO
PAPIER RECYCLÉ
NATURE PROTÉGÉE

ISBN : 2-266-08017-2

Ce livre est dédié à Gerda,
Ce qui aurait dû être fait
Dès la première fois.

PREMIÈRE PARTIE

L'APPROCHE DE LA TERREUR...

Cela se passait en 1980... il y a longtemps,
très longtemps et très loin d'ici...

1

Quand elle se réveilla, elle crut qu'elle était devenue aveugle. Elle ouvrit les yeux sur des choses informes et menaçantes qui s'agitaient dans une pénombre purpurine. Elle n'eut pas le temps de céder à la panique que les ténèbres devinrent un halo laiteux puis un plafond de dalles blanches.

Elle sentit une odeur de draps propres, d'antiseptiques, de désinfectant et d'alcool à 90°.

Elle tourna la tête et un élancement parcourut son front, comme si elle avait reçu une décharge électrique d'une tempe à l'autre. Ce qu'elle voyait devint subitement trouble. Lorsqu'elle recouvra une vision normale, elle constata qu'elle était dans une chambre d'hôpital.

Elle ne se souvenait pas de son admission dans cet établissement. Pas même de son nom ou de la ville où elle se trouvait.

Qu'est-ce qui m'arrive ?

Elle découvrit qu'elle avait à peine la force de déplacer son bras, quand elle toucha son front bandé. Ses cheveux étaient coupés court. N'avaient-ils pas été longs et drus ?

Trop lasse pour garder la main levée, elle la laissa retomber sur le lit.

Quant à son bras gauche, il était immobilisé par du sparadrap et piqué d'une aiguille. Un flacon de sérum suspendu à une potence chromée dressée à côté du lit lui indiquait qu'elle était sous perfusion.

Elle ferma les yeux, certaine de faire un rêve. Mais, lorsqu'elle les rouvrit, elle revit cette chambre, son plafond et ses murs blancs, le sol vert carrelé et les rideaux jaune pâle encadrant une large fenêtre. Qui elle-même donnait sur des conifères et un ciel nuageux avec de rares zones bleutées. Elle était seule, le second lit n'avait pas d'occupant.

On avait remonté les rails de sécurité du sien, pour l'empêcher de tomber. Elle se sentait impuissante, comme un bébé dans son berceau.

Elle prit conscience du fait qu'elle ne se rappelait pas son nom. Ni son âge. Qu'elle ignorait tout de son passé.

Elle tenta d'abattre la muraille dressée dans son esprit et de libérer les souvenirs qu'elle gardait captifs. Sans résultat. L'obstacle resta en place, intact. Telle une fleur gelée qui s'épanouissait, la peur déploya ses pétales au fond de son être. Tous ses efforts étaient vains.

Amnésie. Lésion cérébrale.

Ces mots redoutables l'ébranlèrent. Elle avait dû avoir un accident, être grièvement blessée à la tête. Elle se mit à trembler en pensant que ces troubles mentaux pouvaient être permanents.

Elle était sur le point de renoncer, quand elle se rappela son nom : Susan, Susan Thorton. Et elle avait trente-deux ans.

Le torrent de souvenirs qui aurait dû accompagner ces informations ne fut qu'un ruisselet. Il n'y avait plus rien. Elle sondait avec opiniâtreté les ténèbres qui avaient envahi son esprit, sans y découvrir où elle vivait et quelles étaient ses activités professionnelles. Avait-elle un mari ? Des enfants ? Où avait-elle fait ses études ? Quels étaient ses plats favoris ? Quel genre de musique aimait-elle ? Les questions, importantes ou insignifiantes, restaient toutes sans réponse.

Amnésie. Lésion cérébrale.

Son cœur s'emballa sous l'effet de la peur quand elle se souvint qu'elle était en vacances en Oregon. Si elle ignorait toujours d'où elle venait et quel était son métier, au moins savait-elle où elle se trouvait. Quelque part en Oregon. Son dernier souvenir se rapportait à une jolie route de montagne. Elle revoyait le paysage, et une foule de détails. Elle traversait une forêt de pins à proximité de la mer et écoutait la radio. C'était une matinée ensoleillée. Elle avait laissé derrière elle les maisons de bois et de pierre d'un village endormi et doublé deux semi-remorques chargés de grumes. Elle avait eu la chaussée à son entière disposition sur quelques miles, puis... puis...

Rien. Elle s'était réveillée dans cet hôpital, les yeux chassieux et l'esprit confus.

— Tiens, tiens ! Bonjour.

Elle tourna la tête vers le point d'origine de la voix et tout redevint flou. Elle ressentit une douleur sourde dans sa nuque.

— Comment allons-nous, aujourd'hui ? Nous sommes un peu pâlotte, mais ce n'est pas surprenant après ce qui nous est arrivé, pas vrai ?

Une infirmière venait d'entrer dans la chambre. Une femme grisonnante et bien en chair, aux yeux marron et au large sourire. Des lunettes à monture blanche suspendues autour de son cou par une chaînette dorée se balançaient sur son opulente poitrine.

Susan voulut répondre. Elle en fut incapable.

Le léger effort qu'elle fit lui donna des vertiges et elle crut qu'elle allait s'évanouir. Sa faiblesse la terrorisa.

La femme approcha et son sourire se fit rassurant.

— Je savais que vous vous réveilleriez. J'en étais sûre. J'en connais qui en doutaient, mais j'ai pu constater que vous n'êtes pas une mauviette.

Elle utilisa le bouton d'appel posé sur la table de chevet.

Susan fit un nouvel essai et réussit à émettre un son. Ce n'était toutefois qu'un gargouillis qui resta au fond de sa gorge, et elle se demanda si elle recouvrerait l'usage de la parole. Peut-être serait-elle condamnée à s'exprimer par des grognements, et à pousser des cris d'animal jusqu'à la fin de ses jours. Il existait des cas de mutisme dus à des lésions cérébrales, n'est-ce pas ? *N'est-ce pas ?*

Un tambour battait à l'intérieur de son crâne. Elle avait l'impression d'être sur un manège qui s'emballait et elle eût aimé pouvoir interrompre les mouvements gratoires de cette chambre qui lui donnaient des nausées.

L'infirmière dut constater sa panique, car elle lui dit :

— Calmez-vous. Détendez-vous. Tout va bien se passer.

Elle vérifia le débit de la perfusion et prit son pouls.

« Mon Dieu ! pensa Susan. Si je ne peux pas parler, il est possible que je sois également privée de l'usage de mes jambes ! »

Elle voulut les déplacer. Elle ne les sentait pas. Elles étaient encore plus engourdies et plus lourdes que ses bras.

L'infirmière reposa son poignet sur la couverture. Susan agrippa la manche de sa blouse et tenta désespérément de s'exprimer.

— Vous avez tout votre temps, lui dit la femme avec douceur.

Elle savait que c'était faux, qu'elle vacillait au bord de l'inconscience. Autour de sa tête soumise à une véritable torture, un cercle de ténèbres se resserrait et réduisait son champ de vision.

Un médecin entra, sans doute averti par le coup de sonnette. C'était un quinquagénaire corpulent à l'expression sévère. Son abondante chevelure brune peignée en arrière dégageait un visage ridé.

Il approcha du lit et elle l'implora du regard tout en lui demandant : *Mes jambes sont-elles paralysées ?*

Il lui fallut un instant pour comprendre qu'elle n'avait pas posé cette question à voix haute, qu'elle n'avait pas recouvré l'usage de ses cordes vocales. Avant qu'elle ne puisse essayer à nouveau, l'obscurité croissante réduisit ce qu'elle voyait à une simple tache, à un point, puis à une tête d'épingle.

Les ténèbres.

Elle rêva. C'était un mauvais rêve, un cauchemar.

Pour la énième fois, elle gisait dans une mare de sang tiède à l'intérieur de l'Antre du Tonnerre.

2

À son réveil, sa migraine avait disparu. Elle n'avait plus d'étourdissements et sa vision était redevenue normale.

La nuit était tombée. Elle ne voyait par la fenêtre de la chambre faiblement éclairée qu'une obscurité confuse.

On avait emporté la potence à perfusion. Le bras marqué par la piqûre reposait sur le drap blanc. Il était si pâle et décharné qu'il lui faisait pitié.

Elle tourna la tête et vit l'homme corpulent en blouse blanche. Debout à côté du lit, il la regardait avec ses yeux marron qui semblaient posséder d'étranges pouvoirs, pénétrer ses secrets les plus intimes, tout en ne révélant rien des propres pensées du médecin. Ils n'avaient pas plus de profondeur que des billes de verre peintes.

— Que... m'est-il... arrivé ? demanda-t-elle.

Elle pouvait parler. Ce n'était qu'un filet de voix presque inintelligible, mais elle n'avait pas été rendue muette par une attaque ou une lésion cérébrale ainsi qu'elle l'avait craint.

— Où... où suis-je ?

Chaque syllabe écorchait sa gorge.

Sans répondre, le médecin tendit la main vers la télécommande qui pendait à l'extrémité d'un câble enroulé autour du rail de sécurité et enfonça un des quatre boutons. La tête du lit se releva et redressa Susan, qui se retrouva en position assise. Il posa le boîtier et prit une carafe métallique sur un plateau jaune posé sur la table de nuit. Elle contenait de l'eau, et il remplit à moitié un verre qu'il lui présenta.

— Buvez lentement. Il y a longtemps que vous n'avez rien ingéré de solide ou de liquide.

Elle obéit. L'eau était délicieuse et adoucissante.

Lorsqu'elle eut fini de boire, il récupéra le verre et le plaça sur la petite table. Il décrocha un stylo lumineux de la poche de poitrine de sa blouse, se pencha et examina ses yeux. Les siens restaient privés de toute expression sous les sourcils broussailleux d'un front plissé en permanence.

En attendant la fin de cet examen, Susan tenta de déplacer ses jambes. Bien que faibles et caoutchouteuses, toujours ankylosées, elles lui obéissaient. Elle n'était donc pas paralysée.

L'homme avança sa main droite à quelques centimètres de son visage.

— La voyez-vous ?

— Bien sûr, fit-elle.

Et si sa voix était grêle et chevrotante, au moins n'était-elle plus rauque et pouvait-on comprendre ses propos.

Celle du médecin était profonde, et il avait un accent guttural dont elle ne réussissait pas à déterminer l'origine.

— Je lève combien de doigts ?

— Trois.

Elle sut qu'il cherchait les symptômes d'un traumatisme crânien.

— Et maintenant ?

— Deux.

— Et à présent ?

— Quatre.

Il hocha la tête et les plis qui creusaient son front s'estompèrent. Mais il continuait de la dévisager avec tant d'attention qu'elle en était mal à l'aise.

— Savez-vous comment vous vous appelez ?

— Oui, Susan Thorton.
— Exact. Deuxième prénom ?
— Kathleen.
— Très bien. Votre âge ?
— Trente-deux ans.
— Parfait. Absolument parfait. Vous avez les idées claires.

Sa voix était redevenue sèche et rauque. Elle se racla la gorge avant d'ajouter :

— Mais c'est pratiquement tout ce que je me rappelle.

Le froncement de sourcils n'avait pas totalement disparu que le front se plissait de nouveau.

— Que voulez-vous dire ?
— Eh bien, je ne pourrais pas préciser où j'habite ni quel est mon métier... pas même si je suis mariée !

Il la fixa un instant, avant de répondre :

— Vous vivez à Newport Beach, en Californie.

Elle revit aussitôt sa maison : une coquette villa de style espagnol au toit de tuile rouge, aux murs de crépi blanc, aux fenêtres à meneaux, nichée entre de grands palmiers. Mais en dépit de ses efforts, elle ne put se remémorer le nom de la rue et le numéro.

— Et vous travaillez à Newport, à la Milestone Corporation.
— Milestone ?

Un vague souvenir voleta dans son esprit embrumé et resta hors d'atteinte.

Il l'observait avec encore plus d'attention.

— Qu'est-ce qui cloche ? Pourquoi me regardez-vous comme ça ?

Il cilla puis sourit, l'air penaud. Tout indiquait qu'il n'était pas d'humeur joyeuse et que sa gaieté était contrefaite.

— Eh bien... il est naturel que je m'inquiète pour vous. Et il convient de déterminer contre quoi nous devons lutter. Dans les cas de ce genre, une amnésie temporaire est fréquente et le traitement ne pose aucun problème. Mais si elle est définitive il faut modifier notre approche. Voilà pourquoi je dois savoir si le nom « Milestone » vous dit quelque chose.

— Milestone, répéta-t-elle. Oui, il m'est familier. *Vaguement* familier.

— Vous êtes une physicienne et vous travaillez pour cette société. Vous y êtes entrée sitôt après avoir obtenu votre doctorat à l'université de Los Angeles, il y a quelques années.

— Ah ! fit-elle comme un soupçon de souvenir gagnait en intensité.

— Vos collègues nous ont fourni des renseignements sur vous. Vous n'avez ni enfants ni conjoint. Vous êtes célibataire et vous ne vous êtes jamais mariée.

Il la dévisagea pendant qu'elle tentait d'assimiler ce qu'il venait de lui dire.

— Ces pièces du puzzle s'assemblent-elles dans votre esprit ?

Elle soupira, soulagée.

— Oui, dans une certaine mesure. Une partie de mon passé se reconstitue... Pas tout, des fragments.

— Il vous faudra du temps. On ne peut espérer se remettre d'un pareil accident en une seule nuit.

Elle avait de nombreuses questions à lui poser mais sa curiosité était moins grande que sa lassitude, et surtout que sa soif. Elle s'adossa aux oreillers pour reprendre son souffle et réclamer de l'eau.

Il ne remplit qu'un tiers du verre. Comme la fois précédente, il lui conseilla de boire à petites gorgées.

Ce qui était inutile. À peine eut-elle dégluti quelques centilitres qu'elle se sentit ballonnée, comme si elle venait de faire un repas pantagruélique.

Lorsqu'elle eut tout bu, elle fit remarquer :

— Je ne sais même pas qui vous êtes.

— Oh, désolé ! Viteski. Dr Léon Viteski.

— Je m'interrogeais sur votre accent. Ce n'est pas une simple impression, pas vrai ? Viteski... Seriez-vous d'origine polonaise ?

Il cessa de la fixer, visiblement gêné.

— Oui. Je suis ce qu'on appelle un orphelin de guerre. J'ai débarqué dans ce pays en 1946, à dix-sept ans. Mon oncle m'a recueilli.

Toute spontanéité venait de disparaître et il semblait réciter une explication apprise par cœur.

— J'ai perdu une partie de mon accent mais je ne pourrai jamais m'en débarrasser totalement, je le crains.

Elle avait touché un point sensible. Qu'elle eût abordé ce sujet l'incitait à se placer sur la défensive.

— Je suis le responsable de ce service, se hâta-t-il d'ajouter, comme impatient de changer de sujet. Au fait... savez-vous où nous sommes ?

— Eh bien, je me souviens que je suis venue passer mes vacances en Oregon, même si je ne me rappelle pas ma destination exacte. Dois-je en déduire que nous nous trouvons dans cet État ?

— Tout juste. À Willawauk. Une bourgade d'environ huit mille habitants. Le siège du comté du même nom. Un secteur rural où il n'y a qu'un seul hôpital. Le nôtre. Il est peu important, seulement quatre niveaux et deux cent vingt lits, mais les soins dispensés sont-excellents. J'aime croire que nous obtenons de meilleurs résultats que les établissements hospitaliers des grandes villes parce que nous pouvons accorder plus d'attention à nos patients, ce qui influe de façon positive sur leur rétablissement.

Elle ne percevait pas dans sa voix la fierté et l'enthousiasme qu'auraient dû lui inspirer de tels propos. Une voix presque aussi plate et monocorde que celle d'une machine.

« À moins que ça ne vienne de moi ? songea-t-elle. Mes sens ne se sont-ils pas détraqués ? »

Malgré sa lassitude et les élancements qui reprenaient à l'intérieur de son crâne, elle releva la tête pour demander :

— Docteur, qu'est-ce que je fais ici ? Que m'est-il arrivé ?

— Vous ne vous souvenez pas de l'accident ?

— Non.

— Les freins de votre voiture ont lâché. Sur une route très sinueuse, deux miles au sud de la bifurcation pour le *Viewtop.*

— Le *Viewtop ?*

— Votre destination. Nous avons trouvé la confirmation de la réservation dans votre sac.

— Un hôtel ?

— Oui. Le *Viewtop Inn.* Un lieu de séjour. Une grande bâtisse délabrée construite il y a un demi-siècle. Je présume qu'il reçoit plus de clients à présent qu'à l'époque. C'est un refuge idéal pour fuir la civilisation.

Elle recouvrait des souvenirs au fur et à mesure qu'il fournissait des explications. Elle n'eut qu'à fermer les yeux pour revoir les photographies qui illustraient un article paru dans le magazine *Voyages* du mois de février. Séduite par le charme des larges vérandas, du toit aux nombreux pignons, des colonnades du hall et du vaste jardin, elle avait retenu une chambre sitôt après l'avoir lu.

— Mais les freins ont lâché et vous avez perdu le contrôle du véhicule. Il a quitté la route, dévalé un talus et fait deux tonneaux avant de s'écraser contre des arbres.

— Seigneur !

— Votre voiture est un tas de ferraille. Que vous soyez toujours en vie est un miracle.

Ce fut d'un geste hésitant qu'elle effleura le bandage couvrant son front.

— Est-ce grave ?

Les sourcils touffus de Viteski se rapprochèrent. Cependant, elle avait l'impression que son sort le laissait indifférent, qu'il lui jouait une comédie.

— Non, pas très. Une large entaille. L'hémorragie était importante et la cicatrisation a été plus lente que prévu. Nous pensons néanmoins retirer les points de suture demain ou après-demain, et il ne devrait pas rester de traces. Nous nous sommes appliqués, pour vous recoudre.

— Pas de traumatisme crânien ?

— Trop léger pour justifier votre coma.

Bien que sa lassitude menaçât de la terrasser et que sa migraine ne cessât d'empirer, le mot qu'elle venait d'entendre eut pour effet de la réveiller.

— Mon coma ?

— Oui. Nous vous avons naturellement fait passer de nombreux examens. Nous n'avons pas décelé d'embolie cérébrale. Il n'y avait pas non plus d'hématome ou d'épanchement interne. Il existe certainement un rapport avec le choc subi, mais nous ne savons rien d'autre. Contrairement à ce qu'on pourrait croire en regardant la télévision, la médecine moderne n'a pas réponse à tout. L'important, c'est que vous ayez repris connaissance et qu'il n'y ait à première vue aucune séquelle. Ces trous de mémoire doivent vous irriter, et même vous effrayer, mais ils finiront par disparaître.

Il donnait toujours l'impression de réciter un texte appris par cœur, et elle en ressentait un certain malaise. Elle chassa cette pensée, car pour une fois le fond était plus intéressant que la forme. *Coma*. Ce terme la terrifiait. *Coma*.

— Suis-je restée longtemps inconsciente ?

— Vingt-deux jours.

Elle le fixa, bouche bée.

— C'est la stricte vérité, ajouta-t-il.

Elle secoua la tête.

— Non, c'est impossible.

Elle avait toujours conservé la maîtrise de son existence. Elle était une planificatrice et veillait à prendre les dispositions nécessaires pour parer aux imprévus. Elle organisait sa vie privée avec la méthodologie scientifique qui lui avait permis d'obtenir son doctorat en physique moléculaire plus d'un an avant les autres étudiants de son âge. Elle avait horreur des surprises et ne voulait compter que sur elle-même. L'idée de devenir dépendante l'épouvantait. Viteski venait de lui dire qu'elle avait passé vingt-deux jours dans cet état, et elle était atterrée.

Elle aurait pu ne jamais sortir du coma !

Ou, pis encore, se réveiller paralysée, privée de toute autonomie. Des aides-soignants auraient dû la nourrir, l'habiller et la conduire aux toilettes jusqu'à la fin de ses jours !

Elle frissonna.

— Non, répéta-t-elle. Je n'ai pas pu rester inconsciente trois semaines. C'est impossible. Il y a une erreur.

— Vous avez dû remarquer que vous avez perdu du poids. Sept kilos ou plus.

Elle leva les bras. Deux membres squelettiques. Elle l'avait constaté peu après son éveil mais s'était interdit d'en chercher les causes.

— Nous vous avons alimentée par perfusion. Dans le cas contraire, il y a longtemps que la déshydratation vous aurait été fatale. Nous vous avons administré des éléments nutritifs, principalement du glucose. Cependant, vous n'avez pas fait un seul repas véritable, je parle de nourriture solide, depuis plus de trois semaines.

Elle mesurait un mètre soixante-cinq. Elle n'avait pas une ossature massive et son poids idéal était d'environ cinquante kilos. Elle ne devait pas en dépasser quarante et les effets étaient catastrophiques. Elle laissa ses mains retomber sur le lit et toucha les saillies des os de son bassin à travers la couverture.

— Vingt-deux jours, répéta-t-elle, hébétée.

Elle finit par admettre ce qui était inconcevable.

Et la fin de cette lutte contre la vérité s'accompagna d'un retour des migraines et de la lassitude. Elle s'affaissa sur les oreillers, aussi flasque qu'une poupée de son.

— Ça suffira pour aujourd'hui, décréta Viteski. Vous avez déjà trop parlé. Vous vous fatiguez inutilement. Vous avez besoin de repos.

— De repos ? Bon Dieu, ça fait trois semaines que je me la coule douce !

— Le coma n'est pas reconstituant comme le sommeil. Il vous faudra du temps pour recouvrer vos forces et votre énergie.

Il prit la télécommande et enfonça un bouton. La tête du lit redescendit.

— Non ! s'exclama-t-elle, prise de panique. Je vous en supplie. Une minute.

Sans faire cas de ses protestations, il attendit que le lit fût horizontal.

Elle agrippa les rails de sécurité et tenta en vain de se redresser, trop lasse pour s'asseoir.

— Vous n'imaginez pas que je vais me rendormir ?

Il était toutefois indéniable que ses yeux étaient brûlants, ses paupières lourdes comme du plomb.

— Vous en avez grand besoin.

— Je ne pourrai pas.

— Je n'ai qu'à vous regarder pour avoir la preuve du contraire. Vous êtes épuisée. Et ce n'est pas étonnant.

— Non, non. Je veux dire que je *n'ose* pas dormir. J'ai peur de ne jamais me réveiller.

— Vous le ferez, et vous serez en pleine forme.

— Je ne risque pas de sombrer dans un nouveau coma ?

— Aucun danger.

Il ne comprenait pas ses craintes, et elle serra les dents avant de demander avec irritation :

— Et si c'est malgré tout le cas ?

— Vous ne pouvez passer le reste de votre existence à redouter de vous endormir, déclara Viteski avec autant de patience que s'il tentait de raisonner un enfant. Calmez-vous. Vous êtes sortie du coma. Vous êtes tirée d'affaire. Mais il est tard et j'ai moi aussi besoin de nourriture et de sommeil. Alors, détendez-vous, d'accord ? Détendez-vous.

« Si c'est sa façon de ménager ses malades, je n'ose imaginer comment il se comporte en temps normal ! » se dit-elle.

Il se dirigea vers le seuil.

Elle voulait lui crier : « *Ne m'abandonnez pas !* » Mais

son esprit d'indépendance lui interdisait d'agir comme une fillette craintive. Elle refusait de dépendre de ce Viteski ou de toute autre personne.

— Dormez, ajouta-t-il. On voit la vie en rose, au matin.

Il éteignit la lumière de chambre.

Les ombres l'envahirent telles des créatures qui s'étaient dissimulées sous les meubles et derrière les plinthes. Elle n'avait, jusqu'à preuve du contraire, jamais eu peur du noir. Mais elle était mal à l'aise et son cœur s'emballait.

Les uniques sources de clarté étaient les tubes au néon du couloir et une petite veilleuse située dans un angle de la pièce.

Viteski apparaissait en contre-jour dans l'encadrement de la porte. À présent que son visage avait été effacé, il évoquait une silhouette en papier découpé.

— Bonne nuit, lui souhaita-t-il.

Il referma le battant et la priva de la lumière du couloir.

Ne restait que l'ampoule de quinze watts de la veilleuse. Les ténèbres se rapprochèrent, posèrent leurs longs doigts sur elle.

Susan était seule.

Elle regarda le second lit. Ainsi enveloppé dans l'ombre par une bannière de crêpe noir, il ressemblait à un cercueil. Elle eût aimé qu'une autre patiente partage cette chambre.

« C'est inadmissible, estima-t-elle. Comment peuvent-ils laisser un blessé qui vient de sortir du coma sans surveillance ? Ils devraient m'envoyer quelqu'un... une infirmière, un aide-soignant, *n'importe qui !* »

Ses paupières étaient lourdes, très lourdes.

« *Non,* je ne dois pas m'endormir. Pas avant d'être certaine que cette sieste ne se prolongera pas pendant trois semaines. »

Elle résista quelques minutes aux assauts du sommeil. Elle serra les poings, et ses ongles meurtrirent ses paumes. Mais ses yeux étaient si irrités qu'elle décida de les fermer un instant, le temps que la douleur s'estompe. Elle savait qu'elle resterait éveillée. Bien entendu. Aucun problème.

Elle tomba dans un puits sans fond.

Et elle rêva.

Dans ce rêve, elle gisait sur un sol dur et humide, à l'intérieur d'une immense salle froide et obscure. Elle n'était pas seule. *Ils* étaient là, eux aussi. Et elle les fuyait en courant dans le noir et en rampant dans d'étroits boyaux de pierre, pour échapper à un cauchemar qui n'était pas le fruit de son imagination mais le souvenir d'un lieu réel, d'un moment réel et d'une horreur réelle... des faits qu'elle avait vécus quand elle avait dix-neuf ans.

Dans l'Antre du Tonnerre.

3

Le lendemain matin, l'infirmière grisonnante et bien en chair entra dans la chambre peu après le réveil de Susan. Comme la veille, les lunettes suspendues à son cou par une chaînette se balançaient à chaque pas sur sa poitrine plantureuse. Elle vint glisser un thermomètre sous la langue de la patiente et prendre son pouls, avant de mettre ses lunettes pour lire la température... des gestes qui ne ralentissaient pas son bavardage. Elle disait s'appeler Thelma Baker et avoir toujours su que Susan finirait par sortir du coma. Elle était infirmière depuis trente-cinq ans et avait travaillé à San Francisco avant de venir s'installer dans l'Oregon. Elle se trompait rarement sur les chances de rétablissement d'un malade. Elle exerçait cette activité par vocation et se demandait parfois si elle n'avait pas déjà tenu les mêmes fonctions dans une vie antérieure.

— C'est à peu près tout ce que je sais faire, notez bien, ajouta-t-elle en riant. Je ne suis pas une bonne ménagère, loin de là !

Elle avoua que gérer son budget lui posait des problèmes. À l'entendre, on aurait pu croire qu'équilibrer ses comptes était un des travaux d'Hercule. Elle n'était pas non plus faite pour le mariage : deux époux, deux divorces, et pas d'enfants. En outre, elle était une piètre cuisinière et avait la couture en horreur.

— Mais je connais mon boulot et j'en suis fière, répétait-elle constamment.

Elle accompagnait ces mots d'un sourire plein de sincérité qu'exprimaient ses yeux marron tout autant que sa bouche.

Susan la trouvait sympathique. D'ordinaire, les bavards avaient tendance à l'exaspérer, mais ses jacasseries et les critiques qu'elle s'adressait la distrayaient et l'apaisaient.

— Vous n'auriez pas comme un petit creux ? s'enquit-elle finalement.

— Je meurs de faim.

Susan s'était éveillée avec un appétit féroce.

— Aujourd'hui, vous aurez droit à du solide. Un repas de régime, évidemment.

Mme Baker n'avait pas terminé sa phrase qu'un aide-soignant blond apportait un petit déjeuner composé d'un flan parfumé à la cerise, d'une tranche de pain grillé, d'une cuillerée de gelée de raisin et de tapioca dilué à l'aspect crayeux. Susan en avait l'eau à la bouche. Déçue par la petitesse des portions, elle en fit la remarque.

— Ça n'a l'air de rien, mais vous serez rassasiée avant d'en avoir mangé la moitié, lui rétorqua Mme Baker. N'oubliez pas que vous n'avez rien ingéré depuis trois semaines. Votre estomac a rétréci. Vous devrez attendre, pour retrouver votre appétit.

Elle alla s'occuper d'autres patients et Susan découvrit peu après le bien-fondé de ces propos. Les plats étaient peu copieux et savoureux, mais elle comprit qu'elle ne pourrait les terminer.

Tout en grignotant, elle se disait que le Dr Viteski n'aurait pas dû la laisser seule, sans surveillance. Malgré l'affabilité de Mme Baker, elle trouvait toujours cet établissement inhospitalier.

Une fois repue, elle essuya ses lèvres avec la serviette en papier, repoussa la table roulante... et eut brusquement l'impression d'être observée. Elle leva les yeux.

Un homme grand et élégant de moins de quarante ans se dressait sur le seuil. Il avait des chaussures et un pantalon noirs, une blouse et une chemise blanches, une cravate verte et une planchette porte-documents sous le bras. C'était toutefois son visage qui retenait l'attention de Susan. Ses traits équilibrés semblaient avoir été ciselés dans la pierre par un sculpteur plein de talent. Et ses cheveux bruns qu'il avait peignés en arrière pour dégager son front mettaient en valeur ses yeux bleus.

— Mademoiselle Thorton. Je suis ravi de vous voir consciente, éveillée et assise.

Il approcha du lit. Son sourire était encore plus chaleureux que celui de Thelma Baker.

— Je suis votre médecin traitant. Le Dr McGee. Jeffrey McGee.

Il lui tendit la main, qu'elle serra. Elle était douce et sèche.

— Je croyais qu'il s'agissait du Dr Viteski.

— Viteski est le grand patron. C'est moi qui m'occupe de vous. J'étais de permanence, quand on vous a admise aux urgences.

Sa voix était virile et apaisante.

— Hier, il...

— J'étais en congé. Je ferme mon cabinet particulier deux jours par semaine, mais je ne m'absente qu'un jour de l'hôpital – un seul, vous avez bien entendu – et il a fallu que vous repreniez connaissance à ce moment-là. Je me suis rongé les sangs pour vous depuis votre arrivée et vous avez attendu que je m'en aille pour sortir du coma.

Il secoua la tête, comme choqué par un tel manque de considération.

Il ajouta, l'air renfrogné :

— Je ne l'ai appris que ce matin. Mademoiselle Thorton, sachez que j'exige d'assister aux guérisons miraculeuses de tous mes patients. C'est indispensable pour en obtenir le crédit et récolter la gloire. C'est compris ?

Elle lui sourit, surprise par tant de désinvolture.

— Oui, docteur McGee. C'est compris.

— Voilà qui est parfait. Je me félicite que tout soit clair entre nous. Comment allez-vous, ce matin ?

— Mieux.

— Vous sentez-vous d'attaque pour faire la tournée des boîtes de Willawauk, ce soir ?

— Demain, peut-être.

— Je note le rendez-vous, fit-il avant de s'intéresser au plateau. Je constate que vous avez de l'appétit.

— J'aurais voulu tout manger, mais j'en ai été incapable.

— Orson Welles a dit la même chose.

Elle rit.

— C'est déjà pas mal, ajouta-t-il en désignant les restes. Il convient de débuter par des repas peu copieux mais fréquents. C'est normal. Ne vous souciez pas de reprendre du poids. Vous n'aurez pas le temps de dire ouf ! que vous serez grasse comme un porcelet et en bonne voie de guérison. Des migraines ? Somnolente ?

— Ni l'un ni l'autre.

— Votre pouls, fit-il en prenant son poignet.

— Mme Baker s'en est chargée.

— Je sais. Ce n'est qu'un prétexte pour tenir votre main dans la mienne.

Elle rit encore.

— Vous êtes différent de vos collègues.

— Croyez-vous qu'il faille être distant, morose et privé d'humour pour exercer ma profession ?

— Pas nécessairement.

— Estimez-vous que je devrais ressembler au Dr Viteski ?

— Certainement pas !

— C'est bourdant un ek-zellant prâtizien.

L'imitation était parfaite.

— Je n'en ai jamais douté. Mais je suis certaine que vous le surpassez.

— Merci. Je note ce compliment, qui vous permettra de bénéficier d'une ristourne sur mes honoraires.

Il regarda sa montre pour prendre son pouls.

— Mes jours ne sont pas en danger ? demanda-t-elle lorsqu'il eut terminé.

— Absolument pas. Vous serez vite sur pied, fit-il sans la lâcher. Mais parlons sérieusement. J'estime que des rapports détendus entre un toubib et son patient aident ce dernier à garder un bon moral, ce qui hâte sa guérison. Cependant, certains malades se méfient des médecins joyeux. Ils ne sont rassurés que si toutes les misères du monde semblent peser sur leurs épaules. Alors, si mes plaisanteries vous irritent, dites-le-moi et je réduirai le débit. L'important, c'est que vous vous sentiez à votre aise et confiante.

— Restez tel que vous êtes, docteur. Soyez aussi gai qu'un pinson. J'en ai grand besoin.

— Vous n'avez pas à broyer du noir. Le pire est passé.

Il serra légèrement sa main puis la lâcha.

Elle le regretta, ce qui la surprit.

— Viteski m'a dit que vous aviez quelques trous de mémoire.

— Ils sont moins nombreux qu'hier. Je pense que tout me reviendra tôt ou tard, mais il y a encore pas mal de détails qui m'échappent.

— Nous approfondirons la question. Je dois continuer ma tournée et je repasserai vous voir dans deux heures pour tenter de débusquer vos souvenirs... si ça ne vous ennuie pas.

— Bien sûr que non.

— Entre-temps, reposez-vous.

— Est-ce tout ?

— Pas de tennis jusqu'à nouvel ordre.

— Zut ! J'avais prévu un match avec Mme Baker.

— Il faudra reporter la rencontre.

— Bien, chef.

Ce fut en souriant qu'elle le regarda s'éloigner. Il avait une démarche pleine d'assurance et d'élégance naturelle.

Il avait déjà eu sur elle une influence positive. Si elle s'était sentie mal à l'aise, elle prenait conscience que c'était subjectif, les conséquences de sa faiblesse et de sa confusion. Rien ne justifiait ce qu'elle avait éprouvé. L'étrange conduite de Viteski lui paraissait désormais sans importance, et cet hôpital avait cessé de lui paraître menaçant.

Mme Baker passa la voir une demi-heure plus tard. Susan lui demanda un miroir, mais elle regretta sa requête sitôt qu'elle vit le reflet de son visage émacié et livide. Ses yeux gris-vert étaient injectés de sang et cernés, boursouflés. Pour faciliter les soins, on avait coupé ses cheveux blonds sans se soucier du résultat. C'était catastrophique. En outre, il y avait vingt-deux jours qu'ils n'avaient pas été lavés et ils étaient gras et emmêlés.

— Mon Dieu, je suis affreuse !

— Bien sûr que non. Vous manquez un peu de tonus, c'est tout. Tout ce qui vous ennuie finira par disparaître. Dès que vous aurez repris quelques kilos, vos joues se rempliront et vous perdrez les poches que vous avez sous les yeux.

— C'est surtout d'un shampooing dont j'ai besoin.

— Vous ne pourriez pas aller jusqu'au cabinet de toilette et rester debout devant le lavabo. Vos jambes n'y résisteraient pas. Quoi qu'il en soit, il faudra attendre qu'on vous retire ce pansement... demain au plus tôt.

— Non. Aujourd'hui. Tout de suite. Mes cheveux sont poisseux et j'ai des démangeaisons. Ce n'est pas ce qui peut hâter mon rétablissement.

— Économisez votre souffle, car la question n'est pas à l'ordre du jour et vous ne réussirez pas à me convaincre. Tout ce que je peux vous proposer, c'est un shampooing sec.

— Un shampooing sec ?

— Une poudre qui absorbe les corps gras. Vous y avez eu droit deux fois par semaine, quand vous étiez dans le coma.

Susan toucha sa chevelure raide et terne.

— C'est efficace ?

— Un peu.

— Alors, je marche.

Mme Baker apporta une boîte et une brosse.

— Et les bagages que j'avais dans ma voiture ? A-t-on pu les récupérer ?

— Bien sûr. Ils sont là, dans ce placard.

— Pourriez-vous me passer ma trousse de maquillage ?

L'infirmière arbora un large sourire.

— Il est très séduisant et prévenant, pas vrai ?

Elle lui fit un clin d'œil.

— Et en prime, il est célibataire.

Susan rougit.

— Je ne vois pas de qui vous voulez parler.

Mme Baker rit et lui tapota la main.

— Ne soyez pas gênée. Toutes ses patientes essaient de paraître à leur avantage. Les adolescentes sont dans tous leurs états, les jeunes femmes sont émoustillées et même les grand-mères arthritiques qui ont vingt ans de plus que moi – et donc quarante de plus que lui – se pomponnent pour lui plaire. Et comme elles se sentent mieux ensuite, c'est une sorte de thérapie.

Le Dr McGee revint peu après midi. Il poussait un chariot en métal chromé sur lequel étaient posés deux plateaux.

— J'ai pensé que nous pourrions explorer vos souvenirs tout en mangeant.

— Les médecins déjeunent avec leurs patientes, ici ? fit-elle, surprise.

— Nous sommes moins à cheval sur les principes que dans les hôpitaux des grandes villes.

— Qui paie ?

— Vous, évidemment. Nous n'avons pas renoncé à *toutes* nos traditions.

Elle sourit.

— Qu'y a-t-il au menu ?

— Pour moi, un sandwich poulet-salade suivi d'une tarte aux pommes. Pour vous, pain grillé, tapioca, et...

— Encore ! Ça devient monotone.

— Cette fois, le dessert est plus exotique. Flan au citron.

— C'est trop ! Je n'y résisterai pas.

— Et une petite coupe de pêches au sirop. Un festin de roi.

Il avança une chaise et abaissa le rail de sécurité afin qu'ils soient plus à leur aise pour bavarder en prenant leur repas.

Il posait un des plateaux sur la table de chevet et retirait son couvercle, lorsqu'il lui fit un clin d'œil et déclara :

— Je vous trouve fraîche et pimpante.

— J'ai une mine de déterrée.

— Certainement pas.

— Si.

— Cette définition s'applique au tapioca, pas à vous. N'oubliez pas que je suis le toubib et vous la malade, et qu'un patient ne doit jamais – je dis bien jamais – contredire son médecin. Vous n'étiez pas au courant ? Si je dis que vous êtes resplendissante, vous êtes resplendissante !

Elle sourit et joua le jeu.

— Je vois. Comment ai-je pu commettre un tel impair ?

— Vous êtes resplendissante, Susan.

— Eh bien, merci, docteur McGee !

— Je préfère ça.

Elle s'était « lavé » les cheveux avec le shampooing qui ressemblait à du talc et s'était mis un peu de fond de teint et un soupçon de rouge à lèvres. Ses yeux n'étaient plus injectés de sang depuis qu'elle avait utilisé quelques gouttes de collyre, même si le blanc était encore un peu jaunâtre. Elle avait échangé la chemise de nuit de l'hôpital contre un pyjama de soie bleue découvert dans ses bagages. Elle savait qu'elle n'était pas à son avantage, loin de là, mais elle n'était pas aussi pitoyable qu'en début de matinée et se sentait ragaillardie comme Mme Baker l'avait prédit.

Tout en déjeunant, ils parlèrent de ses trous de mémoire et cherchèrent à les combler. Ils étaient déjà plus rares et superficiels que la veille. À son réveil, elle avait constaté qu'elle se souvenait sans effort d'une multitude de choses.

Elle était née et avait grandi dans la banlieue de Philadelphie. Elle vivait dans une jolie maison blanche d'une rue bordée d'érables et de demeures identiques. Pelouses vertes. Balançoires. Une fête qui réunissait tous les voisins le 4 juillet. Des chorales à Noël. Un décor de feuilleton télévisé.

— Ça me fait penser à une enfance idéale, commenta McGee.

Elle avala un morceau de flan.

— Je n'ai malheureusement bénéficié que du cadre. J'étais une gosse solitaire.

— C'est en vain que nous avons tenté de contacter votre famille.

Elle lui parla de ses parents, pour s'assurer que ces souvenirs étaient intacts et parce qu'il était facile de se confier à McGee. Elle éprouvait en outre le besoin de rompre ce silence de vingt-deux jours passés dans le coma. Sa mère avait été victime d'un accident de la circulation. Le chauffeur d'un camion avait eu une attaque et grillé un feu au moment où la Chevy de Regina se trouvait au milieu du croisement. Si Susan avait presque tout oublié d'elle, son propre accident n'était pas en cause. Elle n'avait que sept ans lors du drame, et vingt-cinq années s'étaient écoulées depuis que la Chevrolet avait été broyée. Fait regrettable mais inévitable, l'image de sa mère s'était estompée comme une vieille photographie jaunie par le soleil. En revanche, elle se rappelait parfaitement son père, Frank Thorton. Elle avait beaucoup aimé cet homme grand et corpulent, propriétaire d'un magasin de prêt-à-porter. Elle savait qu'il tenait à elle, même s'il s'abstenait de l'exprimer par des mots. Posé et réservé, il ne s'emportait jamais et rien ne lui procurait plus de joie que de s'isoler avec un bon livre et sa pipe. Peut-être se serait-il montré plus expansif s'il avait eu un fils. Il était toujours plus détendu en compagnie d'autres représentants de la gent masculine et élever une fille le mettait visiblement mal à l'aise. Il était mort d'un cancer dix ans après sa femme. Susan venait d'achever ses études secondaires et elle avait entamé sa vie d'adulte dans une solitude encore plus complète.

Le Dr McGee termina son sandwich, s'essuya les lèvres avec une serviette en papier et demanda :

— Ni oncles ni tantes ?

— Si. Un de chaque. Mais ils étaient pour moi des étrangers. Pas de grands-parents. Remarquez qu'une enfance solitaire n'a pas que des mauvais côtés. J'ai appris à me débrouiller, et ça s'est révélé payant par la suite.

Il en était à la tarte aux pommes et elle aux pêches au sirop. Ils parlèrent de ses études universitaires. Après être allée au Briarstead College, en Pennsylvanie, c'était à l'University of California de Los Angeles qu'elle avait obtenu sa licence et son doctorat. Elle regrettait que son amnésie n'eût pas effacé ce qui s'était passé au cours de sa première année à Briarstead.

— Quelque chose ne va pas ? s'enquit McGee.

Il reposa dans l'assiette sa fourchette et le morceau de gâteau qu'il venait de piquer.

Elle cilla.

— Je vous demande pardon ?

— Votre expression... J'ai cru que vous aviez vu un spectre.

— C'est bien ça, en un certain sens.

Elle avait perdu tout appétit et repoussa la table.

— Vous voulez en parler ?

— Un mauvais souvenir... que j'aimerais pouvoir oublier.

Il écarta son plateau, sans avoir terminé son repas.

— Dites-moi tout.

— Oh, je ne veux pas vous embêter avec ça !

— Embêtez-moi.

— C'est sans aucun intérêt.

— Dès l'instant où ça vous tracasse, vous ne devez pas le garder pour vous. Allez-y. J'adore écouter une histoire assommante, une fois de temps en temps.

Ce fut insuffisant pour la faire sourire. Même l'humour de McGee ne lui permettait pas de voir l'Antre du Tonnerre sous un jour moins sinistre.

— Eh bien... J'étais en première année à Briarstead et je sortais avec un très gentil garçon. Jerry Stein. Il me plaisait. À tel point que nous envisagions de nous marier à la fin de nos études. Il a été tué.

— Oh ! Que s'est-il passé ?

— Il désirait faire partie d'une confrérie...

— Seigneur !

Il était évident que McGee avait deviné le reste.

— L'initiation a... dégénéré.

— C'est une façon si stupide de mourir.

— Jerry avait un bel avenir devant lui. Il était intelligent, sensible, travailleur...

— Une nuit, pendant mon internat, on a amené aux urgences un adolescent qui avait été blessé au cours d'une cérémonie de ce genre. Une épreuve du feu, une de ces conneries de macho, un truc de gosses qui a mal tourné. Il était brûlé au quatrième degré et il est décédé deux jours plus tard.

— Ce n'est pas le feu qui a tué Jerry Stein. C'est la haine.

Elle frissonna.

— La haine ? Que voulez-vous dire ?

Elle remontait le temps. La température de cette chambre d'hôpital était agréable mais elle avait froid, aussi froid que dans l'Antre du Tonnerre.

McGee se penchait vers elle en attendant la suite.

Elle secoua la tête.

— Je préfère ne pas entrer dans les détails. C'est trop déprimant.

— Vous avez été souvent confrontée à la mort avant même de devenir une adulte.

— Ouais ! Il m'arrive de penser que je suis maudite ou un truc comme ça. J'ai perdu tous ceux que j'aimais.

— Votre mère, votre père et pour finir votre fiancé.

— Enfin, il n'était pas mon fiancé. Pas vraiment.

— Mais presque...

— Il ne manquait que la bague.

— En parler vous soulagerait.

— Non.

— Pas de décision hâtive. Si sa mort vous hante encore, treize ans plus tard...

— Je sais que je ne me débarrasserai *jamais* de ce souvenir. Il est trop horrible pour qu'il soit possible de l'effacer. Et n'avez-vous pas dit qu'un bon moral était indispensable à un prompt rétablissement. L'auriez-vous oublié ?

Il sourit.

— Certainement pas.

— Je dois donc m'épargner tout ce qui est déprimant.

Il la dévisagea, ce qui lui permit de remarquer que ses yeux étaient d'un bleu magnifique et qu'il paraissait préoccupé.

Il soupira.

— D'accord. Revenons à nos moutons... autrement dit, votre amnésie. Vous semblez avoir recouvré la mémoire. Y a-t-il encore des lacunes ?

Avant de lui répondre, elle tendit la main vers la télécommande et l'utilisa pour redresser le lit. Son dos était douloureux, non à cause de ses blessures mais parce qu'elle était restée allongée trois semaines. Dès qu'elle fut installée plus confortablement, elle posa le boîtier et déclara :

— Je ne me souviens toujours pas de l'accident. Je me

revois au volant sur une route en lacet, à environ deux miles au sud de l'embranchement pour le *Viewtop Inn.* J'étais impatiente d'y arriver et de dîner. Ensuite, eh bien, c'est comme si on avait éteint la lumière.

— Je ne serais pas surpris que ça ne vous revienne jamais. Dans les cas de ce genre, même quand le patient reconstitue tout son passé, il est rare qu'il se rappelle les causes de son amnésie. C'est le seul trou de mémoire qui subsiste.

— Je m'en doutais, et ce n'est pas ce qui me tracasse. Ce qui me rend folle, c'est que j'ai oublié tout ce qui se rapporte à mon travail. Bon sang, je ne retrouve rien, pas un détail. Je sais que je suis une physicienne et que j'ai obtenu mes diplômes à l'UCLA. En outre, toutes mes connaissances sont là. Je pourrais reprendre mes occupations aujourd'hui même, sans devoir suivre un seul cours de rattrapage. Mais *qui* m'emploie ? Quelles sont mes activités ? Qui est mon patron ? Qui sont les membres de mon équipe ? Est-ce que je suis dans un bureau ou un laboratoire ? Un labo, probablement. Mais je ne pourrais dire ni à quoi il ressemble ni quel est son équipement, et encore moins où il se situe.

— Vous travaillez pour la Milestone Corporation, à Newport Beach, Californie.

— Le Dr Viteski me l'a dit, mais ce nom ne signifie rien pour moi.

— Vous avez recouvré de nombreux souvenirs. Vous en ferez autant pour ceux-ci. Ce n'est qu'une question de temps.

— Non, c'est différent. Les autres trous de mémoire étaient comme des nappes de brouillard très dense. Bien qu'inaccessibles, je percevais leur présence derrière un voile qui finissait par se dissiper. Quand j'essaie de me rappeler quel est mon travail, je ne suis pas confrontée à cette brume mais à l'obscurité d'un puits sans fond. C'est... c'est effrayant.

Il s'avança sur sa chaise pour se pencher vers elle en fronçant les sourcils.

— Lorsque vous avez été admise aux urgences, il y avait un badge d'identification de la Milestone dans votre portefeuille. Le voir vous rafraîchira peut-être la mémoire.

— C'est possible, fit-elle en semblant en douter. Pouvez-vous me le montrer ?

Le portefeuille en question était ra[illegible] dans le tiroir du bas de la table de chevet. Il le prit et le [illegible]

Elle l'ouvrit et y trouva une carte plasti[illegible] photographie et au sommet, en lettres bleues sur un [illegible] blanc, THE MILESTONE CORPORATION. Au-dessous, elle [illegible] son nom et sa description, y compris son âge, sa ta[illegible] son poids et la couleur de ses cheveux et de ses yeux[illegible] bas un numéro de matricule était imprimé en r[illegible] C'était tout.

McGee s'était levé et l'observait.

— Ça vous dit quelque chose ?

— Non.

— Absolument rien ?

— J'ai l'impression de voir ça pour la première fois.

Elle retournait la carte et tentait de rétablir des connexions, de faire redémarrer des circuits. Elle n'aurait pas été plus déconcertée si cet objet avait été d'origine extraterrestre et rapporté de Mars.

— C'est de la folie, ajouta-t-elle. J'ai essayé de me remémorer mon dernier jour de travail, la veille de mon départ en vacances. Je me souviens de certaines choses. Ces fragments sont limpides comme du cristal. Je me rappelle m'être levée, avoir pris mon petit déjeuner et parcouru le journal. Ce souvenir est aussi net que celui du repas que nous venons de prendre. Je me revois aller jusqu'au garage, monter dans la voiture et mettre le contact...

Sa voix mourut. Elle fixait toujours le bout de plastique qu'elle caressait comme une spirite en quête d'émanations psychiques.

— Je recule dans l'allée en marche arrière puis... je rentre chez moi en début de soirée. Entre les deux, il n'y a rien... le néant. Et c'est pareil pour tous mes autres souvenirs professionnels. J'ai beau me concentrer, ils m'échappent. Ils ne sont pas dissimulés par de la brume. Ils ont cessé d'exister.

— Si, ils sont toujours présents dans votre subconscient ! l'encouragea McGee. Sollicitez-le, Susan. Imaginez-vous au volant de votre voiture, ce matin-là.

— C'est déjà fait.

— Recommencez.

Elle ferma les yeux.

— C'était certainement une de ces journées d'août propres à la Californie du Sud, fit-il pour l'aider à reconstituer la scène. Un ciel bleu, un peu voilé.

— Il faisait chaud et le ciel était bleu, mais il n'y avait pas de brume. Pas un nuage.

— Vous avez mis le contact et suivi l'allée en marche arrière. Quelle direction avez-vous prise ?

Elle ne dit mot pendant près d'une minute.

— Inutile, je ne m'en souviens pas.

Il insista avec douceur.

— Quelles rues avez-vous empruntées ?

— Je n'en sais rien.

— Si, vous le savez. Trouvez le nom d'une seule, et ça libérera le reste.

Elle se concentra afin d'arracher quelque chose au néant, un visage, une pièce, une voix, *n'importe quoi,* et échoua.

— Désolée, ça ne me revient pas.

— Vous dites que vous avez reculé dans l'allée. Si vous vous le rappelez, vous devez pouvoir me dire de quel côté vous avez tourné. À gauche ou à droite ?

Les yeux clos, elle faisait tant d'efforts que sa migraine réapparaissait. Elle finit par rouvrir les paupières et hausser les épaules.

— Je ne sais pas.

— Philip Gomez.

— Quoi ?

— Philip Gomez.

— C'est qui ? Je connais ?

— Ce nom ne vous dit rien ?

— Non.

— C'est votre patron.

— Vraiment ?

Ce fut en vain qu'elle essaya de se représenter un visage. Elle n'avait conservé aucun souvenir de cet homme.

— Mon patron ? Philip Gomez ? Vous en êtes certain ?

Il fourra ses mains dans les poches de sa blouse.

— Après votre admission, nous avons tenté de joindre votre famille. Comme vous n'aviez pas de parents proches, nous avons téléphoné à votre employeur. J'ai moi-même parlé à ce Gomez. Selon lui, il y a plus de quatre ans que vous travaillez pour la Milestone. Il s'inquiète à votre sujet. Il a d'ailleurs rappelé cinq fois pour avoir de vos nouvelles, depuis.

— On ne pourrait pas le contacter à présent ? Si j'entends sa voix, il se peut qu'un élément du puzzle retrouve sa place et me permette de tout reconstituer.

— Je n'ai pas son numéro personnel et il faudra attendre pour le joindre à son bureau.

— Pourquoi ?

— Nous sommes dimanche.

— Oh !

Elle l'avait ignoré. En prendre conscience la désorienta plus encore.

— Nous l'appellerons demain, sans faute.

— Et si rien ne me revient sur mon travail après cet entretien ?

— Je suis convaincu du contraire.

— Non, épargnez-moi vos pieux mensonges. Soyez franc, d'accord ? Il est possible que tout ce qui se rapporte à mes activités professionnelles m'ait échappé à jamais, n'est-ce pas ?

— C'est improbable.

— Mais pas inconcevable ?

— Ce n'est pas à exclure... évidemment.

Elle s'affaissa sur les oreillers, brusquement lasse, déprimée et inquiète.

— Écoutez... Vous ne perdrez pas votre job même si vos souvenirs de la Milestone se sont effacés. Vous avez conservé vos connaissances, vous êtes une physicienne compétente. Votre savoir est intact. Si vous aviez été victime d'une amnésie rétrograde généralisée – ce qui aurait pu vous arriver de pire – vous auriez également oublié ce que vous avez appris, y compris lire et écrire. Mais ce n'est pas le cas, et nous pouvons nous en féliciter. Quoi qu'il en soit, je suis certain que ce n'est que passager.

Elle espérait qu'il disait vrai. Sa vie structurée et ordonnée avait été chamboulée. Si ce chaos perdurait, sa vie deviendrait insupportable. Elle avait toujours imposé ses volontés à son existence, c'était pour elle une nécessité.

McGee retira ses mains de ses poches pour regarder sa montre.

— Je dois vous laisser. Je repasserai avant de rentrer chez moi. D'ici là, détendez-vous et essayez de finir votre repas. Et ne vous tracassez pas. Tôt ou tard, vous vous souviendrez de tout.

Brusquement, alors qu'elle l'écoutait, elle eut l'impression – sans pouvoir en déterminer la raison – qu'il eût été préférable de ne jamais se remémorer quoi que ce soit sur ses activités professionnelles. Elle était en proie à une peur qui la glaçait et à laquelle elle ne trouvait aucune explication.

Elle dormit deux heures. Sans faire de rêves... ou sans en garder de souvenirs.

À son réveil, sa peau était moite et ses cheveux emmêlés. Elle défit les nœuds, en tressaillant à chaque fois.

Elle posait le peigne sur la table de chevet quand Mme Baker arriva dans la chambre en poussant un fauteuil roulant.

— Le moment est venu de partir en voyage.

— Où allons-nous ?

— Explorer les vestibules et les couloirs exotiques du premier étage de ce lieu mystérieux, romanesque et haut en couleur qu'est l'hôpital du comté de Willawauk. Une excursion inoubliable. Le dépaysement est garanti et votre médecin vous a prescrit de l'exercice.

— Ce n'est pas en restant assise dans un fauteuil à roulettes que je développerai mes muscles.

— Vous avez des idées préconçues. Devoir vous agripper aux accoudoirs et ouvrir la bouche en découvrant les autres patients va vous épuiser. Vous n'avez pas la forme d'un athlète olympique.

— Mais je suis capable de marcher ! Si vous m'aidez un peu, bien sûr. Laissez-moi prendre appui sur votre bras, et je vous assure que...

— Demain, vous ferez quelques pas. Aujourd'hui, vous vous déplacerez en voiture... avec chauffeur.

Susan se renfrogna.

— Jouer à l'invalide m'exaspère.

— Oh, bon sang ! Vous êtes momentanément handicapée, c'est tout !

— C'est horripilant.

Mme Baker plaça le fauteuil roulant contre le lit.

— Pour commencer, vous allez vous asseoir et balancer vos jambes une ou deux minutes.

— Pourquoi ?

— Pour rendre un peu de souplesse à vos muscles.

Susan s'assit. Privée du soutien de son lit, elle se sentait faible et avait des vertiges. Elle agrippa le matelas, pour ne pas basculer.

— Est-ce que ça va ?

— Très bien, mentit-elle.

— Alors, continuez les mouvements.

Elle obtempéra. Ses membres inférieurs lui semblaient lourds comme du plomb.

— Ça suffira comme ça, ordonna finalement Mme Baker.

Et Susan fut atterrée de constater qu'elle était en sueur, tremblante.

— *Je sais* que je pourrai marcher, insista-t-elle malgré tout.

— Demain.

— Je me sens en pleine forme.

L'infirmière alla prendre dans le placard une robe de chambre assortie au pyjama de soie bleue. Pendant que Susan l'enfilait, elle trouva ses mules dans une valise et les lui mit.

— Parfait. Maintenant, laissez-vous glisser du lit. Lentement. Appuyez-vous sur moi et je vous aiderai à vous asseoir.

Susan comptait n'en faire qu'à sa tête. Elle se lèverait sans son assistance pour lui démontrer qu'elle n'était pas une invalide. Mais elle sut que ses jambes ne pourraient la soutenir dès que ses pieds toucheraient le sol. Un instant plus tôt, elles lui avaient paru de plomb. À présent, elles étaient en coton. Pour s'épargner l'humiliation d'une chute, elle se retint à Mme Baker et se laissa installer dans le fauteuil roulant comme un bébé dans une poussette.

L'infirmière lui fit un clin d'œil.

— Vous pensez pouvoir piquer un sprint ?

Amusée et gênée par son obstination, Susan sourit et rougit.

— Demain, je marcherai à en user mes semelles. Vous verrez.

— Eh bien, j'ignore si vous avez ou non une once de bon sens mais ce qui est certain, c'est que vous ne manquez pas de cran ! C'est une qualité que j'ai toujours admirée.

Mme Baker vint se placer derrière elle pour la pousser dans le couloir. Le mouvement ballotta son estomac, mais ce fut bref.

Le bâtiment avait la forme d'un T et la chambre se situait à l'extrémité droite de la barre horizontale. L'infirmière la conduisit jusqu'à l'intersection des corridors puis dans l'aile principale.

Quitter son lit avait eu un résultat positif sur son moral. Elle se sentait mieux, revigorée. Le sol était recouvert de Gerflex vert foncé et les murs étaient peints de la même couleur sur près d'un mètre, puis en jaune pâle comme les dalles granuleuses qui insonorisaient le plafond. L'effet de clair-obscur incitait à lever les yeux et engendrait une impression d'espace. Le couloir était aussi propre que sa chambre. Elle pensa au centre hospitalier de Philadelphie où son père avait succombé à un cancer, à ses vieilles salles sinistres qui auraient eu grand besoin d'être rénovées, aux appuis de fenêtres recouverts d'une épaisse couche de poussière et à la crasse accumulée entre les carreaux fendillés du sol. Elle pouvait s'estimer heureuse d'avoir été admise à l'hôpital du comté de Willawauk.

Médecins, infirmières et aides-soignants étaient eux aussi différents. Tous souriaient et semblaient se préoccuper du bien-être de leurs malades. Pendant que Mme Baker la poussait, plusieurs membres du personnel interrompirent leur tâche pour lui dire quelques mots, lui déclarer qu'ils étaient heureux de la voir réveillée et en voie de guérison.

Elles atteignirent la base du T et l'infirmière fit pivoter le fauteuil pour revenir sur ses pas. Susan était déjà un peu lasse, mais elle avait meilleur moral. Elle se sentait bien mieux que la veille, et même que le matin. Il était évident que le pire était passé.

Et quand ce bel optimisme disparut, le changement fut aussi brutal qu'un coup de feu.

Elles étaient entre les ascenseurs et le poste des infirmières – qui se faisaient face au centre du couloir – quand les portes d'une cabine s'ouvrirent et qu'un homme en émergea devant le fauteuil roulant. C'était un patient en pyjama à rayures blanches et bleues, robe de chambre marron foncé et pantoufles assorties. Mme Baker s'arrêta pour lui céder le passage. Lorsque Susan le vit, elle voulut hurler et découvrit qu'elle ne le pouvait pas. La peur qui comprimait sa poitrine et serrait sa gorge la rendait muette.

Elle avait reconnu Ernest Harch, un individu corpulent au visage carré et aux yeux gris pâle, de la couleur de la neige sale.

Des yeux qui étaient restés rivés sur elle pendant sa déposition, lorsqu'elle avait témoigné contre lui lors du procès. Elle n'avait pas eu de difficultés à comprendre le message qu'il lui adressait : *Tu regretteras d'être venue à la barre.*

Cependant, treize années s'étaient écoulées depuis et elle avait fait le nécessaire pour qu'il ne puisse la retrouver après sa libération. Il y avait longtemps qu'elle ne regardait plus par-dessus son épaule à tout bout de champ.

Et il était là !

Il la fixa, une impotente privée de toute autonomie, et elle sut qu'il l'avait lui aussi reconnue en dépit des outrages des ans et de la maigreur qui creusait ses traits.

Elle voulait se lever et s'enfuir. La peur la paralysait.

Les portes s'étaient ouvertes seulement quelques secondes plus tôt mais elle avait l'impression d'être en face de cet homme depuis plus d'un quart d'heure. Le temps avait ralenti son cours et rampait comme une limace.

Harch lui sourit. Quelqu'un qui ignorait tout de son passé eût trouvé son expression innocente, voire amicale. Mais elle y lisait de la haine et des menaces.

Ernest Harch était le maître de cérémonie de la confrérie à laquelle Jerry Stein avait souhaité appartenir. C'était lui qui avait tué Jerry. Pas par accident. Délibérément. De sang-froid. Dans l'Antre du Tonnerre.

Sans perdre son sourire, il lui fit un clin d'œil.

Brusquement libérée de la paralysie engendrée par la peur, elle puisa en elle suffisamment d'énergie pour se lever. Elle fit un pas et entendit Mme Baker pousser un cri de surprise. Elle avança encore, en ayant l'impression de se déplacer sous l'eau. Ses jambes ployèrent et elle se sentit choir. Quelqu'un la retint, de justesse.

Tout tournoyait et s'obscurcissait, mais elle eut le

temps de constater que c'était Ernest Harch qui l'avait rattrapée. Il la soutenait. Elle leva les yeux vers son visage, qui était aussi gros que la lune.

Puis il n'y eut que les ténèbres.

4

— En danger ? répéta McGee, sans comprendre.

Au pied du lit, Mme Baker fronça les sourcils.

Susan avait des difficultés à rester calme et persuasive. Son bon sens l'informait que nul ne croirait une hystérique... surtout si elle venait de subir un grave traumatisme crânien. Elle ne devait pas donner l'impression d'avoir les idées confuses ou des hallucinations, pour convaincre le Dr McGee qu'elle disait la vérité.

Elle était revenue à elle dans sa chambre, quelques minutes après son évanouissement. Elle était dans son lit et il prenait sa tension. Elle l'avait patiemment laissé poursuivre son examen avant de lui révéler qu'elle était en péril.

Il se pencha vers elle en s'appuyant au rail de sécurité, un stéthoscope autour du cou.

— Quel danger ?

— Cet homme.

— Quel homme ?

— Celui qui est sorti de l'ascenseur.

Il regarda Mme Baker.

— Un de nos patients.

— Et vous pensez qu'il représente pour vous une menace ? fit-il, perplexe.

Ce fut en triturant le col de son pyjama qu'elle répondit :

— Docteur McGee, vous souvenez-vous de ce que je vous ai dit au sujet de mon ancien petit ami, Jerry Stein ?

— Évidemment, je m'en souviens. Le jeune homme avec lequel vous étiez « presque » fiancée...

Elle hocha la tête.

— Et qui est mort au cours d'une cérémonie d'initiation, ajouta-t-il.

— Oh, mon Dieu ! s'exclama Mme Baker qui avait tout ignoré de ce drame. C'est affreux !

La bouche de Susan était sèche. Elle déglutit, avant de déclarer :

— Ils appelaient ça des « brimades rituelles ». Le postulant devait être humilié devant une fille, de préférence sa petite amie. Ils nous ont emmenés dans une caverne située à deux miles du campus. C'était un endroit rêvé pour des pratiques de ce genre, un décor impressionnant à souhait pour leurs jeux stupides. Je ne désirais pas y aller. Je ne voulais pas y participer. Oh, je n'avais aucune raison de m'inquiéter ! Au début, les membres de la confrérie étaient joyeux et Jerry était impatient d'être admis dans leur cercle. Mais j'avais dû percevoir inconsciemment une certaine... agressivité. En outre, il me semblait que ces types avaient bu. Ils sont passés nous prendre en voiture. J'ai refusé d'y monter, pas avec quelqu'un d'éméché au volant. J'ai fini par céder... pour faire plaisir à Jerry.

Elle regarda le ciel d'automne. Le vent s'était levé et agitait les branches des grands pins.

Bien que parler de la mort de Jerry fût pénible, elle devait tout leur raconter pour qu'ils comprennent pourquoi Ernest Harch représentait pour elle une menace, une grave menace.

— Les cavernes de Briarstead sont immenses. Huit ou dix salles souterraines, peut-être plus. Certaines sont démesurées. Des grottes humides à l'odeur de moisi, un vrai paradis pour spéléologues.

— Ces curiosités naturelles attirent généralement les touristes mais je ne crois pas en avoir déjà entendu parler, déclara McGee pour l'inciter à continuer.

— Oh, non ! Elles n'ont pas été aménagées pour recevoir des visiteurs comme à Carlsbad ou ailleurs. Il n'y a rien d'intéressant à voir. Seulement des cavités de calcaire gris absolument lugubres. Elles sont très grandes, c'est tout. Une de ces salles évoque une cathédrale. Les Shawnees lui ont donné un nom : l'Antre du Tonnerre.

— Du tonnerre ? Pourquoi ?

— Un torrent souterrain débouche dans les hauteurs et tombe en formant une succession de cascades. Le grondement de l'eau est réverbéré et amplifié par les parois.

Le souvenir était encore trop net pour qu'elle pût l'évoquer sans sentir l'air froid et humide sur sa peau. Elle frissonna et ramena la couverture sur ses jambes.

Son regard croisa celui de McGee. Elle lut dans ses yeux de la compréhension et de la compassion. Il savait que parler de tout cela était pénible.

L'expression de Mme Baker traduisait des sentiments comparables. On aurait pu croire qu'elle désirait faire le tour du lit pour la prendre dans ses bras.

McGee l'encouragea à poursuivre.

— C'est là que ce rituel d'humiliation a eu lieu ? Dans l'Antre du Tonnerre ?

— Exact. C'était la nuit. Ils s'étaient munis de lampes de poche et ils nous ont conduits dans cette salle, avant d'allumer des bougies qu'ils ont posées autour de nous, sur des rochers. Il n'y avait que Jerry, moi, et quatre membres de cette confrérie. Je n'oublierai jamais leurs noms et leurs visages. Jamais. Carl Jellicoe, Herbert Parker, Randy Lee Quince... et Ernest Harch. Harch était le maître de cérémonie, cette année-là.

Elle constatait par la fenêtre que le ciel s'obscurcissait sous un linceul de nuages noirs. À l'intérieur, des ombres de la couleur de l'ardoise quittaient les recoins en rampant pour envahir la pièce.

Pendant qu'elle reprenait ses explications, McGee alluma la lampe de chevet.

— Sitôt dans la caverne, à la lueur des chandelles, Harch et les autres ont pris des flasques de whisky. Ils étaient déjà bien éméchés. Je ne m'étais pas trompée. Et plus ils buvaient, plus ils étaient abjects. Au début, les brimades étaient anodines, presque amusantes. Tout le monde riait, même Jerry et moi. Cependant, leurs propos devenaient progressivement agressifs... obscènes. Et je pèse mes mots. J'étais gênée, angoissée. Je désirais partir et Jerry aurait lui aussi voulu que je m'en aille, mais Harch et ses amis ont refusé de me prêter une lampe ou une bougie. Consciente que je ne pourrais pas retrouver mon chemin dans l'obscurité, je suis restée. C'est quand ils ont commencé à asticoter Jerry parce qu'il était juif que j'ai compris qu'ils ne plaisantaient plus et que nous aurions des ennuis, de sérieux ennuis. S'ils étaient désormais complètement ivres, il n'y avait pas que l'alcool. Oh, non ! Il n'y avait pas que le whisky. Il sautait aux yeux que leurs préjugés raciaux étaient fermement enracinés en eux. Ces types – mais surtout Harch – étaient antisémites jusqu'au bout des ongles.

« Briarstead était une petite communauté rurale. Il y avait peu de juifs sur le campus et aucun dans cette confrérie. Oh, il n'y avait pas de règles d'exclusion racistes et deux coreligionnaires de Jerry y avaient été admis par le passé ! En outre, la plupart de ses membres souhaitaient qu'il les rejoigne. Il n'y avait que Harch et sa bande qui ne voulaient pas de lui. Ils pensaient qu'il finirait par renoncer s'ils lui rendaient la vie impossible pendant le mois de mise à l'épreuve. Le rituel d'humiliation dans l'Antre du Tonnerre ne devait être qu'un début. Ils n'avaient pas prémédité de le tuer. Pas quand ils nous ont conduits dans cette caverne et qu'ils n'étaient pas complètement soûls. Ils souhaitaient seulement l'avilir, le brutaliser, l'effrayer et lui faire comprendre qu'il n'était pas le bienvenu. Mais les agressions verbales sont devenues physiques. Ils ont formé un cercle autour de lui pour le pousser d'un côté et de l'autre. Jerry n'était pas un imbécile. Il s'est rendu compte que ce n'était pas une initiation comme les autres. Il n'était pas non plus du genre à se laisser intimider et, quand ils ont perdu tout sens de la mesure, il s'est défendu... ce qui a eu pour effet d'accroître leur agressivité. Et comme ils continuaient de le rudoyer, Jerry a balancé un direct à Harch. Il a fendu la lèvre de ce salopard.

— Ce qui a mis le feu aux poudres, devina McGee.

— Ouais ! Tout a dégénéré.

Le tonnerre gronda et les lumières de l'hôpital vacillèrent. Susan eut l'impression angoissante qu'une force surnaturelle tentait de lui faire remonter le temps, de l'emporter vers les rugissements de la cascade et la noirceur de la caverne.

— Le cadre – le froid glacial, l'humidité, les ténèbres et le vacarme de la chute d'eau – a été un catalyseur. Ils l'ont roué de coups... Il gisait sur le sol et ils s'acharnaient contre lui.

Elle en frémit. Ses frissons devinrent de plus en plus violents et se changèrent en tremblements de dégoût et de terreur.

— On aurait dit des chiens sauvages qui attaquaient un intrus venu d'une autre meute. Je... je leur hurlais d'arrêter, mais c'était inutile. Finalement, Carl Jellicoe a dû se rendre compte qu'ils allaient un peu trop loin car il a reculé, bientôt imité par Quince, puis Parker. Harch a été le dernier à se ressaisir, et le premier à comprendre qu'ils risquaient la prison. Jerry était inconscient. Il était...

Sa voix se brisa.

Elle n'avait pas l'impression que tout cela avait eu lieu treize ans plus tôt mais la veille.

— Continuez, fit doucement McGee.

— Du... sang coulait de son nez, de sa bouche... et d'une oreille. Il était grièvement blessé, évanoui mais agité de soubresauts. J'ai pensé qu'il avait subi des lésions nerveuses ou cérébrales et j'ai...

— Continuez, Susan.

— J'ai voulu aller vers lui. Harch m'a repoussée brutalement. Je suis tombée. Il a dit à ses compagnons qu'ils seraient condamnés s'ils ne prenaient pas les mesures qui s'imposaient. Il a bien insisté sur le fait qu'ils n'auraient plus d'avenir, aucun avenir, s'ils en restaient là. Il a tenté de les convaincre d'achever Jerry et de m'éliminer, puis de faire disparaître nos cadavres dans un des puits de la caverne. Jellicoe, Parker et Quince avaient été en partie dégrisés par la gravité de leurs actes, mais l'alcool embrumait toujours leurs pensées et ils étaient pris de panique. Ils ont commencé par refuser, puis ils ont fini par accepter. Ils sont revenus sur cette décision et ont entamé d'autres palabres. Ils hésitaient autant à nous épargner qu'à commettre un meurtre. Harch s'est emporté et leur a reproché leur lâcheté. Il a finalement décidé de les placer devant le fait accompli et il s'est tourné vers Jerry pour... pour...

Elle en avait des nausées.

McGee prit sa main dans la sienne.

— Il lui a donné des coups de pied... en pleine tête. Il... il lui a défoncé le crâne, à trois reprises.

Mme Baker hoqueta.

— Il l'a tué, conclut Susan.

Un éclair lacéra le ciel. Le tonnerre gronda. Des gouttes de pluie crépitèrent sur les carreaux de la fenêtre.

McGee exerça une légère pression sur sa paume.

— J'ai subtilisé une de leurs lampes torches et je me suis enfuie. Ils ne s'intéressaient qu'au cadavre de Jerry, ce qui m'a permis de prendre un peu d'avance. Pas assez. Ils pensaient que j'essaierais de quitter ces grottes, mais ils se trompaient. Je savais qu'ils me rattraperaient, si je tentais de sortir de là. J'ai pu gagner quelques secondes avant qu'ils ne comprennent. Je suis allée plus loin dans la caverne, une salle après l'autre. J'ai éteint la lampe pour qu'ils ne voient pas son halo et continué en trébuchant dans les ténèbres, à tâtons. J'ai finalement trouvé un renfoncement de la paroi dissimulé par une stalagmite. Je m'y suis glissée, le plus loin possible. Je suis restée immobile, sans faire de bruit. Harch et ses compagnons m'ont longtemps cherchée avant d'estimer que j'avais dû m'enfuir. J'ai encore attendu, six ou huit heures, car je n'osais pas quitter mon refuge. Ce sont la soif et la claustrophobie qui m'ont chassée.

La pluie martelait la fenêtre et brouillait les contours des gros nuages noirs et des arbres agités par le vent.

— Seigneur ! murmura Mme Baker, livide. Ma pauvre enfant !

— Ont-ils été jugés ? s'enquit McGee.

— Oui. Le procureur ne pensait pas pouvoir soutenir une accusation de meurtre avec préméditation. Ils bénéficiaient de trop de circonstances atténuantes, parmi lesquelles l'alcool et le fait que Jerry avait frappé Harch. Ce dernier a été malgré tout condamné à cinq ans de détention pour homicide.

— Que ça ? s'exclama Mme Baker.

— Je m'étais imaginé qu'il resterait en prison jusqu'à la fin de ses jours, avoua Susan.

Et son amertume était aussi grande que lorsqu'elle avait entendu le juge prononcer la sentence.

— Et les trois autres ? demanda McGee.

— Ils ont été reconnus coupables de coups et blessures et de complicité de meurtre mais, comme ils n'avaient jamais eu de démêlés avec la justice et que leurs familles étaient respectables, ils ont bénéficié d'un sursis.

— C'est honteux ! s'emporta Mme Baker.

McGee tenait toujours la main de Susan, qui lui en était reconnaissante.

— Ils ont naturellement été expulsés de Briarstead et le destin s'est chargé de punir Parker et Jellicoe. Ils suivaient des cours de préparation médicale et ils ont pu terminer leurs études dans un autre établissement. Mais ils ont ensuite découvert qu'aucune faculté de médecine digne de ce nom n'acceptait des étudiants ayant un casier judiciaire. Ils ont redoublé et adressé des demandes d'admission de toutes parts. Le jour où ils ont reçu une réponse favorable d'une université de second ordre, ils ont célébré l'événement en buvant un peu trop. Ils sont morts dans un accident : Parker a perdu le contrôle de sa voiture qui a fait deux tonneaux. Je devrais avoir honte de le dire, mais j'ai été profondément soulagée en l'apprenant.

— Je vous comprends, déclara Mme Baker. C'est tout naturel. Il n'y a pas de quoi être gênée.

— Et Randy Lee Quince ? voulut savoir McGee.

— J'ignore ce qu'il est devenu. Et je m'en fiche... Sa vie n'a pas dû être facile, et ça me suffit.

Deux coups de tonnerre rapprochés ébranlèrent les murs et ils regardèrent la fenêtre que la pluie martelait en redoublant de violence.

— C'est une histoire épouvantable, commenta Mme Baker. Mais je ne vois pas le rapport avec le malaise que vous avez eu dans le couloir.

Susan n'eut pas le temps de fournir des explications que McGee s'en chargeait.

— Tout semble indiquer que l'homme qui est sorti de l'ascenseur, juste devant vous, est un ancien membre de cette confrérie.

— Oui, confirma Susan.

— Harch ou Quince ?

— Ernest Harch.

— C'est une coïncidence impensable. Treize ans plus tard, et à l'autre bout des États-Unis.

Mme Baker se renfrogna.

— Vous devez vous tromper.

— Oh, non ! fit Susan en secouant la tête. Je ne pourrai pas oublier ce visage. Jamais.

— Il ne s'appelle pas Harch.

— Si, c'est lui.

— Son nom est Richmond. Bill Richmond.

— Il a pu en changer.

— Je doute que ce soit possible, lorsqu'on a un casier judiciaire.

— Pas légalement, fit Susan que l'attitude de l'infirmière irritait.

Car c'était bien Harch.

— Que fait-il ici ? demanda McGee à Thelma Baker.

— Il subira demain une intervention chirurgicale. Le Dr Viteski doit procéder à l'ablation de deux kystes dans la région lombaire.

— Vertébraux ?

— Non. Sébacés.

— Rien de grave ?

— Non, mais ils sont profondément enracinés et très gênants.

— Il a été admis ce matin ?

— C'est exact.

— Et vous êtes certaine qu'il s'appelle Richmond ?

— Oui.

— C'est Harch, insista Susan.

Mme Baker retira ses lunettes qu'elle laissa pendre à la chaînette passée autour de son cou pour se masser l'arête du nez et demander :

— Quel âge avait ce Harch, quand il a tué Jerry ?

— Il terminait ses études à Briarstead. Vingt et un ans.

— Alors, la question est réglée.

— Pourquoi ? fit McGee.

L'infirmière remit ses lunettes avant de répondre :

— Bill Richmond n'a guère plus de vingt ans.

— C'est impossible, fit Susan.

— Vingt et un, plus exactement. Il en découle qu'il n'avait que huit ans quand Jerry Stein a été tué.

— Il doit avoir trente-quatre ans, insista Susan.

— Il ne les fait pas. Je dirai même qu'il a tout d'un adolescent. S'il a menti sur son âge, c'est pour se vieillir et non se rajeunir.

Les lumières vacillèrent et le tonnerre gronda dans un ciel métallique. Le Dr McGee regarda Susan et lui demanda :

— Qu'avez-vous pensé, quand vous l'avez vu sortir de la cabine ?

Elle y réfléchit et perçut un vide au creux de l'estomac.

— Eh bien... qu'il ressemblait trait pour trait à Ernest Harch.

— Tel qu'il était à l'époque ?
— Heu... oui.
— Un étudiant de vingt et un ans ?
Elle hocha la tête, à contrecœur.
Il insista.
— Ce qui veut dire que vous ne lui avez pas donné trente-quatre ans ?
— Non. Mais l'écoulement du temps épargne certaines personnes. Je pourrais citer des gens qui font dix ans de moins que leur âge.
Si cette anomalie la déconcertait, elle n'avait aucun doute quant à son identité.
— C'est Harch.
— Ou un sosie.
— Non, c'est lui. Je l'ai reconnu et il m'a reconnue. Je ne me sens plus en sécurité. C'est sur mon témoignage qu'il a été condamné. Si vous aviez vu son regard, lors du procès...
Ils la dévisagèrent et elle crut se trouver à son tour dans le box des accusés, face à des jurés qui allaient rendre leur verdict. Elle finit par baisser les yeux. Leurs doutes étaient insupportables.
— Voilà ce que je compte faire, proposa McGee. Je vais jeter un coup d'œil à son dossier. En cas de besoin, j'irai lui dire deux mots afin de tirer les choses au clair.
— Bien sûr, murmura Susan.
Car elle savait qu'il n'en résulterait rien.
— Si c'est effectivement cet homme, nous ferons le nécessaire pour lui interdire de vous approcher. Et si ce n'est pas lui, vous pourrez dormir sur vos deux oreilles.
C'est lui, bordel !
Elle se contenta de hocher docilement la tête.
— Je reviens dans cinq minutes.
Elle se plongea dans la contemplation de ses mains livides, ses doigts croisés.
— Ça va aller ?
— Ouais, bien sûr !
Elle remarqua qu'ils échangeaient un regard lourd de

sous-entendus, un message silencieux. Mais elle ne redressa pas la tête.

McGee sortit.

— Nous serons bientôt fixés, Susan, affirma Mme Baker.

Des propos qui furent ponctués par un coup de tonnerre.

La nuit tomberait sous peu. L'orage avait eu raison de cet après-midi d'automne et le crépuscule arrivait en avance.

— Son identité ne fait aucun doute, annonça McGee à son retour, quelques minutes plus tard. Il s'appelle Bill Richmond.

Susan resta assise dans son lit. Elle refusait de le croire.

Ils étaient seuls dans la chambre. Les infirmières de l'équipe de nuit avaient pris la relève et Mme Baker était rentrée chez elle.

McGee jouait avec le stéthoscope suspendu à son cou.

— Et il n'a que vingt et un ans.

— Vous n'avez pas eu le temps de vérifier ses antécédents. Si vous vous êtes contenté de consulter son dossier médical, vous n'avez rien démontré. Il a pu mentir lors de son admission.

— Il s'avère que Léon – je parle du Dr Viteski – connaît ses parents depuis vingt-cinq ans. Il a mis au monde les trois enfants de Grace et Harry Richmond ici même, dans cet hôpital.

Le doute commençait à saper les convictions de Susan.

— Il a soigné toutes ses maladies infantiles et ses écorchures. Il m'a confirmé qu'il y a treize ans, quand Ernest Harch a tué Jerry Stein en Pennsylvanie, Bill Richmond n'avait que huit ans et vivait à Pine Wells où il se livrait aux activités des gosses de son âge.

— À trois mille miles de Briarstead.

— Tout juste.

Elle s'affaissa, terrassée par la lassitude et l'angoisse.

— Mais c'est son portrait craché ! Quand il est sorti de l'ascenseur et que j'ai vu son visage, ses maudits yeux gris, j'aurais juré...

— Oh, je suis certain que vous n'auriez pas cédé à la panique sans raison ! Qu'il lui ressemble ne fait aucun doute.

En dépit de la sympathie qu'il avait su lui inspirer, elle ne pouvait supporter son ton condescendant. La colère lui insuffla de l'énergie et elle se redressa en serrant les poings.

— Ce n'est pas une simple ressemblance. Il est absolument identique à Harch.

— N'oublions pas qu'il y a très longtemps que vous ne l'avez pas vu.

— Et ?

— Vos souvenirs sont peut-être moins fiables que vous ne le croyez.

— Je me souviens très bien de lui ! Ils ont la même taille, le même poids et la même conformation.

— C'est un type morphologique assez répandu.

— Il a les mêmes cheveux blonds, les mêmes traits, les mêmes yeux. Combien de gens ont des iris d'un gris si clair qu'ils paraissent transparents ? Ils ne doivent pas être nombreux. Bill Richmond et Ernest Harch sont en tout point identiques. Ce n'est pas une simple ressemblance. C'est plus... bizarre. Surnaturel.

— D'accord, d'accord. Ce sont des sosies et les rencontrer aux extrémités opposées de ce pays et à treize ans d'intervalle est une coïncidence extraordinaire. Mais ce n'est que cela... une coïncidence.

Les mains de Susan étaient glacées et elle les frotta pour les réchauffer avant de déclarer :

— À propos de coïncidences, je précise que je partage l'opinion de Philip Marlowe.

— Qui ?

— Marlowe. Le détective de Raymond Chandler. *La dame du lac, Le grand sommeil, Le privé...*

— Oui, bien sûr ! Marlowe. D'accord, qu'a-t-il dit à ce sujet ?

— « Il suffit de disséquer une coïncidence pour trouver au moins deux individus mêlés à une affaire louche. »

Il fronça les sourcils et secoua la tête.

— Si une déclaration de ce genre est parfaite dans un roman policier, ne dénote-t-elle pas un peu de paranoïa dans la vie de tous les jours ?

Il disait vrai et la colère de Susan se dissipa en même temps que ses forces. Elle s'adossa à l'oreiller.

— Une telle ressemblance est-elle possible ?

— J'ai entendu dire que nous avons tous un jumeau quelque part, un *doppelgänger*.

— Je ne peux pas affirmer le contraire, mais c'était... différent. Bizarre. Je jurerais qu'il m'a reconnue. Son sourire était étrange. Et... il m'a fait un *clin d'œil* !

Pour la première fois depuis son retour dans cette chambre, McGee se détendit.

— Tiens donc ? Je ne trouve pas ça surprenant, chère madame.

Et ses yeux bleus pétillaient d'amusement.

— Au cas où vous l'ignoreriez, il est fréquent qu'un homme fasse un clin d'œil à une femme séduisante. Ne me dites pas que ça ne vous est jamais arrivé. Auriez-vous passé votre existence dans un couvent ou sur une île déserte ?

— Je n'ai rien de séduisant, en ce moment.

— Balivernes.

— J'aurais besoin d'un vrai shampooing. Je n'ai que la peau sur les os et des poches sous les yeux. Je ne risque pas de susciter des passions.

— Vous êtes trop dure envers vous-même. Vous vous trouvez maigre ? Vous avez simplement ce je-ne-sais-quoi qui fait tout l'attrait d'Audrey Hepburn.

Elle résista à son charme, ce qui n'était pas facile. Elle était bien décidée à exprimer le fond de sa pensée.

— Ce clin d'œil n'entrait pas dans la même catégorie que ceux dont vous parlez.

— Ah, vous admettez que vous connaissez la question ! Vous voici brusquement devenue une experte en la matière !

Elle ne voulait pas se laisser écarter du sujet, oublier l'homme qui était sorti de l'ascenseur.

— De quel genre d'œillade s'agissait-il, plus exactement ? fit-il sur un ton moqueur.

— Elle était pleine de suffisance et n'avait rien d'aguichant. Elle n'était pas chaleureuse et amicale mais glaciale, hautaine, agressive et... lourde de menaces.

Elle n'avait pas terminé qu'elle prit conscience que cette interprétation exhaustive d'un clin d'œil était ridicule.

— Je m'abstiendrai de vous demander de me décrire le reste de son expression. Nous en aurions pour la nuit !

Elle finit par succomber à son charme et sourit.

— Vous devez me trouver idiote, n'est-ce pas ?

— Surtout depuis que nous avons la preuve qu'il se nomme Bill Richmond et qu'il n'a que vingt et un ans.

— Ce clin d'œil n'était donc qu'un clin d'œil, et tout le reste ne serait que le fruit de mon imagination ?

— N'êtes-vous pas de cet avis ?

Elle soupira.

— Ouais, c'est probable ! Je pense aussi que je devrais vous présenter des excuses pour tous les tracas que je vous ai causés.

— C'était un plaisir.

— Je suis lasse, très faible, et mes sens sont émoussés. J'avais rêvé de Harch, la nuit dernière, et quand j'ai vu son double sortir de l'ascenseur, je... j'ai craqué.

L'admettre était pénible. Si certains s'affolaient pour un rien, Susan Kathleen Thorton aurait dû affronter posément tout ce que lui réservait le destin. Elle avait toujours su garder son calme. Elle était ainsi depuis qu'une enfance solitaire lui avait appris à lutter seule contre l'adversité. Quand Ernest Harch avait défoncé le crâne de Jerry dans l'Antre du Tonnerre, elle n'avait pas cédé à la panique. Elle s'était enfuie et cachée. Sa présence d'esprit lui avait permis de survivre en des circonstances où la plupart des individus auraient perdu la tête. Ce qu'elle venait de faire. Devant témoins, de surcroît ! Elle était honteuse de sa conduite.

— Je vous promets d'être à l'avenir une patiente modèle. J'avalerai mes médicaments sans rechigner et je terminerai mes repas pour reconstituer rapidement mes forces. Je ferai de l'exercice chaque fois qu'on me le dira, et quand je sortirai d'ici, vous aurez oublié ce scandale. Vous regretterez que tous vos malades ne soient pas comme moi.

— Je le regrette déjà. Croyez-moi, je préfère côtoyer une jolie femme plutôt qu'un vieillard acariâtre qui vient de faire un infarctus.

Après le départ de McGee, elle demanda à un des aides-soignants d'installer un téléviseur de location dans sa chambre. Le soir venu, elle regarda la moitié d'un épisode des « Rockford Files » puis la énième rediffusion d'un « Mary Tyler Moore Show ». Malgré les parasites dus à l'orage, elle suivit les informations de cinq heures d'une chaîne de Seattle et put constater que les crises internationales qui occupaient la une trois semaines plus tôt, avant son coma, étaient encore d'actualité.

Quand vint l'heure du dîner, elle mangea tout ce qui se trouvait sur son plateau. Plus tard encore, elle sonna une des infirmières de l'équipe de nuit pour lui demander un en-cas. Une blonde nommée Marcia Edmonds lui apporta un sorbet garni de tranches de pêches. Elle n'en laissa rien.

Elle essayait de ne pas penser au sosie de Harch, ce Bill Richmond. Elle tentait d'oublier l'Antre du Tonnerre, les jours perdus dans l'inconscience, les trous qui subsistaient dans sa mémoire, sa faiblesse et tout ce qui la déprimait. Elle s'efforçait d'être une bonne patiente et de se forger un moral d'acier, car elle avait hâte d'être sur pied.

Mais un pressentiment imprécis et terrifiant venait la harceler. Un présage de malheur sans cause déterminée.

Sitôt qu'elle s'engageait sur cette voie, elle songeait à des choses agréables. Le Dr Jeffrey McGee, par exemple : la grâce de ses mouvements ; le timbre si doux de sa voix ; la beauté et l'éclat de ses yeux bleus ; ses mains puissantes et bien proportionnées.

Quand vint pour elle le moment de dormir – elle avait pris le somnifère qu'il lui avait prescrit sans trouver pour autant le sommeil – la pluie cessa de tomber. Le vent continua toutefois d'agresser la fenêtre. Il murmurait, grondait, sifflait. Il reniflait le pourtour du chambranle et tapait sur le verre, tel un gros chien qui cherchait à entrer.

Peut-être pour cette raison, elle rêva d'une meute de chiens. Des chiens, puis des chacals. Des chacals puis des loups. Des loups-garous. Ils se métamorphosaient en hommes, redevenaient des loups, puis encore des hommes. Ils couraient sur ses talons, bondissaient vers elle ou l'attendaient dans les ténèbres. Lorsqu'ils avaient forme humaine, elle pouvait les reconnaître : Jellicoe, Parker, Quince et Harch. Elle fuyait dans une forêt obscure, quand elle atteignit une clairière où le clair de lune lui révéla quatre loups regroupés autour du corps de Jerry Stein. Ils cessèrent de le déchiqueter et levèrent leurs yeux cruels vers elle en retroussant leurs babines. Du sang coulait de leurs crocs et de leur gueule, des lambeaux de chair en pendaient. Elle rêva qu'ils la pourchassaient dans une caverne, dans un labyrinthe de stalagmites et de stalactites, le long d'étroits boyaux de roche et de terre. Ils la poursuivaient également dans une immense prairie pointillée de fleurs noires ; lorsqu'ils ne rôdaient pas dans les rues d'une ville déserte, reniflant sa trace, l'obligeant à quitter toutes ses cachettes, tentant sans cesse de happer ses talons. Dans un prolongement de ce songe, une de ces créatures s'était glissée dans sa chambre d'hôpital : un loup ramassé sur lui-même au sein des ombres, une silhouette indistincte qui la surveillait du pied du lit, l'œil luisant. Puis il s'avança dans le halo ambré de la veilleuse et elle constata qu'il avait entamé une autre métamorphose. Il redevenait un homme. Ernest Harch, en pyjama et peignoir...

(« Je ne rêve plus ! » comprit-elle en sentant les griffes glacées de la peur la lacérer.)

... Et il contourna le lit, se pencha pour la regarder de près. Elle voulut hurler et en fut incapable. Elle ne pouvait bouger. Le visage s'estompa et elle se concentra, mais elle repartait vers la prairie...

(« Il faut réagir. Réveille-toi, Susan ! Complètement. Dire qu'il a parlé d'un léger sédatif. Léger, bon sang ! »)

... Et les traits de Harch se fondirent en une tache grise. La chambre disparut et elle se retrouva au milieu des fleurs noires, poursuivie par la meute. Malgré la pleine lune, l'obscurité restait dense. Susan ne voyait pas où elle allait, et elle trébucha contre un obstacle, tomba. Elle découvrit qu'elle venait de heurter le cadavre mutilé et à demi dévoré de Jerry Stein. Le loup réapparut au-dessus d'elle, montra ses crocs en grondant et abaissa son museau ruisselant de bave vers elle. Son mufle frôla sa joue. La tête du monstre subit une métamorphose pour devenir celle plus abominable encore d'Ernest Harch. Ce n'était pas la truffe d'un loup qui exerçait une pression sur sa pommette mais un index. Elle tressaillit et son cœur se mit à battre si vite qu'elle crut qu'il allait éclater. Harch recula et sourit. La prairie de fleurs noires avait disparu. Elle rêvait qu'elle était dans sa chambre d'hôpital...

(« Non, ce n'est pas un songe ! C'est la réalité. Harch est ici, et il va me tuer. »)

Elle tenta de s'asseoir et ne put bouger. Elle voulut tendre la main vers la sonnette, pour qu'une infirmière ou un aide-soignant vînt la secourir. Bien qu'éloigné seulement de quelques centimètres, le bouton paraissait situé à des années-lumière de ses doigts. Elle s'étira vers lui et son bras s'allongea comme par magie. Il était démesuré, sa chair et ses os avaient une élasticité inimaginable. Mais elle ne pouvait toujours pas l'atteindre. Elle avait l'impression d'être Alice, après sa traversée du miroir. Elle était dans cette partie du Pays des Merveilles où les lois de la perspective ne s'appliquaient pas. Ici, ce qui était petit était gros et ce qui était gros était petit ; ce qui était proche était lointain et ce qui était lointain était proche ; il n'y avait aucune différence entre le haut et le bas, dedans et dehors, dessus et dessous. La confusion engendrée par le somnifère lui donnait la nausée. Elle avait un goût amer dans la bouche. Conservait-on sa sensibilité gustative, lorsqu'on rêvait ? Elle ne pouvait se prononcer. Elle désirait savoir si elle était éveillée ou toujours plongée dans un profond sommeil.

— Ça fait un bail, pas vrai ? dit Harch.

Elle cilla et voulut le fixer, mais il ne cessait de s'effacer pour réapparaître sitôt après. Parfois, il retrouvait pour une ou deux secondes ses yeux de loup.

— Tu croyais réussir à m'échapper ? murmura-t-il en se rapprochant encore.

Leurs visages se frôlaient presque. Son haleine était fétide et elle se demanda si le fait de la sentir ne démontrait pas qu'elle était éveillée, qu'il n'avait rien d'onirique.

— Tu croyais réussir à m'échapper ? répéta-t-il.

Répondre était impossible, car les mots se coinçaient dans sa gorge où ils s'aggloméraient en un bloc de glace qu'elle ne pouvait cracher ou déglutir. Il lui fit un large sourire.

— Alors, salope ? Tu t'es crue maligne, pauvre conne. Mais qu'est-ce que tu en dis, à présent ? Hein ? Tu ne regrettes pas d'avoir témoigné contre moi ? Hm ? Ouais. Je parie que tu t'en mords les doigts.

Il gloussa, et elle entendit un loup gronder. Puis ce furent de nouveau des rires.

— Tu sais ce que je vais te faire ? dit-il pendant que son visage s'estompait. Tu sais ce que je vais te faire ?

Elle était dans une grotte. Des fleurs noires poussaient dans la roche. Elle fuyait devant la meute hurlante. Elle franchit un angle et se retrouva face à une rue obscure. Un loup assis sur le trottoir, sous un réverbère, lui demanda :

— Tu sais ce que je vais te faire ?

Elle continua de courir dans une nuit éternelle, imprécise et terrifiante.

Le lundi, peu après l'aube, elle s'éveilla moite de sueur. Elle se souvenait qu'elle avait rêvé de loups et d'Ernest Harch. Sous la clarté dure et grisâtre de cette matinée nuageuse, s'être imaginé que cet homme avait pu pénétrer dans sa chambre lui paraissait ridicule. Elle était en vie, indemne. Elle ne gardait aucune trace des événements de la nuit. Elle avait fait un cauchemar. Ce n'était que cela : un épouvantable cauchemar.

5

Le lendemain matin, une infirmière vint l'aider à se laver avec une éponge. Revigorée, Susan enfila son pyjama de rechange, le vert à ganses jaunes. Une aide-soignante rinça celui de soie bleue dans le lavabo du cabinet de toilette et le mit à sécher derrière la porte.

Le petit déjeuner fut plus copieux que celui de la veille, mais insuffisant pour la rassasier.

Sitôt qu'elle eut repris son service, Mme Baker passa la voir avec le Dr McGee qui effectuait ses visites avant de se rendre à son cabinet particulier. Ils retirèrent le bandage de son front. Ce fut indolore. Elle ne sentit que quelques picotements lorsqu'ils coupèrent et enlevèrent les points de suture.

McGee la tint par le menton pour incliner sa tête d'un côté puis de l'autre et examiner la cicatrice.

— Du vrai travail de couturière, soit dit en toute modestie.

Mme Baker prit un miroir sur la table de chevet et le remit à Susan.

Elle fut agréablement surprise de constater que la balafre était peu importante. Il n'y avait qu'un trait de peau brillante rosâtre à peine boursouflée, long de dix centimètres et bordé de points rouges.

— Les traces de suture disparaîtront en une dizaine de jours, affirma McGee.

— Je m'attendais à voir une large entaille ensanglantée, déclara Susan en levant la main à son front.

— Large n'est pas le mot, mais l'hémorragie était importante et la cicatrisation n'a pas été aussi rapide que je l'espérais... Sans doute parce que vous fronciez constamment les sourcils, quand vous étiez dans le coma. Nous ne pouvions pas vous en empêcher et les associations d'assistance aux patients auraient refusé de rémunérer un comique pour qu'il vous fasse des pitreries vingt-quatre heures sur vingt-quatre. Mais la balafre s'estompera. Elle paraîtra encore plus fine qu'à présent et aura la même couleur que le reste. Lorsque les chairs seront raffermies, et si vous le jugez utile, la chirurgie esthétique permettra d'éliminer le bourrelet par des techniques d'abrasion dermique.

— Oh, ce ne sera pas nécessaire ! Je suis certaine que mon entourage ne remarquera absolument rien. Je suis soulagée de découvrir que je ne ressemble pas à la créature de Frankenstein.

Ce qui fit rire Mme Baker.

— Comme si c'était possible, jolie comme vous êtes. Dieu du ciel, vous devriez avoir honte de vous sous-estimer constamment !

Elle rougit.

McGee était amusé.

En secouant la tête, l'infirmière récupéra les ciseaux et la gaze souillée de sang puis les laissa.

– Alors ? s'enquit McGee. Vous sentez-vous prête à joindre votre patron ?

Elle n'avait pas oublié le nom qu'il avait cité la veille.

— Phil Gomez... Je ne me souviens toujours pas de lui.

— Ça reviendra, fit-il en regardant sa montre. Il est encore tôt, mais il est peut-être matinal.

Il utilisa le téléphone de la table de chevet pour demander à la standardiste d'appeler la Milestone, à Newport Beach, Californie. Gomez décrocha immédiatement.

Pendant deux minutes, Susan suivit un des dialogues de cet entretien. Le médecin annonça qu'elle était sortie du coma mais qu'elle avait quelques trous de mémoire, en insistant sur le fait qu'ils étaient « temporaires », puis il lui tendit le combiné.

Elle le prit comme s'il s'agissait d'un serpent. Elle n'arrivait pas à définir ce qu'elle ressentait. Elle n'avait aucun désir de passer le reste de son existence avec un tel vide dans son esprit, mais elle n'avait pas oublié ce qu'elle avait éprouvé quand McGee avait cité la Milestone, la veille. Elle avait eu l'angoissante impression qu'il eût mieux valu ne jamais apprendre en quoi consistait son travail. La peur insidieuse qui s'était installée au fond de son être réapparaissait.

— Allô ?

— Susan ? C'est bien vous ?

— Oui, c'est moi.

La voix de Gomez était haut perchée et joviale. Et il parlait si vite que les mots se bousculaient.

— Dieu soit loué ! Je suis si heureux d'avoir de vos nouvelles. Je suis sincère, mais vous le savez déjà. Nous nous sommes fait un sang d'encre, ici. Même Breckenridge en était malade, et qui aurait pu imaginer qu'il avait des sentiments humains ? Alors, comment allez-vous ?

Le timbre de cette voix ne réveillait pas plus de souvenirs que si elle s'était entretenue avec un inconnu.

Ils bavardèrent une dizaine de minutes et Gomez fit son possible pour l'aider à reconstituer son passé. La Milestone Corporation était une cellule de réflexion privée indépendante qui effectuait des études pour ITT, IBM, Exxon et d'autres grandes sociétés. Ce qui ne l'avança guère, car elle ignorait ce qu'était une « cellule de réflexion privée indépendante ». Il précisa qu'elle travaillait – ou plutôt qu'elle avait travaillé – sur des applications du laser dans le domaine des télécommunications. Elle avait tout oublié. Il lui décrivit son bureau, et elle eut l'impression de n'y avoir jamais mis les pieds. Il lui parla de ses amis et collègues : Eddie Gilroy, Ella Haversby, Tom Kavinsky, Anson Breckenridge, etc. Aucun de ces noms ne provoqua un déclic. À la fin de leur conversation, elle percevait de la déception et de l'inquiétude dans les intonations de son interlocuteur. Il l'invita à le rappeler et lui suggéra de contacter d'autres employés de la Milestone.

— Et ne vous tracassez pas. Même s'il vous faut du temps pour vous rétablir, nous ne confierons pas votre boulot à quelqu'un d'autre.

— Merci, fit-elle, touchée par cette attention.

— Il n'y a pas de quoi. Vous êtes un de nos meilleurs éléments et je ne voudrais surtout pas vous perdre. Si vous n'étiez pas si loin, nous irions tous nous installer dans votre chambre pour vous distraire et hâter votre guérison.

Une minute plus tard, quand elle eut finalement raccroché, McGee lui demanda :

— Alors ? Ça a marché ?

— Non, je ne me souviens toujours pas de ma vie professionnelle. Mais ce Phil Gomez m'a paru très gentil.

À tel point qu'elle était surprise d'avoir pu l'oublier. Puis elle s'interrogea sur l'angoisse qu'elle avait senti croître en elle comme une tumeur maligne pendant cette conversation. Malgré l'amabilité de cet homme, le simple fait de penser à la Milestone Corporation la mettait mal à l'aise. C'était d'ailleurs un euphémisme. Elle avait... peur de cette société. Et elle en ignorait la raison.

En fin de matinée, elle s'assit au bord du lit et imprima des balancements à ses jambes pour leur rendre un peu de souplesse.

Mme Baker l'aida à s'installer dans le fauteuil roulant.

— Aujourd'hui, vous devrez vous débrouiller sans moi. Vous allez faire un tour complet de l'étage. Et si vous avez mal aux bras, n'hésitez pas à demander à une de mes collègues de vous ramener ici.

— Je me sens en pleine forme et je ne déclarerai pas forfait. Je bouclerai deux fois ce circuit touristique.

— Je m'attendais à une réponse de ce genre. Un seul sera amplement suffisant. Pas de marathon, compris ? Vous pourrez remettre ça après le déjeuner et une bonne sieste.

— Vous me dorlotez trop. Je suis plus résistante que vous ne le pensez.

— Je l'aurais parié. Vous êtes incorrigible.

Elle se souvint de son humiliation de la veille, quand elle avait affirmé qu'elle pouvait se lever et n'avait même pas pu s'asseoir sans aide dans le fauteuil. Elle rougit.

— D'accord. Un seul. Mais cet après-midi, j'en effectuerai deux. Et je n'ai pas oublié ce que vous m'avez dit. Vous m'avez déclaré que je ferais quelques pas et j'ai la ferme intention de vous obliger à tenir parole.

— Incorrigible, répéta Mme Baker.

Mais elle avait souri.

— Je veux tout d'abord découvrir la vue.

Elle s'écarta de son lit, passa devant l'autre inoccupé et s'arrêta à côté de la fenêtre. Elle n'avait jusqu'à présent pu apercevoir que le ciel et la cime de quelques arbres. L'appui était si haut qu'elle dut étirer le cou pour regarder l'extérieur sans se lever du fauteuil.

Elle découvrait de nombreuses collines aux versants couverts de sapins, de pins et d'épicéas, ou encore de pâturages. L'hôpital surplombait une agglomération dont les faubourgs empiétaient sur les pentes qui cernaient la vallée. Ses maisons de brique, de pierre et de bois se nichaient entre des arbres, le long de rues tirées au cordeau. En dépit du ciel gris et des nuages menaçants qui le traversaient, la scène était riante et sereine.

— C'est ravissant.

— N'est-ce pas ? Je ne regretterai jamais d'avoir quitté la ville, fit Mme Baker avant de soupirer. Mais le devoir me réclame. Lorsque vous aurez terminé votre promenade, sonnez et je viendrai vous aider à vous recoucher.

Elle agita un doigt potelé sous son nez.

— Et ne tentez pas de vous lever et de vous mettre au lit toute seule. Quoi que vous puissiez penser, vous êtes faible et chancelante. Appelez-moi.

— Je n'y manquerai pas, affirma Susan.

Elle avait l'intention malgré tout de faire un essai, si elle se sentait toujours aussi en forme à la fin de son circuit en fauteuil à roulettes.

Mme Baker la laissa et elle s'attarda devant la fenêtre pour admirer la vue.

Peu après, elle prenait conscience que ce n'était pas la beauté du paysage qui la retenait dans cette pièce. Elle hésitait à en sortir parce qu'elle avait peur. Peur de rencontrer Bill Richmond, le sosie de Harch. Peur qu'il ne lui adresse un sourire menaçant, qu'il rive sur elle ses yeux pâles, qu'il lui fasse un clin d'œil entendu et lui demande des nouvelles de ce bon vieux Jerry.

« C'est complètement ridicule ! » se dit-elle avec colère.

Elle se secoua, pour inciter ses terreurs irrationnelles à lâcher prise.

« Ce n'est pas Ernest Harch. Ce n'est pas le grand méchant loup, bon Dieu ! se reprocha-t-elle. Il a treize ans de moins que ce salopard et il s'appelle Richmond, Bill Richmond. Il vient de Pine Wells et ne me connaît pas. Je n'ai aucune raison de rester cloîtrée ici, paralysée par la peur de le rencontrer. Qu'est-ce qui m'arrive, bon sang ? »

Ce fut la honte qui l'incita à se déplacer. Elle imprima une rotation aux roues de son siège et sortit de la chambre.

Ses bras la firent souffrir avant qu'elle n'eût parcouru un cinquième de la distance qu'elle avait escompté couvrir. Le temps de suivre les deux ailes du sommet du T, elle avait des crampes. Elle s'arrêta pour masser ses biceps et ses épaules. Ses doigts se chargèrent de lui rappeler ce qu'elle aurait voulu oublier : qu'elle était d'une maigreur cadavérique, décharnée, très différente de la femme qu'elle avait été autrefois.

Elle serra les dents et repartit. Elle tourna dans le couloir principal. L'effort réclamé pour déplacer et manœuvrer le fauteuil accaparait son attention, mais elle remarqua malgré tout un homme au milieu du passage. Elle stoppa son moyen de transport à moins de cinq mètres de lui et resta à le fixer, bouche bée, sidérée. Finalement, elle ferma les paupières et compta lentement jusqu'à trois, les rouvrit... Il était toujours là, appuyé au comptoir du poste des infirmières pour bavarder avec l'une d'elles.

Il mesurait environ un mètre quatre-vingt-cinq et avait des cheveux bruns et des yeux marron. Son visage était allongé, comme si Dieu avait étiré la glaise dont il l'avait façonné avant de le passer au four. Il avait un grand front, un nez aux narines pincées et un menton pointu. Il portait un pyjama blanc et une robe de chambre lie-de-vin, mais il n'avait rien d'un patient ordinaire.

Elle s'était attendue à rencontrer le sosie de Harch quelque part dans les couloirs. Elle s'y était préparée, conditionnée. Toutefois, elle n'avait pas prévu cela.

Car c'était Randy Lee Quince.

L'autre survivant des quatre membres de la confrérie.

Elle était sous le choc et ne pouvait en croire ses yeux. Elle était terrorisée et voulait qu'il disparaisse. Elle priait pour qu'il ne soit qu'une hallucination, le fruit de son imagination enfiévrée. Mais il refusait de s'évaporer conformément à la logique. Il restait là... solide et bien réel.

Elle se demandait si elle devait l'affronter ou s'enfuir, quand il repartit. Il se détourna sans lui accorder un regard et entra dans la cinquième chambre située sur la gauche, au-delà des ascenseurs.

Elle avait retenu son souffle. Lorsqu'elle prit une inspiration, l'air qui pénétra dans ses poumons lui parut aussi glacé que celui d'une nuit de février dans la Sierra Nevada où elle allait parfois skier.

Elle crut qu'elle ne pourrait plus jamais se mouvoir. Elle avait l'impression d'être fragile, cassante, cristallisée.

Une infirmière passa près d'elle. Ses semelles en caoutchouc crissaient sur le sol ciré.

Des bruits qui lui donnèrent la chair de poule car ils évoquaient ceux des chauves-souris.

Il y en avait eu, dans l'Antre du Tonnerre. Dérangées par la lueur des lampes et des bougies, elles battaient des ailes. À ces bruissements s'étaient ajoutés leurs cris pendant que les membres de la confrérie s'acharnaient sur Jerry. Puis elles avaient volé en tous sens dans les ténèbres, se ruant sur elle lorsqu'elle avait éteint sa torche pour s'enfuir.

L'infirmière qui s'était entretenue avec Quince remarqua son malaise.

— Tout va bien?

Susan libéra son souffle, qui réchauffa ses dents et ses lèvres. Elle hocha la tête, comme si elle venait d'être décongelée.

Les sons décrurent, finirent par disparaître.

Elle fit avancer son fauteuil vers la femme brune dont elle ignorait le nom...

— L'homme auquel vous parliez...

L'infirmière se pencha sur le comptoir pour lui demander :

— Le patient de la 216?

— Oui, lui.

— Que voulez-vous savoir?

— J'ai l'impression de le connaître... Plus exactement, de l'avoir connu il y a longtemps.

Elle lorgna avec nervosité vers la chambre de Quince avant d'ajouter :

— Mais, si je me trompe, je ne voudrais pas l'aborder et me ridiculiser. Savez-vous comment il s'appelle?

— Naturellement. Peter Johnson. Un brave garçon, bien qu'un peu bavard. Il vient si souvent me voir que mon travail s'en ressent.

Susan cilla.

— Peter Johnson ? Vous en êtes sûre ? Vous êtes certaine que ce n'est pas Randy Lee Quince ?

La femme fronça les sourcils.

— Quince ? Non, c'est bien Peter Johnson. Je suis catégorique.

Plus pour elle-même que pour son interlocutrice, Susan précisa :

— Il y a treize ans, en Pennsylvanie, j'ai rencontré quelqu'un qui lui ressemblait trait pour trait.

— Il y a treize ans ? Alors, vous faites erreur sur la personne. Peter n'a que dix-neuf ou vingt ans. C'était un petit garçon, à l'époque.

Et Susan dut reconnaître que l'homme qu'elle venait de voir était en effet très jeune. Guère plus qu'un adolescent. Il était la réplique de Randy Lee Quince tel qu'il avait été autrefois, pas tel qu'il devait être à présent. Pour que ce soit cet individu, il aurait fallu qu'il passe les années écoulées en hibernation.

Au déjeuner, on lui servit un repas plus consistant. C'était un changement de régime agréable, et elle termina tous les plats. Elle était impatiente de recouvrer ses forces et de quitter cet hôpital.

Pour satisfaire Mme Baker, elle abaissa son lit, se coucha en chien de fusil et feignit de dormir. Elle ne pouvait naturellement s'abandonner au sommeil. Elle ne cessait de penser à Bill Richmond et à Peter Johnson.

Deux sosies ? Des copies conformes, au même endroit et à seulement un jour d'intervalle ?

Quelles étaient les probabilités d'une pareille coïncidence ? Insignifiantes. C'était impossible.

Non, pas impossible. Elle les avait vus, bon Dieu ! Elle les avait vus.

Parler de ressemblance était absurde. Il était plus logique de présumer que les véritables Harch et Quince s'étaient fait hospitaliser dans cet établissement. Elle tenta d'approfondir cette hypothèse mais ne trouva guère d'arguments pour l'étayer. Après la libération de l'un et la liberté conditionnelle de l'autre, ils avaient pu changer d'État et se forger de nouvelles identités. Peut-être étaient-ils restés en contact pendant les années que Harch avait passées en prison et se retrouver ensuite dans cette ville de l'Oregon. Jusque-là, le hasard n'entrait pas en ligne de compte, étant donné qu'ils étaient de vieux amis. Ils avaient pu tomber malades et se faire hospitaliser le même jour. Si c'était une coïncidence, elle n'était pas extraordinaire. Ce qui clochait, ce qui faisait s'écrouler ce château de cartes, c'était leur jeunesse apparente. En admettant que l'un d'eux ait pu hériter des gènes de Mathusalem et être épargné par les ans, cela ne pouvait s'appliquer aux deux. Non, c'était inconcevable.

Que reste-t-il ? se demanda-t-elle. Des sosies. La vieille théorie des *doppelgängers ?* Si ce ne sont que des doubles, sont-ils ici par hasard ? N'y a-t-il pas une autre raison à leur présence dans cet hôpital, juste au moment où je m'y trouve ? Si oui, laquelle ? Est-ce qu'on veut me rendre folle ? Le simple fait de l'envisager démontre que le but a été atteint, bordel !

Elle rouvrit les yeux et lorgna entre les barreaux du lit le ciel gris métallisé. Elle frissonna et remonta les couvertures.

Elle chercha d'autres explications.

Leur ressemblance avec Harch et Quince n'était-elle pas moins grande qu'elle le pensait ? Selon McGee, l'image qu'elle gardait d'eux avait pu s'estomper, s'altérer au fil du temps. Il pouvait avoir raison, bien qu'elle refusât de l'accepter. S'il avait été possible de réunir Harch, Quince, Richmond et Johnson, elle eût constaté que les similitudes étaient superficielles, que cette histoire de sosies n'était que le fruit de son imagination.

Elle en doutait.

Était-il envisageable que ces deux patients soient leurs fils ? Non. C'était ridicule. S'ils étaient trop jeunes pour être Harch et Quince, ils étaient trop âgés pour être leurs enfants. Ces salopards n'avaient même pas atteint la puberté, le jour de la naissance de leurs doubles. Ils n'avaient pu les concevoir.

Après avoir pensé à des liens de parenté, elle se demanda s'il ne s'agissait pas de leurs frères. Elle ignorait si Harch en avait un. Sa famille était venue le soutenir lorsqu'il était passé en jugement. Mais il n'y avait eu que son père, sa mère et sa sœur. Susan se rappelait vaguement que le frère de Randy Quince avait assisté au procès et qu'elle leur avait trouvé une certaine ressemblance... sans plus. En outre, il était plus âgé. Il était naturellement possible qu'un frère cadet soit resté à la maison, trop jeune pour se rendre au tribunal. Elle ne pouvait éliminer cette possibilité. Que ces hommes soient les frères des salopards qui l'avaient terrorisée dans l'Antre du Tonnerre n'était pas à exclure.

Même si elle en doutait.

Ne subsistait qu'une explication : la folie. Peut-être perdait-elle l'esprit. Elle avait des visions, des hallucinations. Tout ce qu'elle voyait alimentait sa paranoïa.

Non. Elle refusait de l'envisager. On aurait pu l'accuser d'affronter la vie avec trop de sérieux. Elle voulait bien prendre ce reproche en considération. Il lui arrivait d'estimer qu'elle était trop équilibrée, trop pondérée. Elle enviait les gens qui avaient parfois une conduite irrationnelle, ceux qui cédaient à leurs pulsions. Ils agissaient stupidement mais prenaient du bon temps. Si elle avait pu se laisser aller, se défouler, elle n'aurait pas raté tant de choses au fil de son existence. Trop sérieuse, trop fourmi et pas assez cigale ? D'accord. Folle, démente ? Certainement pas !

Elle se trouvait à court d'hypothèses face à l'énigme des *doppelgängers*. Parmi tout ce qui lui était venu à l'esprit, rien n'était satisfaisant.

Elle décida de ne pas parler de Peter Johnson à Mme Baker et au Dr McGee. Elle craignait de passer pour... une déséquilibrée.

Elle se recroquevilla sous les couvertures pour observer le ciel d'un noir menaçant. Elle se demandait si elle n'aurait pas dû faire abstraction de ces doubles, les oublier. Devait-elle être étonnée ou effrayée ? Elle s'interrogeait...

Dans l'après-midi, elle se leva et quitta son lit sans réclamer d'aide. Ses jambes faillirent la trahir pendant les deux ou trois secondes où elle resta debout, les sentant molles comme si elles avaient perdu leur ossature. Elle eut des étourdissements et se mit à transpirer, mais elle réussit à s'asseoir dans le fauteuil.

Mme Baker entra à cet instant et se renfrogna.

— Vous vous êtes levée toute seule ?

— Ouaip ! Je vous avais bien dit que j'étais moins faible que vous ne le pensiez.

— C'était une imprudence.

— Oh, non ! Rien de plus facile.

— Tiens donc ?

— Du gâteau.

— Alors, pourquoi êtes-vous en nage ?

Penaude, elle s'essuya le front.

— La ménopause, sans doute.

— Ne me faites pas rire. Vous mériteriez que je vous passe un savon, et sachez que je ne suis pas commode quand je m'y mets. Vous êtes une sacrée tête de mule, pas vrai ?

— Moi ? Une tête de mule ? répéta Susan en feignant d'être étonnée par cette accusation. Certainement pas. J'ai de la suite dans les idées, c'est tout.

— J'ai dit « une tête de mule » et je persiste. Bon sang, vous auriez pu glisser et tomber.

— Ce n'est pas arrivé.

— Vous vous seriez cassé un bras, fracturé le bassin ou autre chose, et votre rétablissement aurait été retardé de plusieurs semaines ! Ah, si vous aviez vingt ans de moins, je vous prendrais sur mes genoux pour vous administrer une fessée !

Susan éclata de rire.

Mme Baker parut surprise par ses propres paroles et finit par l'imiter.

Susan pensait s'être ressaisie quand son regard croisa celui de l'infirmière, ce qui déclencha une autre crise.

Lorsqu'elles se furent enfin calmées, Mme Baker s'essuya les yeux et déclara :

— Je n'arrive pas à croire que j'ai pu dire une chose pareille !

— Que vous me prendriez sur vos genoux ?

— Vous devez réveiller mon instinct maternel.

— Ça n'a rien à voir avec les méthodes employées par le corps médical.

— Je me félicite que vous ne vous sentiez pas insultée.

— Et moi de ne pas avoir vingt ans de moins.

Ce qui déchaîna de nouveau leur hilarité.

Deux minutes plus tard, Susan se propulsait dans le couloir pour faire un peu d'exercice. Elle n'avait jamais été d'aussi bonne humeur depuis sa sortie du coma. Ces rires spontanés, incontrôlables, avaient eu un excellent effet thérapeutique. Cette complicité, cette intimité inattendue mais bienvenue, avait dissipé son sentiment de solitude et rendu cet hôpital moins froid et sinistre.

Si ses bras étaient encore endoloris par son circuit matinal, elle était fermement décidée à effectuer un autre tour complet de l'étage.

Elle ne craignait plus de rencontrer Richmond et Johnson. Elle s'estimait capable de les affronter. En fait, elle espérait presque les croiser. Si elle leur parlait et les regardait de plus près, leur ressemblance avec Harch et Quince se révélerait probablement moins frappante qu'elle ne l'avait imaginé. Elle garderait un esprit ouvert, et si la similitude persistait, elle tâcherait de s'entretenir avec eux, afin de mieux les connaître, et de les rendre moins menaçants. En dépit de ce qu'avait dit ce grand détective qu'était Philip Marlowe, elle voulait se convaincre qu'il s'agissait d'une simple coïncidence. Les autres possibilités étaient trop terrifiantes.

Elle atteignit la chambre 216 sans avoir vu aucun de ces hommes. Elle s'arrêta devant la porte, réunit son courage et se propulsa à l'intérieur. En franchissant le seuil, elle se contraignit à sourire. Elle avait appris par cœur ce qu'elle dirait à Peter Johnson : *Je vous ai vu dans le couloir, ce matin, et vous ressemblez tant à un vieil ami que je n'ai pu m'empêcher de venir vous...*

Mais il n'était pas là.

C'était une chambre à deux lits, comme la sienne, et l'autre occupant lui déclara :

— Peter ? Ils l'ont descendu au rez-de-chaussée, en radiologie. Ils voulaient le soumettre à des examens.

— Oh ? Alors, je repasserai plus tard.

— Un message à lui transmettre ?

— Non, c'est sans importance.

De retour dans le couloir, elle envisagea de demander à une infirmière où se trouvait Bill Richmond. Puis elle se souvint qu'il venait de subir une intervention chirurgicale et que ce n'était pas le moment de le déranger.

Lorsqu'elle regagna sa propre chambre, Mme Baker tirait le rideau du second lit.

— On vous a déniché une colocataire, expliqua-t-elle.

— Oh, tant mieux ! Un peu de compagnie m'évitera de m'ennuyer.

— Vos espoirs risquent d'être déçus. Elle passera probablement tout son temps à dormir. Elle est déjà sous sédatifs.

— Comment s'appelle-t-elle ?

— Jessica Seiffert.

— Qu'a-t-elle ?

Mme Baker soupira avant de répondre :

— Cancer. En phase terminale, je le crains.

— Oh, je suis désolée !

— Elle ne doit pas avoir beaucoup de regrets. Elle a soixante-dix-huit ans et n'a jamais eu à se plaindre de l'existence.

— Vous la connaissez ?

— Comme la plupart des habitants de Willawauk. Mais, et vous ? Vous sentez-vous d'attaque pour faire quelques pas, vous dégourdir les jambes ?

— Bien sûr.

Elle rapprocha le fauteuil roulant.

— Appuyez-vous sur lui d'une main et agrippez-vous à moi de l'autre. Nous ferons le tour du lit, sans nous presser.

D'abord tremblante et hésitante, Susan prit de l'assurance. Elle n'aurait pu battre personne à la course, pas même cette pauvre Jessica Seiffert, mais les contractions de ses muscles lui procuraient une joie animale. À présent qu'elle recouvrait une partie de son autonomie, elle se disait qu'elle se rétablirait plus rapidement que ne l'avait prévu McGee et qu'elle pourrait quitter cet hôpital sous peu.

Lorsqu'elles eurent atteint l'autre côté du lit, Mme Baker lui déclara :

— Très bien. Maintenant, recouchez-vous.

— Une seconde. Laissez-moi me reposer et retournons à notre point de départ.

— Vous devez vous ménager.

— J'y arriverai. Ce n'est pas fatigant.

— Vous en êtes certaine ?

— Je n'oserais pas vous mentir. Vous me donneriez une fessée.

L'infirmière sourit.

— Ne l'oubliez pas.

Alors qu'elles attendaient que Susan eût recouvré des forces, elles regardèrent le rideau du deuxième lit qui se trouvait à moins d'un mètre.

— A-t-elle de la famille ? s'enquit Susan.

— Pas vraiment. Aucun proche.

— C'est affreux.

— Quoi ?

— Mourir seule.

— Inutile de chuchoter. Elle ne peut pas vous

entendre. D'ailleurs, elle s'est résignée. Il n'y a que sa vanité qui en a pris un coup. C'était une belle femme, avant que le cancer ne la ronge et ne la rende squelettique. Elle a toujours été fière de son physique et sa déchéance l'affecte plus que le reste. Elle a de nombreux amis, à Willawauk, mais elle a interdit toute visite. Elle veut qu'ils gardent le souvenir de celle qu'elle était autrefois. Elle n'accepte que la présence des médecins et des infirmières. C'est pour cette raison que j'ai tiré le rideau. Si elle s'éveillait malgré ses sédatifs et découvrait qu'on peut la voir, elle en serait bouleversée.

— La pauvre.

— Évitez d'y penser. Nous y passerons tous un jour ou l'autre, et elle a vécu plus longtemps que bien des gens.

Elles reprirent leur circuit autour du lit puis Susan se coucha. Ce fut en poussant un soupir de soulagement qu'elle s'adossa aux oreillers.

— Faim ? demanda Mme Baker.

— Maintenant que vous m'y faites penser, la réponse est oui. J'ai comme un petit creux à l'estomac.

— Parfait, il faut vous remplumer. Je vais vous amener un en-cas.

Susan redressa le lit pour s'asseoir.

— Vous croyez que ça ennuierait Mme Seiffert, si je mettais la télévision ?

— Pas le moins du monde. Elle ne se rendra compte de rien. Et si elle se réveille, il est possible qu'elle s'y intéresse. Ça la fera peut-être sortir de sa coquille.

Mme Baker la laissa et elle utilisa la télécommande pour allumer le téléviseur. Elle zappa d'une chaîne à l'autre jusqu'au moment où elle trouva un vieux film qui venait de commencer : *Madame porte la culotte,* avec Spencer Tracy et Katharine Hepburn. Elle l'avait déjà vu naturellement, mais c'était un de ces classiques qu'on pouvait revoir sans jamais se lasser. Elle posa le boîtier et s'installa plus confortablement.

Elle eut néanmoins des difficultés à prêter attention au début de l'histoire, car le rideau tendu attirait son regard.

Il était banal, identique à celui qui la dissimulait en cas de besoin. Suspendu à un rail qui dessinait un U au plafond, il s'interrompait à une trentaine de centimètres du sol et ne laissait voir que les roulettes du lit. Les infirmières avaient tiré celui de Susan à quelques occasions, ces deux derniers jours... lorsqu'elle avait dû utiliser un bassin hygiénique ou changer de pyjama.

Mais il l'angoissait malgré tout.

« Ce n'est pas ce rideau, se dit-elle. C'est la présence d'une agonisante. Qu'il en résulte un malaise est naturel. »

Elle le fixa.

Non. Ce n'était pas la mort imminente de cette vieille dame qui l'inquiétait. C'était autre chose. Une chose qu'elle ne réussissait pas à définir.

Le tissu tombait sans faire de plis, d'une blancheur immaculée, figé comme un décor de théâtre.

Le film fut interrompu par des spots publicitaires et Susan coupa le son.

Le silence enchâssa la chambre telle une perle d'ambre autour d'un insecte.

Le rideau restait immobile, aucun courant d'air ne l'agitait.

— Madame Seiffert ?

Rien.

Mme Baker lui apporta une grosse crème glacée à la vanille recouverte de myrtilles.

— Vous la trouvez comment ? demanda-t-elle en la posant sur la table, qu'elle avança.

Susan cessa de s'intéresser au rideau.

— Énorme. Je n'en viendrai jamais à bout.

— Bien sûr que si. Vous êtes sur la voie de la guérison, ça saute aux yeux. L'appétit que vous aurez pendant une ou deux semaines vous surprendra.

Elle tapota ses cheveux gris avant d'ajouter :

— Enfin, j'ai fini pour aujourd'hui. Il faut que je rentre chez moi pour me faire belle. Ce soir, j'ai un rendez-vous galant. Si ce terme s'applique à une partie de bowling, un dîner dans un fast-food et un verre dans un bar. Mais j'aimerais que vous puissiez voir ce type. Un mâle magnifique. Si j'avais trente ans de moins, je dirais qu'il est canon. Un bûcheron avec des épaules larges comme la porte. Et je ne vous parle pas de ses mains ! Je n'en avais jamais vu d'aussi grosses, dures et calleuses, et pourtant il est plus doux qu'un agneau.

Susan sourit.

— J'ai comme l'impression que cette soirée sera mémorable.

— C'est presque garanti, répondit Mme Baker en se détournant.

— Heu... avant de partir...

L'infirmière s'arrêta.

— Oui, de quoi avez-vous besoin ?

— Vous ne voudriez pas jeter un coup d'œil à Mme Seiffert ?

Mme Baker était déconcertée.

— Eh bien, c'est... Elle n'a pas bougé. Je sais qu'elle dort, mais son silence est... Il est si profond que je me suis demandé si...

Mme Baker se dirigea vers l'autre lit, tira l'extrémité du rideau et disparut derrière.

Susan essaya de découvrir ce qu'il dissimulait avant qu'il ne retombe. Elle ne put voir Jessica Seiffert, seulement le dos de l'infirmière.

Elle reporta son attention sur Tracy et Hepburn qui gesticulaient sans bruit sur l'écran du téléviseur. Elle mangea une cuillerée de la glace, qui était savoureuse mais agressait ses dents, puis elle regarda une fois de plus le rideau.

— Rassurez-vous, lui dit Mme Baker. Elle n'est pas morte. Elle dort comme un bébé.

— Oh !

— Évitez d'y penser, d'accord ? Elle ne va pas pousser son dernier soupir dans cette chambre. Elle restera ici deux ou trois jours, peut-être une semaine, et dès que son état le justifiera, nous la transférerons aux soins intensifs.

C'est là-bas que ça se passe, au milieu de toutes ces machines qui font des bips et des cliquetis sans rien pouvoir changer au résultat final. Compris ?

— Compris.

— Vous êtes une grande fille. Maintenant, mangez. On se revoit demain matin.

Après son départ, Susan remonta le son du téléviseur, termina son en-cas et essaya de ne pas regarder le lit de Mme Seiffert.

Les exercices physiques et la crème glacée s'associèrent pour la terrasser, et elle s'endormit avant la fin de *Madame porte la culotte.*

Elle rêva qu'elle participait à un jeu télévisé : « L'affaire est dans le sac ». Tous étaient déguisés et elle avait une tenue de malade : un pyjama et un pansement sur le front. Le présentateur, Monty Hall, se dressait près d'elle.

— Alors, Susan ! fit-il avec un enthousiasme sirupeux. Voulez-vous garder les mille dollars que vous avez gagnés ou les échanger contre le cadeau-mystère numéro un ?

Elle parcourut le plateau des yeux et constata que les trois boxes habituels avaient été remplacés par des lits d'hôpital que dissimulaient des rideaux.

— Je préfère les mille dollars, décida-t-elle.

— Allons, Susan, êtes-vous certaine de ne pas avoir à le regretter ? Êtes-vous sûre que c'est le bon choix ?

— Je garde l'argent, insista-t-elle.

Monty se tourna vers les caméras pour leur adresser un large sourire qui mettait en valeur ses dents blanches.

— Qu'en pensez-vous, chers téléspectateurs ? Doit-elle se contenter de mille dollars, une somme qui ne permet pas de faire des folies en cette période d'inflation galopante ? N'aurait-elle pas intérêt à opter pour le cadeau-mystère qui se trouve derrière le rideau numéro un ?

Tous les membres de l'assistance rugirent à l'unisson :

— Le cadeau ! Le cadeau !

Susan secoua la tête et répéta :

— Je ne veux pas voir ce qu'il y a derrière ce rideau. S'il vous plaît...

Le présentateur – qui ne ressemblait plus à Monty Hall et avait désormais un air satanique avec ses sourcils incurvés, ses yeux noirs menaçants et sa bouche gauchie par un rictus mauvais – lui arracha les mille dollars des mains en déclarant :

— Vous tirerez le rideau, Susan, parce que vous l'avez mérité. Ce qu'il y a derrière vous revient, Susan. Le rideau ! Allez voir ce que dissimule le rideau numéro un !

Des machinistes le repoussèrent, révélant un lit d'hôpital au bord duquel étaient assis deux hommes déguisés en patients : Harch et Quince. Ils tenaient des scalpels et les faisceaux des projecteurs se reflétaient sur leurs lames tranchantes. Ils se levèrent et traversèrent la scène en direction du public, de Susan. Ils tendaient leurs instruments chirurgicaux devant eux et une ovation s'éleva de la foule.

Le téléphone sonna quelques minutes après son réveil. Elle décrocha.

— Allô ?

— Susan ?

— Oui.

— Mon Dieu, j'ai été si heureuse d'apprendre que vous étiez sortie du coma. On s'est vraiment inquiétés, Burt et moi.

— Désolée, mais... heu... je ne vois pas qui vous êtes.

— C'est *moi,* Franny.

— Franny ?

— Franny Pascarelli, votre voisine.

— Oh, Franny ! Bien sûr.

— Vous... heu... vous vous souvenez de moi, au moins ?

— Évidemment. Je n'avais pas reconnu votre voix.

— On m'a parlé d'une sorte de... d'amnésie.

— C'est presque de l'histoire ancienne.

— Dieu soit loué !

— Et vous, Franny ? Ça va ?

— Ne vous en faites pas pour moi. Je poursuis mon petit bonhomme de chemin en combattant mes deux ennemis héréditaires : le double menton tant redouté et l'accroissement insidieux du tour de taille. Mais vous me connaissez, rien ne peut m'abattre. Ah, quand je pense à ce qui vous est arrivé ! Vous vous sentez comment ?

— De mieux en mieux.

— Vos collègues de travail... Ils nous ont dit que vous ne sortiriez peut-être pas du coma. Nous étions fous d'inquiétude. Et ce matin, lorsque M. Gomez m'a téléphoné pour m'apprendre que ça s'arrangeait, j'en ai été si heureuse que j'ai englouti un gâteau au café.

Ce qui fit rire Susan.

— Écoutez, ajouta Franny. Ne vous tracassez pas pour votre maison et le reste. Nous nous chargeons de tout.

— Je n'en doute pas. Je me félicite de vous avoir pour voisine, Franny.

— Vous en feriez autant pour nous.

Elles parlèrent de choses et d'autres, ce qui lui permit d'être informée de tout ce qui s'était passé dans le quartier depuis son départ.

Quand elle raccrocha, elle avait retrouvé une vie qu'elle avait failli perdre à jamais. Tout avait été différent avec Phil Gomez, car il n'avait été pour elle qu'une voix sans visage. Alors qu'elle se souvenait parfaitement de Franny Pascarelli, cette femme boulotte. Elles n'étaient pas amies intimes mais leur conversation lui avait rappelé qu'il y avait au-delà des murs de cet hôpital un monde qu'elle regagnerait tôt ou tard. Fait paradoxal, elle se sentait encore plus isolée et seule qu'auparavant.

Le Dr McGee fit sa tournée peu avant le déjeuner. Il était vêtu d'un pantalon bleu, d'un sweater assorti et d'une chemise rouge à carreaux sous sa blouse ouverte. Des poils bouclés aussi sombres que sa chevelure dépassaient de son col. Il était si svelte et séduisant qu'il semblait droit sorti d'un magazine de mode masculine.

Il lui apportait une grosse boîte de chocolats enrubannée et quelques livres de poche.

— Il ne fallait pas, dit-elle.

Elle prit les cadeaux, en hésitant un peu.

— Ce n'est pas grand-chose, et j'y tenais.

— Eh bien... merci.

— En outre, ça fait partie du traitement. Les douceurs vous aideront à reprendre du poids et les bouquins vous feront oublier vos soucis. Je ne connais pas vos goûts, mais comme vous avez cité Chandler, j'ai pensé que vous aimiez les romans policiers.

— C'est parfait.

Il tira une chaise et ils parlèrent pendant près de vingt minutes de ses promenades, de son appétit, des trous de mémoire restants et de sujets plus personnels tels que leurs préférences en matière culinaire, littéraire et cinématographique.

Elle ne mentionna pas Peter Johnson, le sosie de Quince qu'elle avait vu dans la matinée. Elle craignait de paraître hystérique ou irrationnelle. Deux copies conformes ? McGee se serait certainement demandé si le problème n'était pas d'origine psychique et elle ne voulait pas qu'il la croie... déséquilibrée.

En outre, son traumatisme crânien avait pu fausser ses perceptions. Bien que ces doutes soient minimes, elle ne pouvait en faire abstraction.

— Quand consacrez-vous du temps à votre vie privée, compte tenu des heures que vous accordez à vos patients ? s'enquit-elle lorsqu'il se leva pour partir.

— Je m'attarde moins auprès des autres. Votre cas est spécial.

— Je présume que vous n'avez pas souvent l'occasion de traiter des amnésiques.

Il sourit des lèvres et des yeux... d'un bleu limpide et emplis de tendresse.

— Vous avez dû constater que l'intérêt que je vous porte n'est pas uniquement d'ordre médical.

Elle ne sut quoi en penser. Voulait-il simplement lui remonter le moral ou avait-il un faible pour elle ? Comment aurait-il pu la trouver séduisante, dans son état ? Chaque fois qu'elle se regardait dans le miroir, elle se comparait à un rat mouillé. Il se montrait galant à des fins thérapeutiques.

— Votre camarade de chambrée vous laisse-t-elle tranquille ? chuchota-t-il tel un conspirateur.

Elle jeta un coup d'œil au rideau.

— Elle est muette comme une carpe.

— Parfait. Elle ne souffre donc pas. Je ne peux pas faire grand-chose pour elle, seulement lui éviter des épreuves inutiles.

— Oh, elle est votre patiente ?

— Oui. Une femme charmante. Il est triste que son agonie s'éternise. Elle aurait mérité une fin plus rapide.

Il gagna l'autre lit et disparut derrière le rideau.

Cette fois encore, Susan ne put entrevoir Mme Seiffert.

— Bonjour, Jessie, dit McGee. Comment vous sentez-vous, aujourd'hui ?

Elle entendit un murmure presque inaudible, une voix rauque et brisée, trop faible pour qu'elle pût discerner des mots.

Elle écouta le monologue de McGee une ou deux minutes, puis il y eut un long silence. Lorsqu'il ressortit, Susan tendit le cou afin d'apercevoir la vieille dame. Mais McGee avait écarté juste assez le rideau pour autoriser son passage, et il se referma aussitôt derrière lui.

— C'est une femme forte, dit-il avec admiration.

Il lui fit un clin d'œil et ajouta :

— À vrai dire, elle me fait penser à vous.

— C'est absurde. Vous ne diriez pas ça si vous m'aviez vue sautiller autour de ce lit en prenant appui sur cette pauvre Mme Baker. Que nous ne soyons pas tombées toutes les deux est un miracle.

— Je me référais à la force de caractère.

— Je me sens molle comme un Chamallow.

Ses compliments l'embarrassaient. Elle ne réussissait pas à déterminer ce qui les motivait. Lui faisait-il la cour ? Voulait-il seulement être gentil ? Elle décida de changer de sujet.

— Si vous écartiez ce rideau, elle pourrait regarder la télévision avec moi.

— Elle s'est endormie pendant que je m'adressais à elle. Et il y a gros à parier qu'elle dormira seize heures par jour, à l'avenir.

— Si elle se réveille...

— À vrai dire, elle ne souhaite pas être vue. Elle accorde beaucoup d'importance à son apparence.

— Mme Baker m'en a parlé. Je saurai la mettre à son aise. Même si elle est un peu gênée au début, je lui ferai oublier ses complexes.

— Je n'en doute pas, mais je...

— Rester clouée dans un lit est insupportable. Elle aurait besoin de se changer les idées.

Il prit sa main.

— Je sais que vous désirez bien faire, Susan. Mais nous devons respecter ses volontés. Elle est mourante. Peut-être souhaite-t-elle profiter de ses derniers instants pour se remémorer les meilleurs moments de sa vie plutôt que de se tenir informée de ce qui se passe à « Dallas ».

Il ne s'était pas départi de sa douceur, mais ses propos la blessèrent. Il avait raison, évidemment. Ce n'était pas un feuilleton télévisé qui rendrait sa gaieté à une agonisante qui oscillait entre une léthargie artificielle et d'insoutenables souffrances.

— Je ne voulais pas vous choquer.

— J'en suis convaincu. Et il m'en faut plus pour m'offusquer. Laissez-la dormir et cessez de vous inquiéter pour elle.

Il exerça une pression sur sa main avant de la tapoter et de la lâcher.

Elle sut qu'il se demandait s'il devait ou non déposer un baiser sur sa joue. Il se pencha puis se redressa, comme s'il doutait autant des sentiments de Susan qu'elle des siens. Mais peut-être s'était-elle imaginé ses intentions et réactions. Elle n'avait aucune certitude.

— Faites un bon somme.

— Comptez sur moi.

Arrivé à la porte, il s'arrêta et se tourna pour ajouter :

— J'allais oublier... Je vous ai prescrit une séance de rééducation, demain matin.

— Quel genre de rééducation ?

— Physique. Des exercices pour développer vos muscles. Principalement, ceux de vos jambes. Et un séjour dans les bains à remous. Des aides-soignants passeront vous chercher après le petit déjeuner.

Mme Seiffert ne pouvait se nourrir seule. Une infirmière vint lui donner son dîner. Même lorsqu'elle l'alimenta, le rideau resta fermé.

Susan mangea et lut un roman policier. Elle l'apprécia d'autant plus qu'il lui permit d'oublier les sosies de Harch et de Quince.

Après un en-cas de lait et de biscuits, elle gagna le cabinet de toilette d'un pas traînant, en prenant appui contre le mur. Le retour lui parut deux fois plus long que l'aller.

Une infirmière de l'équipe de nuit lui apporta un somnifère. Susan estimait qu'elle n'en avait pas besoin, mais elle le prit malgré tout.

Elle dormait profondément...

— *Susan... Susan... Susan...*

... quand une voix la tira du sommeil. Elle s'assit brusquement dans son lit.

— *Susan...*

Son cœur s'était emballé car ces mots avaient une intonation menaçante.

La veilleuse diffusait peu de lumière, mais la chambre n'était pas totalement obscure. Et cependant, elle ne voyait personne.

Elle attendit qu'on prononçât une fois de plus son nom.

Il n'y avait plus rien.

— Qui est là ? demanda-t-elle en scrutant les ombres purpurines des angles de la pièce.

Pas de réponse.

Désormais bien éveillée, elle prit conscience que la voix s'était élevée sur sa gauche, du lit de Mme Seiffert. Et qu'elle avait eu un timbre masculin.

Le rideau était toujours tendu. Elle pouvait le constater en dépit de la pénombre. Le tissu blanc réfléchissait le léger halo de la veilleuse et paraissait l'amplifier. Il miroitait comme un nuage de phosphore.

— Il y a quelqu'un ?

Le silence.

— Madame Seiffert ?

Le rideau resta immobile.

Rien ne bougeait.

Le cadran lumineux du réveil indiquait 3:42.

Après une brève hésitation, elle alluma la lampe de chevet. La clarté agressa ses yeux et elle s'assura que nul ne se dissimulait dans les recoins. En pleine lumière, le lit de Jessica Seiffert était moins menaçant que dans les ténèbres.

Elle éteignit la lampe.

Les ombres s'empressèrent de regagner leur nid. Elles étaient innombrables.

« J'ai dû rêver », conclut-elle.

Mais, pour la première fois depuis sa sortie du coma, elle était presque certaine qu'il ne s'agissait pas d'un songe.

Elle chercha à tâtons la télécommande du lit, qu'elle redressa afin de s'asseoir. Elle tendit l'oreille, dans le noir.

Elle ne pensait pas pouvoir se rendormir. L'étrange

voix lui avait rappelé l'existence des sosies de Harch et de Quince, ce qui était suffisant pour la rendre insomniaque. Mais le somnifère qu'on lui avait administré faisait toujours effet et elle finit malgré tout par s'assoupir.

6

Le ciel avait été menaçant tout le jour précédent.

Ce mardi matin, l'orage éclata sans autre avertissement qu'un claquement qui parut ébranler tout l'hôpital. Sitôt après, la pluie se mit à tomber à seaux, comme si l'on se trouvait sous une immense tente qui venait de s'effondrer avec fracas.

Le rideau du second lit dissimulait la fenêtre, mais Susan entendait le tonnerre et voyait les éclairs. De grosses gouttes martelaient la vitre comme des baguettes de tambour.

Elle prit un petit déjeuner consistant composé de céréales, de tartines, de jus de fruits et d'un pain au lait, puis elle se rendit jusqu'au cabinet de toilette en traînant le pas avec un peu plus d'assurance que la veille et revint se coucher pour entamer un nouveau roman policier.

Elle n'en avait lu que quelques pages quand deux aides-soignants poussèrent un chariot dans la pièce. Le premier qui franchit la porte lui déclara :

— Nous venons vous chercher, mademoiselle.

Elle posa le livre et redressa la tête. Un courant d'air hivernal parut souffler sur sa nuque.

Ils avaient des blouses blanches sur lesquelles on pouvait lire, brodé en lettres bleues, *Willawauk County Hospital*, mais ils n'étaient pas des employés comme les autres. Ils n'étaient pas aussi banals.

Celui qui s'était adressé à elle devait mesurer un mètre

soixante-dix et avait une chevelure blonde à la propreté douteuse, un visage rond avec une fossette au menton et de petits yeux porcins. Son compagnon était plus grand d'environ dix centimètres et avait des cheveux roux, des yeux noisette et une peau claire piquetée de taches de rousseur. Sans être beau, il n'était pas mal de sa personne et la douceur de ses traits trahissait ses origines irlandaises.

Le gros s'appelait Carl Jellicoe.

Le rouquin Herbert Parker.

Les derniers membres de la confrérie de l'Antre du Tonnerre, les amis de Harch et de Quince.

C'était impossible. Ces créatures sortaient d'un cauchemar. Leur domaine était celui des rêves.

Mais elle ne dormait pas et ils étaient là. Bien réels.

— Un sacré orage, pas vrai ? demanda Jellicoe pour entamer la conversation.

Des propos soulignés par une canonnade céleste.

Parker poussa le chariot dans la chambre et l'arrêta le long du lit.

Ils souriaient.

Elle prit conscience qu'ils étaient jeunes, vingt ou vingt et un ans. Comme les autres, ils n'avaient pas changé en treize ans.

Des sosies *supplémentaires* ? Qui se manifestaient en même temps ? Tous deux employés comme aides-soignants à l'hôpital de Willawauk ? Non, c'était ridicule. Absurde. Les probabilités d'une telle coïncidence étaient infimes.

Il devait par conséquent s'agir des originaux.

Puis elle se souvint d'un détail qui lui retourna l'estomac. Jellicoe et Parker étaient morts.

Ils étaient *morts,* bordel !

Alors qu'ils étaient là, eux aussi, et qu'ils lui souriaient.

La folie.

— Non ! s'écria-t-elle en reculant dans son lit.

Le rail de sécurité du côté opposé l'arrêta, et le métal

était si froid qu'il la brûla à travers le tissu de son pyjama.

— Non, je ne vous accompagnerai pas. Je refuse !

Jellicoe tentait de donner l'impression qu'il était surpris par sa terreur. Comme s'il ne comprenait pas le sens de ses paroles, il lorgna Parker et lui demanda :

— On s'est gourés ? Je croyais qu'il fallait descendre la patiente du 258 ?

Parker fouilla dans la poche de sa chemise et en sortit un papier qu'il déplia et lut :

— C'est bien ça. Thorton, au 258.

Susan n'avait pas suffisamment fréquenté Jellicoe et Parker pour reconnaître leurs voix. Elle avait fait leur connaissance la nuit où ils avaient roué de coups et tué Jerry Stein. Lorsqu'il avait été appelé à la barre, au cours du procès, Jellicoe s'était prévalu du Cinquième Amendement et n'avait rien dit. Si Parker avait accepté de faire une déposition, il avait été des plus concis. D'ailleurs, la voix de Carl Jellicoe n'évoquait rien pour elle. Cependant, elle sursauta quand Herbert Parker lut ce qui était écrit sur la feuille qu'il avait sortie de sa poche. Il avait un accent de Boston qu'elle avait presque oublié.

Dès l'instant où il ressemblait à Parker et qu'il avait la voix de Parker, il *devait* être Parker.

Mais ce salopard était mort et enterré, et il achevait de se décomposer dans sa tombe !

Ils la dévisageaient, paraissant intrigués.

Elle aurait voulu jeter un coup d'œil à la table de chevet dans l'espoir d'y trouver un objet qui pourrait lui servir d'arme. Toutefois, elle n'osait se détourner.

— Votre médecin ne vous a pas avertie qu'on viendrait vous chercher pour vous emmener en rééducation ? demanda Jellicoe.

— Sortez d'ici, fit-elle d'une voix tremblante. Dehors !

Ils se regardèrent.

Des éclairs aveuglants déchirèrent la noirceur du ciel, miroitèrent sur les vitres ruisselantes et projetèrent des ombres et des lueurs stroboscopiques sur la paroi opposée. Ces lumières fantastiques métamorphosèrent le visage de Carl Jellicoe et ses yeux devinrent deux cavernes au fond desquelles brillaient des perles de feu nacré.

— Écoutez, dit Parker. Vous n'avez pas à avoir peur. C'est un traitement comme un autre. Rien de douloureux ou de pénible.

— Ouais, fit Jellicoe à présent que le fracas du tonnerre avait cessé.

Un large sourire fendit son visage porcin.

— Vous allez aimer ça, mademoiselle.

Il s'avança vers le lit pour abaisser le rail de sécurité.

— Vous ne voudrez plus sortir des bains à remous.

— Hors d'ici ! Dehors ! Fichez le camp !

Jellicoe tressaillit et recula.

Susan tremblait. Les battements de son cœur étaient aussi violents que l'impact d'un marteau-piqueur dans un mur en béton.

Si elle s'allongeait sur ce chariot et leur permettait de l'emporter, elle ne reviendrait jamais dans sa chambre. Elle disparaîtrait. Elle le savait. Elle le *savait.*

— Si vous essayez de m'emmener, je vous arrache les yeux ! Je ne plaisante pas.

Jellicoe regarda son compagnon.

— Mieux vaut aller chercher une infirmière.

Parker sortit rapidement.

Les lumières vacillèrent, s'éteignirent, et pendant un instant ils ne bénéficièrent que de la clarté funéraire de ce jour d'orage. L'électricité fut rétablie.

Jellicoe la fixa et lui adressa un sourire qui la glaça.

— Calmez-vous, d'accord ? Écoutez, m'dame, on se détend. Vous voulez bien ?

— N'approchez pas !

— Je ne bougerai pas, promis. Alors, pas de panique. Personne ne vous veut du mal, ici. Nous sommes tous vos amis.

— Bon Dieu, n'essayez pas de me faire gober que

vous me croyez folle, cria-t-elle, à la fois terrifiée et furieuse. Vous savez que je ne suis pas cinglée. Vous êtes au courant de ce qui se passe. Je l'ignore, mais pas vous.

S'il ne fit aucun commentaire, son regard était aussi moqueur que le rictus qui gauchissait un côté de sa bouche.

— Reculez ! N'approchez pas ! Obéissez !

Jellicoe regagna le seuil de la chambre, sans sortir pour autant.

Ses pulsations cardiaques étaient presque aussi sonores que le chœur de la pluie, du vent et du tonnerre.

Chaque inspiration se bloquait en travers de sa gorge desséchée et respirer réclamait des efforts de volonté.

Jellicoe l'observait.

« C'est impossible, se disait-elle. Je suis une scientifique et j'ai un esprit cartésien. Je ne crois pas aux coïncidences miraculeuses, et encore moins aux phénomènes surnaturels. Les fantômes n'existent pas. Les morts ne reviennent pas à la vie ! *Non !* »

Il la surveillait toujours.

Elle s'emporta contre sa faiblesse. Même si l'occasion de prendre la fuite se présentait, elle ne pourrait faire que quelques pas. Et s'il lui fallait défendre sa vie, sa résistance serait brève.

Herbert Parker revint finalement avec une infirmière, une blonde à l'expression sévère que Susan ne connaissait pas.

— Qu'est-ce qui se passe, ici ? Pourquoi êtes-vous dans tous vos états, mademoiselle Thorton ?

— Ces hommes...

— Qu'avez-vous à leur reprocher ? fit l'inconnue en approchant du lit.

— Ils me veulent du mal !

— Certainement pas. Ils souhaitent vous conduire au service de rééducation, au rez-de-chaussée.

Elle avait atteint le lit, du côté où Carl Jellicoe avait abaissé le rail de sécurité.

— Vous ne comprenez pas, insista Susan.

Elle se demandait comment elle pourrait lui exposer la situation sans passer pour une folle.

Du seuil, Parker précisa :

— Elle a menacé de nous arracher les yeux.

Jellicoe s'était avancé. Il était au pied du lit, bien trop près.

— Recule, espèce de salaud !

Elle lui avait craché ces mots au visage.

Il n'en fit aucun cas et elle s'adressa à l'infirmière.

— Dites-lui de ne pas approcher. Vous ne pouvez pas comprendre, mais j'ai de bonnes raisons de le craindre. Ordonnez-lui de s'éloigner !

— Vous n'avez pas à vous mettre dans un état pareil, rétorqua la femme.

— Nous sommes tous vos amis, fit Jellicoe.

— Savez-vous où vous êtes ?

L'infirmière lui avait posé cette question sur un ton habituellement réservé aux enfants en bas âge, aux vieillards séniles et aux simples d'esprit.

Ce fut en bouillant de colère que Susan lui cria :

— Oh, oui, je le sais ! Je me trouve à l'hôpital du comté de Willawauk. Victime d'un traumatisme crânien, je suis restée trois semaines dans le coma. Mais je ne fais pas une rechute. Je n'ai pas d'hallucinations et je ne suis pas hystérique. Ces hommes sont...

— Voudriez-vous me faire plaisir, Susan ? s'enquit la jeune femme d'une voix toujours aussi sirupeuse et condescendante. Pourriez-vous éviter de crier ? Et si vous vous accordiez le temps de reprendre votre souffle, je suis certaine que vous finiriez par vous calmer. Inspirez à fond. Nous n'arriverons à rien de positif tant que nous n'aurons pas abordé posément le problème.

— Seigneur ! s'exclama Susan, rongée par l'exaspération.

— Susan, vous avez besoin d'un sédatif.

L'infirmière tenait dans une main un tampon de coton hydrophile, dans l'autre une seringue hypodermique emplie d'un fluide ambré.

— Non, fit Susan en secouant la tête.
— Ça vous aidera à vous détendre.
— Non.
— Vous ne voulez pas vous calmer ?
— Je dois me protéger.
— Ce sera indolore, Susan.
— N'approchez pas !

La jeune femme se pencha au-dessus du lit.

Susan s'empara du livre de poche dont elle avait entamé la lecture et le lui lança au visage.

Elle recula d'un pas et l'esquiva, avant de se tourner vers Jellicoe.

— Vous pouvez me donner un coup de main ?
— Avec plaisir.
— N'approchez pas ! le menaça Susan.

Il contournait déjà le lit.

Elle s'inclina sur la gauche, saisit un verre sur la table de chevet et le jeta.

Il se baissa et le projectile vola en éclats contre la paroi.

Susan chercha autre chose.

L'homme allait l'atteindre et elle tenta de le griffer au visage. Il referma sur ses poignets des mains comparables à des étaux. Il était plus fort qu'il ne le semblait. Elle n'aurait pu se dégager même si elle avait été en pleine possession de ses moyens.

— Ne résistez pas, dit l'infirmière.
— Nous sommes tous vos amis ici, insista Jellicoe.

C'était en vain que Susan se débattait. Il la repoussa sur le matelas. Elle glissa vers le bas et se retrouva allongée, impuissante.

Il immobilisait ses bras.

La femme releva la manche de son pyjama.

Elle se démena en appelant à l'aide.

— Empêchez-la de bouger, ordonna l'infirmière.
— Vous croyez que c'est facile ? marmonna Jellicoe. Elle ne manque pas de tonus.

Il disait vrai. Qu'elle pût leur résister la surprenait. La panique avait décuplé son énergie.

— L'avantage, c'est que la veine est apparente quand elle bande ses muscles. Ça va me simplifier les choses.

Susan hurla.

La femme frictionna son bras avec le coton. Il était humide et froid.

En sentant l'odeur de l'alcool, Susan cria de plus belle.

Le tonnerre évoqua un train de marchandises qui finit par dérailler avec fracas. Les lumières vacillèrent et s'éteignirent, se rallumèrent.

— Si vous ne restez pas tranquille, l'aiguille risque de se briser. Je présume que vous n'y tenez pas ?

Elle refusait de capituler, et elle se contorsionna encore pour tenter d'échapper à Jellicoe.

À cet instant, une voix familière demanda :

— C'est quoi, ce cirque ? Qu'est-ce que vous faites ?

La blonde éloigna l'aiguille.

Jellicoe réduisit sa prise pour se tourner vers le nouvel arrivant.

Susan réussit à redresser la tête.

Elle vit Mme Baker au pied du lit.

— Crise d'hystérie, expliqua l'autre infirmière.

— Elle a disjoncté et est devenue violente, précisa Jellicoe.

— Violente ? répéta Mme Baker, incrédule. Susan, que s'est-il passé ?

Elle fixa Carl Jellicoe qui la tenait toujours. Il la foudroya des yeux et accentua la pression qu'il exerçait sur ses bras. Et, pour la première fois, elle remarqua que sa peau était chaude et non froide et humide comme aurait dû l'être celle d'un mort. Elle regarda Mme Baker et lui dit, le plus calmement possible :

— Vous vous souvenez de ce qui m'est arrivé il y a treize ans ? Je vous en ai parlé hier.

Mme Baker prit les lunettes suspendues par une chaînette sur sa poitrine et les mit.

— Bien sûr, je m'en souviens. Une épouvantable tragédie.

— Eh bien, je venais de rêver de ce drame quand ces deux aides-soignants sont arrivés.

— Tout ce remue-ménage est donc dû à un cauchemar ?

— Oui, mentit Susan.

Elle voulait que Jellicoe, Parker et la blonde sortent de la chambre. Elle ne pourrait dire la vérité à Thelma Baker qu'une fois seule avec elle. Si elle entrait à présent dans les détails, son diagnostic serait identique à celui de sa collègue : hystérie.

— Lâchez-la, je m'occupe de tout.

— Elle est dangereuse, protesta Jellicoe.

— Elle a fait un mauvais rêve et il est terminé. Laissez-la.

— Thelma, fit la blonde. Elle ne dormait pas, quand elle m'a jeté ce livre.

Mme Baker la repoussa pour approcher du lit.

— Elle a vécu de pénibles épreuves, la pauvre enfant. Sortez, tous. Nous allons tirer l'affaire au clair, Susan et moi.

— À mon avis...

— Vous savez que je n'ai pas pour habitude de contester vos décisions, Millie. Mais c'est un cas particulier. Je peux m'en charger. Vraiment.

Jellicoe la lâcha, à contrecœur.

Le soulagement la priva d'énergie. Elle se redressa dans son lit pour masser ses poignets. Ils étaient meurtris, là où les doigts du mort vivant les avaient comprimés.

Les deux aides-soignants repartirent avec leur chariot.

La blonde hésita, mordilla sa lèvre inférieure et finit par les suivre. Elle emportait le coton humide et la seringue.

Mme Baker contourna le lit, en veillant à ne pas marcher sur les éclats de verre. Elle alla jeter un coup d'œil à Mme Seiffert, puis revint vers Susan pour lui dire :

— Tout ce remue-ménage ne l'a pas empêchée de dormir.

Elle trouva un autre verre dans la table de chevet et prit un pichet métallique perlé de gouttes de condensation posé sur le guéridon.

Elle lui servit de l'eau qui apaisa la gorge de Susan, irritée par ses hurlements.

— Merci.

— Encore ?

— Non, ça suffira.

Elle posa le verre sur la table de chevet.

— Bon ! Et si vous me disiez à quoi rime tout ça, bon Dieu ?

Le soulagement de Susan fut remplacé par de la tension, de la crainte. Elle venait de comprendre que le cauchemar n'était pas terminé, que ce n'était qu'un début.

DEUXIÈME PARTIE

DERRIÈRE LE RIDEAU...

7

La foudre et le tonnerre avaient fui vers le comté voisin mais il continuait de pleuvoir à seaux et le ciel était toujours menaçant.

Assise dans son lit, Susan était épuisée. Comme si la pluie avait pu, sans l'atteindre, diluer sa substance.

Jeffrey McGee se dressait à côté du lit, les mains fourrées dans les poches de sa blouse.

— Vous dites que vous avez vu dans cet hôpital *trois* membres de cette confrérie ?

— Quatre.

— Quoi ?

— Je n'ai pas mentionné celui que j'ai aperçu hier.

— Ce serait... Quince ?

— Oui.

— Quince ou quelqu'un qui lui ressemble ?

— Je suivais le couloir dans le fauteuil roulant. C'est un patient, comme Harch. Chambre 216. Il a été admis sous le nom de Peter Johnson.

Elle hésita, avant d'ajouter :

— Il paraît n'avoir que dix-neuf ans.

McGee la dévisagea longuement, sans rien dire.

Il n'avait exprimé aucune opinion et donnait l'impression de vouloir la croire, mais elle ne pouvait soutenir son regard. Tout ceci était à tel point abracadabrant que le simple fait d'en parler plaçait la scientifique qu'elle était dans l'embarras. Elle s'intéressa à ses mains, jointes sur ses genoux.

— N'est-ce pas l'âge qu'avait Randy Lee Quince lorsqu'il a participé au meurtre de Jerry Stein ? Dix-neuf ans ?

— Oui, il était le plus jeune des quatre.

« Et je sais ce qui vous traverse l'esprit, se dit-elle. Vous pensez à mon traumatisme crânien et à mon coma, à une petite lésion cérébrale que les radiographies et les autres examens n'ont pas révélée, un caillot ou une hémorragie. Vous vous demandez si je n'ai pas reçu une blessure qui, par un pur effet du hasard, affecte les neurones qui renferment mes souvenirs de l'Antre du Tonnerre. Vous envisagez l'hypothèse que ce grain de sang coagulé ou ce minuscule vaisseau rompu les ravive et les fasse empiéter sur la réalité. Suis-je obsédée par l'assassinat de Jerry parce qu'une pression s'exerce sur un point de mon cerveau et me rappelle constamment ce drame en m'incitant à imaginer une suite à ce cauchemar ? Est-ce que cette anomalie altère mes sens et me fait voir des sosies de ces salopards alors qu'aucun malade et employé de cet établissement ne leur ressemble ? C'est peut-être l'explication. Mais seulement "peut-être". J'arrive à m'en convaincre, puis je me dis que c'est impossible. Ils sont identiques, puis différents. Ce sont Harch, Quince, Jellicoe et Parker, puis d'autres hommes. Je ne sais quoi penser. Mon Dieu, aidez-moi ! Dès l'instant où ça me dépasse, je ne peux reprocher au Dr McGee d'être déconcerté et d'avoir des doutes. »

— Ils seraient donc quatre, à présent. Quatre sosies. Dans cet hôpital.

— Eh bien... je ne sais pas !

— Vous venez de dire...

— Oh, ils sont en tout point identiques aux assassins de Jerry ! Mais je me demande si j'ai affaire à des sosies ou...

— Ou ?

— Eh bien... autre chose.

— Précisez votre pensée.
— Dans le cas de Parker et Jellicoe...
— Continuez.
Elle ne pouvait prononcer le mot « spectres ». Quand Carl Jellicoe l'avait immobilisée sur son lit en comprimant ses poignets, chercher des explications dans le domaine du surnaturel ne lui avait pas paru absurde. À présent, parler de morts sortis de leur tombe pour se venger relevait de la folie.
— Susan ?
Elle soutint son regard.
— Dites-moi tout, insista-t-il. Si ces deux aides-soignants ne sont pas des sosies de Jellicoe et de Parker – s'ils sont autre chose, pour vous citer – que peuvent-ils bien être ?
— Oh, je ne sais plus ! Je ne peux pas vous l'expliquer... ou l'expliquer tout court. Ma seule certitude, c'est ce que j'ai vu... ou cru voir.
— Écoutez, je n'avais pas l'intention de vous pousser dans vos derniers retranchements. J'ai conscience que tout ceci est très pénible.
Elle lut de la pitié dans ses beaux yeux bleus et baissa la tête. Elle ne voulait pas inspirer de la compassion, surtout à Jeffrey McGee. Cette possibilité l'exaspérait.
Il resta muet un moment, perdu dans ses pensées.
Elle essuya ses paumes moites sur les draps et s'adossa aux oreillers. Elle ferma les paupières.
À l'extérieur, les bruits de bottes des gouttes de pluie transformaient la vallée de Willawauk en terrain de manœuvre.
— Une suggestion, fit-il.
— Elle serait la bienvenue.
— Elle risque de vous déplaire.
Elle rouvrit les yeux.
— Dites toujours.
— Autorisez-moi à faire venir Bradley et O'Hara.
— Jellicoe et Parker.
— Ils s'appellent Bradley et O'Hara.

— C'est ce que m'a dit Mme Baker.

— Permettez-moi de les convoquer. Je leur demanderai de vous parler d'eux. Ils vous diront où ils sont nés et ont grandi, où ils sont allés à l'école, comment ils ont trouvé du travail dans cet hôpital. Vous pourrez les interroger et leur poser toutes les questions qui vous viendront à l'esprit. Je suis convaincu que lorsque vous les connaîtrez un peu mieux...

— Je découvrirai que leur ressemblance avec Parker et Jellicoe est moins frappante que je ne l'imagine, termina-t-elle à sa place.

Il se rapprocha et toucha son épaule. Elle n'avait d'autre choix que de le regarder et voir son expression compatissante.

— Ne pensez-vous pas que vous les verrez peut-être sous un jour différent, ensuite ?

— Oh, si ! fit-elle. C'est même une quasi-certitude.

Sa lucidité le surprit.

— Je suis consciente que mon problème est d'ordre psychique ou la conséquence d'un dysfonctionnement cérébral, les séquelles du traumatisme subi lors de mon accident ou de ces trois semaines de coma.

Il hocha la tête et sourit. C'était son tour d'être gêné.

— J'oublie toujours que vous êtes une scientifique.

— Vous n'avez pas à me ménager, docteur.

Visiblement soulagé, il cala ses mains derrière lui pour s'asseoir au bord du lit, à côté d'elle. Sa désinvolture et la joie due à sa réponse pleine de bon sens le rajeunissaient de dix ans... et le rendaient encore plus séduisant.

— Il y a longtemps que je cherche un moyen de vous dire sans vous vexer que cette histoire de sosies doit trouver ses origines dans votre imagination, et vous en aviez déjà conscience. Ce qui permet d'éliminer une des deux possibilités que vous venez de citer, celle des troubles psychologiques. Vous êtes trop stable pour ça.

— Reste le dysfonctionnement cérébral.

Il recouvra son sérieux.

— Rien qui met votre vie en danger, en tout cas. Pas

d'hémorragie importante ou autre chose du même genre. Vous ne seriez pas en forme et lucide à ce point. En outre, ce n'est pas assez gros pour être apparu lors des examens que nous avons effectués pendant que vous étiez dans le coma. C'est minuscule, Susan, et nous pourrons le traiter.

Elle hocha la tête.

— Mais ces hommes vous inspirent malgré tout de la peur, ajouta-t-il.

— Oui.

— Tout en sachant que ce n'est probablement que le fruit de votre imagination.

— Le mot clé est « probablement ».

— Je n'hésiterai pas à le remplacer par « incontestablement. »

— Vous devez avoir raison.

— Ce qui ne change rien au fait qu'ils vous effraient.

— Exact.

— Il ne faudrait pas que la tension ou la crainte retarde votre rétablissement.

— Je tiendrai le coup, j'espère. Je possède un optimisme à toute épreuve.

Il retrouva son sourire.

— Bravo, j'aime votre détermination.

« Mais, au fond de moi-même, je rejette toujours les explications d'un problème psychologique ou d'un dysfonctionnement cérébral, pensa-t-elle. Elles ne me satisfont pas. Seule ma raison les accepte, pas mon instinct. Il ne prend en considération que la réponse qui n'en est pas une, celle qui est absurde. Ces types ne sont pas les doubles de Harch, Quince, Jellicoe et Parker que dans mon esprit. Ils le sont également dans le monde extérieur et ils veulent quelque chose... certainement me tuer. »

Elle passa la main sur son visage, comme si elle espérait pouvoir ainsi emporter sa lassitude.

— Bon, finissons-en, décréta-t-elle. Faites venir Jellicoe et Parker. Nous verrons bien ce qui en résultera.

— Bradley et O'Hara.

— Comme vous voulez.

— Aussi longtemps que vous vous direz que ce sont Jellicoe et Parker, ils resteront ces deux hommes pour vous. Vous alimenterez vos problèmes. Considérez qu'ils s'appellent Dennis Bradley et Pat O'Hara, et vous aurez les idées plus claires, vous les verrez tels qu'ils sont vraiment.

— Entendu. Je vais m'y efforcer. Et s'ils ressemblent toujours autant à Jellicoe et à Parker, ce n'est plus d'un neurologue dont j'aurai besoin mais d'un exorciste.

Il rit.

Pas elle.

McGee avait expliqué en peu de mots la situation à Bradley et à O'Hara avant de les ramener dans la chambre. Ils paraissaient désireux de coopérer, dans la mesure de leurs moyens.

Elle tenta de dissimuler l'angoisse qu'ils lui inspiraient. Son estomac se contractait et son cœur s'emballait, mais elle réussit à leur sourire et à feindre la décontraction. Elle voulait accorder à McGee la possibilité de lui démontrer qu'ils étaient des aides-soignants ordinaires et inoffensifs, sans malice.

Le médecin était venu se placer à côté d'elle et lui touchait l'épaule afin de la réconforter.

Les deux hommes se dressaient au pied du lit. Tout d'abord figés comme deux écoliers devant réciter une leçon à un maître connu pour sa sévérité, ils finirent par se détendre.

Dennis Bradley s'exprima le premier. C'était lui qui l'avait immobilisée sur le lit pendant que l'infirmière essayait de lui faire une piqûre.

— Je voudrais avant tout vous présenter mes excuses si j'ai été un petit peu brutal. Ce n'était pas mon intention. Je n'étais pas très rassuré, vous savez.

Il se balançait d'un côté et de l'autre, maladroitement.

— C'est à cause de ce que vous aviez dit... que vous nous arracheriez les yeux...

— N'en parlons plus, fit-elle en se rappelant les mains qui comprimaient ses poignets. J'avais peur, moi aussi. C'est moi qui vous dois des excuses.

Lorsque McGee le lui demanda, il fournit des précisions sur son passé. Il était né à Tucson, Arizona. Il avait eu vingt ans en juillet. Ses parents avaient déménagé pour Portland, Oregon, quand il était âgé de neuf ans. Il n'avait pas de frère, seulement une sœur aînée. À la fin de ses études secondaires, il avait suivi des cours paramédicaux. Il avait été engagé l'année précédente à l'hôpital de Willawauk en tant qu'infirmier et ambulancier. Il semblait répondre aux questions de Susan avec franchise. Il était ouvert et désireux de l'aider.

Tout comme Patrick O'Hara, le rouquin. Il était né et avait grandi à Boston, dans une famille d'Irlandais catholiques. Non, il ne connaissait pas d'Herbert Parker. Aucun Parker, d'ailleurs. Oui, il avait un frère aîné. Non, ils ne se ressemblaient pas. Non, il n'avait jamais fréquenté le Briarstead College, en Pennsylvanie. C'était la première fois qu'il entendait parler de cet établissement. Il était parti pour l'Ouest à dix-huit ans, trois ans plus tôt. Il était à Willawauk depuis seize... non, plutôt dix-sept mois.

Elle devait reconnaître qu'ils étaient sympathiques. À présent qu'elle connaissait leurs antécédents, elle n'avait plus la moindre raison de les assimiler à une menace.

Mais, qu'elle eût ou non des problèmes de perception, Bradley était identique à Carl Jellicoe.

En tout point.

Et O'Hara était la copie conforme d'Herbert Parker.

Rien dans leurs propos n'étayait cette hypothèse, mais elle avait l'impression qu'ils lui mentaient, qu'ils lui cachaient quelque chose. Alors que tout semblait démontrer le contraire, elle estimait que ce jeu de la vérité n'était qu'une comédie longuement répétée, un numéro qu'ils venaient d'exécuter avec brio.

Je dois être parano, complètement cinglée, se dit-elle tristement.

Lorsqu'ils furent repartis, McGee lui demanda :

— Alors ?

— Ça n'a pas marché. J'avais beau me dire qu'ils s'appelaient Bradley et O'Hara, je voyais Jellicoe et Parker.

— Vous êtes consciente que ça n'élimine pas la possibilité d'un problème de perception dû à une lésion cérébrale ?

— Absolument.

— Nous ferons une nouvelle série d'examens dès demain. Nous commencerons par des radios.

Elle hocha la tête.

Il soupira.

— Bon sang, j'espérais que cette entrevue dissiperait vos peurs, ce qui vous permettrait de vous détendre en attendant que nous puissions trouver leur cause et y remédier.

— Je suis aussi rassurée qu'un lapin dans une casserole.

— Ne vous laissez pas gagner par la tension ou l'angoisse. Ça ralentirait votre rétablissement. Je présume qu'en parler ne servirait à rien ?

— Non. J'ai déjà précisé que j'accepte vos explications sur un plan intellectuel mais que mon instinct les rejette. Je le sens dans mes tripes, les quatre membres de cette confrérie sont revenus... pour s'en prendre à moi.

Elle avait froid et glissa ses bras sous les couvertures.

Tout en sachant que ce serait inutile, McGee tenta une nouvelle approche.

— Écoutez. La méfiance que vous inspirent Richmond et Johnson est compréhensible. Il est improbable mais possible, même si les probabilités sont infimes, qu'il s'agisse effectivement de Harch et de Quince sous des noms d'emprunt.

— Eh ! Auriez-vous oublié que vous êtes là pour me rassurer, dissiper ma tension ?

— Où je veux en venir, c'est que vous n'avez en revanche aucune raison d'avoir peur de Bradley et d'O'Hara étant donné que Jellicoe et Parker sont morts.

— Je sais... morts.

— Les redouter est par conséquent absurde.

— C'est plus fort que moi.

— En outre, ils n'ont pu se rendre à Willawauk dans le cadre d'un complot aussi compliqué qu'abominable pour se venger des accusations que vous avez portées contre eux lors de ce procès. Ils travaillaient dans cet établissement bien avant votre admission. Avant que vous ne lisiez cet article sur le *Viewtop Inn* et ne décidiez d'y passer vos vacances. Croyez-vous qu'une cartomancienne ou un autre devin ait pu leur annoncer que vous auriez un jour un accident et que vous seriez hospitalisée à Willawauk ? Pouvez-vous concevoir que quelqu'un ait su tout cela à l'avance et envoyé O'Hara dans cette bourgade il y a dix-sept mois... et Dennis Bradley il y a un an ?

Elle se sentait rougir, car il la ridiculisait.

— Bien sûr que non ! C'est stupide.

— Je ne vous le fais pas dire. Vous n'avez donc aucune raison de les craindre.

— Mais je ne me sens pas en sécurité, en leur présence.

— Vous le devriez.

Sa tension nerveuse atteignit un point de non-retour et elle ne put la contenir plus longtemps.

— Bon Dieu, vous pensez peut-être qu'être prisonnière de mes émotions me procure du plaisir ? Que je me complais dans ce rôle de victime impuissante ? C'est insoutenable, contraire à ma nature. Je suis... privée de tout contrôle sur mon existence. Jamais, je dis bien jamais, je n'ai laissé mes pulsions me dicter des décisions ou ma conduite. Je suis une *scientifique*, bordel ! Une femme de science, pleine de bon sens. Je l'ai toujours été, et j'en suis fière. Dans un monde qui évoque souvent un asile d'aliénés, je me targue d'être cartésienne, d'une stabilité à toute épreuve. Vous ne le constatez pas ? Vous ne le voyez pas ? J'avais déjà un esprit logique, mathématique, quand j'étais gosse. Même toute petite, je n'ai jamais fait de caprices. Il m'arrive d'ailleurs de penser que je n'ai pas eu d'enfance.

Et elle fut surprise par le torrent de regrets, de frustrations et de chagrins longtemps contenus qui se déversa en elle. C'était un déluge plus important que celui de l'orage.

Ce fut d'une voix qu'elle reconnut à peine, tant l'angoisse la déformait, qu'elle ajouta :

— Parfois – quand je suis seule, autrement dit presque toutes les nuits, presque tous les jours – je pense qu'il me manque quelque chose, des rouages essentiels au fonctionnement d'un être humain. Je me sens différente, comme si j'appartenais à une autre espèce. Bon Dieu, ce que je veux dire, c'est que les membres de mon entourage sont autant guidés par leurs émotions que par la raison, par leurs sentiments que par la logique. Ils ont à l'occasion un comportement absurde. *Pour le plaisir !* Ça ne m'est jamais arrivé. Et quand je vois des amis ou des connaissances s'abandonner à leurs pulsions, se laisser emporter par elles... j'ai l'impression que cela leur procure une joie intense. J'en suis incapable. Depuis toujours. Je suis crispée, maîtresse de moi-même. Une femme de fer. Je n'ai pas pleuré, quand ma mère est morte. Vous me direz qu'à sept ans j'étais peut-être trop jeune pour comprendre ce qui se passait, mais je n'ai pas non plus versé une seule larme lors de l'enterrement de mon père. Je l'aimais, en dépit de sa froideur, et il m'a manqué – Seigneur, comme il m'a manqué ! – mais je n'ai pas pleuré. *Merde !* Je n'ai pas pleuré. Et je me félicitais d'être différente des autres. Je me considérais supérieure, je me rengorgeais de mon self-control inébranlable, et j'ai bâti toute mon existence sur cet orgueil.

Elle fut prise de tremblements et croisa les bras devant elle pour regarder McGee. Il semblait choqué, mais elle ne pouvait plus interrompre son flot de paroles.

— Oui, j'ai fondé ma vie sur cette fierté mal placée, bordel ! Une vie que la plupart des gens trouveraient sans intérêt, mais qui est *ma* vie. J'étais en accord avec moi-même. Et voilà qu'il m'arrive une chose incroyable ! Je sais qu'il est absurde d'avoir peur de Richmond, Johnson, Bradley et O'Hara... Or, ils me terrorisent et je n'y peux rien changer. Tout en sachant que c'est ridicule, je suis convaincue qu'il se passe ici une chose impensable, pour ne pas dire surnaturelle. Je ne me maîtrise plus moi-même. Je suis esclave de mes émotions, à l'opposé de ce que j'étais. J'ai renoncé à toutes mes valeurs, je les ai perdues. Je ne suis plus la même Susan Thorton et... c'est... insoutenable.

Elle frissonna, toussa, se pencha en avant. Elle laissa sa tête reposer sur ses genoux, hoqueta en essayant de reprendre son souffle et se remit à pleurer.

McGee était resté sans voix. Il lui tendit un kleenex. D'autres mouchoirs en papier.

— Je suis désolé, Susan...

Puis :

— Est-ce que ça va ?

Il alla lui chercher un verre d'eau.

Qu'elle refusa.

Il le posa sur la table de chevet.

Il paraissait désemparé.

— Que voulez-vous que je fasse ?

Et :

— Bon Dieu !

Il la caressa.

Il la soutint.

C'était tout ce qu'il pouvait faire pour elle.

Elle cala son front contre l'épaule du médecin et sanglota. Elle prit progressivement conscience que s'abandonner au désespoir ne la rendait pas plus malheureuse, ce qu'elle avait craint en retenant ses larmes. Ces dernières semblaient au contraire la purifier et la soulager, emporter avec elles la souffrance et l'angoisse qui les avaient provoquées.

— Rassurez-vous, Susan, fit-il.

Puis :

— Tout va s'arranger.

Et enfin :

— Je suis là.

Il la réconfortait, ce que nul n'avait encore jamais fait pour elle... sans doute parce qu'elle s'y était toujours opposée.

Quelques minutes plus tard.

— Un autre kleenex ?

— Non, merci.

— Comment vous sentez-vous ?

— Vidée.

— Désolé.

— Vous n'y êtes pour rien.

— Je n'aurais pas dû insister, pour Bradley et O'Hara.

— Non, vous avez tenté de m'aider.

— Un fiasco lamentable.

— Ne dites pas ça. Vous m'avez fait affronter ce que je réfutais, alors qu'il était indispensable que j'en prenne conscience. Je ne suis pas aussi forte que je l'imaginais. Je ne suis pas celle que je croyais. Et c'est peut-être une bonne chose.

— Vous m'avez dit que vous vous êtes toujours considérée différente... Est-ce vrai ?

— Oui.

— Pendant tant d'années ?

— Oui.

— Nous avons tous un point faible.

— Je viens d'en obtenir la preuve.

— Craquer de temps en temps peut avoir des effets bénéfiques.

— Je ne m'en suis pas privée, ces derniers jours.

Il redressa son menton pour la dévisager. Ses yeux

bleus magnifiques étaient encore plus limpides que d'habitude.

— Je découvrirai ce qui cloche, même si la source de vos problèmes est très subtile. Et je vous en débarrasserai. Me croyez-vous, Susan ?

— Oui, répondit-elle.

Et elle accepta, pour la première fois de son existence, de s'en remettre à un tiers.

— Nous débusquerons l'origine de vos obsessions et nous y remédierons. Vous cesserez de prendre des inconnus pour Ernest Harch et ses complices.

— Si c'est ce qui se passe.

— C'est ce qui se passe.

— Entendu. Et tant que vous n'aurez pas trouvé la cause de ce qui m'arrive, que vous ne m'aurez pas guérie, je m'efforcerai d'affronter stoïquement les zombies qui travaillent dans cet hôpital. Je ferai mon possible pour tenir le coup.

— Vous y parviendrez, je le sais.

— Ce qui ne m'empêchera pas de trembler de peur.

— Vous en avez le droit, vous n'êtes plus une femme de fer...

Elle lui sourit et se moucha.

Il resta assis au bord du lit pendant une minute, pensif, puis déclara :

— La prochaine fois que vous croirez voir Harch, Jellicoe, Quince ou Parker, sachez qu'il existe un moyen de ne pas céder à la panique.

— J'aimerais le connaître.

— Quand j'achevais mon internat dans un hôpital de Seattle – il y a trop d'années pour que j'en précise le nombre – nous nous occupions fréquemment de problèmes d'overdose. Il y avait constamment des gens qui se présentaient au service des urgences – lorsqu'ils ne nous étaient pas amenés par des policiers – parce qu'ils faisaient de mauvais trips. Ils avaient des hallucinations qui les incitaient à grimper aux murs ou à sortir un fusil du placard pour tirer sur des fantômes. Qu'ils aient pris du LSD, du PCP ou d'autres merdes, nous ne nous contentions pas de leur administrer des antidotes. Nous leur parlions pour les calmer, les encourager à se confier. Nous leur prenions la main pour les rassurer. Nous leur disions que les monstres qu'ils voyaient n'existaient pas. Et vous savez ? C'était souvent suffisant. Où je veux en venir, c'est que nos propos semblaient plus efficaces que les médicaments.

— C'est ce que vous me conseillez de faire quand je vois Harch et les autres ? Me tenir un beau discours ?

— Oui.

— M'affirmer qu'ils ne sont pas réels ?

— Oui. Qu'ils n'ont pas de substance et ne peuvent par conséquent vous faire du mal.

— L'équivalent d'une prière pour repousser des vampires.

— Si vous estimez que ça peut les chasser, n'hésitez pas. Il ne faut pas avoir honte de prier.

— Je n'ai jamais été dévote.

— C'est secondaire. Si vous en éprouvez le besoin, adressez-vous à Dieu. Faites n'importe quoi. Le tout, c'est que ce soit efficace. La seule chose qui compte, c'est que vous gardiez votre calme jusqu'au jour où j'aurai trouvé une solution médicale à votre problème.

— Entendu. Je vous obéirai.

— Ah, je suis ravi de constater que vous suivez enfin les prescriptions de votre médecin !

Elle sourit.

Il lorgna sa montre.

— À cause de moi, vous serez en retard à votre cabinet, dit-elle.

— De quelques minutes.

— Je suis désolée.

— Il n'y a pas de quoi. Seuls des hypocondriaques ont pris rendez-vous, ce matin.

Pouvoir rire la surprit.

Il déposa un baiser sur sa joue. Ses lèvres ne firent que l'effleurer et elle en prit conscience à retardement. La veille, lorsqu'elle avait cru qu'il allait l'embrasser, il s'était ravisé au tout dernier instant. Il venait à présent de passer à l'acte... et elle ne savait comment interpréter cette initiative. Avait-il voulu lui exprimer sa sympathie ou sa pitié ? De l'affection ? De l'amitié ? Un sentiment plus profond ?

Il se redressa et défroissa sa blouse.

— Occupez cette matinée à vous détendre. Lisez, regardez la télé, faites tout ce qui peut vous aider à oublier l'Antre du Tonnerre.

— Je demanderai aux quatre sosies de venir faire un poker, dit-elle.

Il lui adressa un clin d'œil, secoua la tête et sourit.

— Vous vous reprenez vite.

— Je suis les prescriptions de mon médecin traitant. Il veut que je garde une attitude positive, quoi qu'il arrive.

— Mme Baker a raison.

— À quel sujet ?

— Vous. Elle affirme que vous avez du cran à revendre.

— Elle est impressionnable.

— Mme Baker ? Elle resterait de marbre même si le pape et le Président entraient dans cette pièce bras dessus bras dessous.

Consciente de ne pas mériter ces compliments, elle remonta le drap et les couvertures et s'abstint de tout commentaire.

— Et mangez ce qu'on vous servira au déjeuner, ajouta-t-il. Cet après-midi, vous irez à la séance de rééducation prévue pour ce matin.

Elle se crispa.

Il dut le noter, car il précisa :

— C'est très important, Susan. Vous en avez besoin. Ces exercices vous permettront d'être sur pied beaucoup plus rapidement. Et si nous découvrons une cause matérielle à vos problèmes de perception et qu'il faut procéder à une intervention chirurgicale, vous supporterez mieux le choc opératoire si vous êtes en bonne condition physique.

— Entendu, fit-elle, résignée.
— Parfait.
— Mais, s'il vous plaît...
— Oui ?
— N'envoyez pas Jelli...
Elle se racla la gorge.
— Bradley et O'Hara.
— N'ayez crainte. Ce ne sont pas les aides-soignants qui manquent, ici.
— Merci.
— Et n'oubliez pas... relevez la tête.
Elle cala le poing sous son menton et arbora une expression théâtrale de détermination farouche.
— C'est exactement ça. Imaginez que vous êtes Sylvester Stallone, dans *Rocky*.
— Vous trouvez que je lui ressemble ?
— Hm... Vous me faites plutôt penser à Marlon Brando.
— Eh, on peut dire que vous savez parler aux filles !
— Ouais, je suis un bourreau des cœurs !
Son clin d'œil fut très différent de celui que Bill Richmond lui avait adressé la veille, dans le couloir.
— Je repasserai lors de ma tournée d'inspection du soir.
Puis il la laissa.
Elle se retrouvait seule. À l'exception de Jessica Seiffert. Ce qui revenait au même.
Elle n'avait pas encore vu cette femme.
Elle lorgna le rideau de son lit. Aucun son ni mouvement.
Susan avait besoin de compagnie.
— Madame Seiffert ?
Pas de réponse.
Elle souhaitait se lever et aller s'assurer que la vieille dame était toujours en vie. Mais, pour une raison inexplicable, elle n'osait pas tirer ce rideau.

8

Toujours pour respecter les prescriptions de son médecin, Susan prit un livre qu'elle lut quelques minutes sans réussir à s'intéresser à l'intrigue. Elle mit la télévision et ne trouva pas un seul programme qui retînt son attention. L'énigme des quatre sosies et de leurs intentions l'obsédait. Que voulaient-ils lui faire ? Malgré les conseils de McGee, elle passa une grande partie de la matinée à penser à Harch et à ses complices, à se tourmenter.

« C'est la preuve d'une obsession, se dit-elle. Un trouble psychologique ou un dysfonctionnement cérébral. Je dis que je ne crois pas aux phénomènes surnaturels, aux sciences occultes, et je ne conteste plus la réalité de ces types... même de ceux qui sont morts. C'est aberrant. »

Elle s'inquiétait en attendant qu'on vînt la conduire en salle de rééducation. Si elle ne se sentait pas en sécurité dans sa chambre, au moins était-ce un territoire familier. Elle ne voulait pas se laisser emmener au rez-de-chaussée. Elle se rappelait que Jellicoe – *Dennis Bradley* – lui avait dit : *Nous venons vous chercher.*

Vous chercher.

Pour se faire pardonner de ne pas avoir suivi les conseils de McGee, elle s'appliqua à manger tout ce qu'on lui servit lors du déjeuner, conformément à ses instructions.

« Le dernier repas du condamné, se dit-elle avant de se

reprocher cet humour macabre. Arrête, bon sang ! Ressaisis-toi, Susan Thorton ! »

Elle avait terminé son dessert quand le téléphone sonna. Il s'agissait de deux collègues de la Milestone. Elle ne se souvenait pas d'eux mais s'efforça d'être aimable et de les considérer comme des amis. Ce fut néanmoins une conversation qui l'emplit d'embarras et la perturba, et elle se sentit soulagée lorsqu'elle prit fin.

Une heure plus tard, deux aides-soignants entrèrent en poussant un chariot. Ils ne ressemblaient à aucun membre de la confrérie.

Le premier, un quinquagénaire à l'estomac distendu par la bière, avait des cheveux grisonnants et une moustache assortie.

— Salut, ma p'tite dame. C'est vous qui avez demandé un taxi ?

Le second, âgé de moins de quarante ans, avait un crâne dégarni et un visage jovial presque poupin.

— On vient vous emmener loin d'ici.

— J'attendais une limousine, fit-elle.

— Eh, ce serait quoi, d'après vous ? rétorqua le plus vieux en désignant le chariot comme s'il lui présentait une voiture de luxe. Admirez-moi ces lignes classiques !

Il tapota le matelas en mousse.

— Et ces garnitures, hein ? Du haut de gamme, le *nec plus ultra* !

— Les limousines exceptées, pourriez-vous citer un moyen de transport où on voyage couché ? demanda le chauve.

— Avec un chauffeur, fit l'autre en abaissant le rail de sécurité.

— *Deux* chauffeurs, surenchérit son collègue qui poussait le chariot contre le lit. Moi, c'est Phil. Ce gentleman s'appelle Elmer Murphy.

— Murf pour les intimes.

— Ce n'est pas le pire de ses surnoms.

Bien qu'effrayée de devoir se laisser emmener dans un secteur de l'hôpital qu'elle ne connaissait pas, Susan était amusée par leurs bavardages. Leur jovialité, leurs efforts pour la mettre à son aise et sa détermination à ne pas décevoir McGee lui insufflèrent le courage nécessaire pour se déplacer du lit au chariot.

— Êtes-vous toujours comme ça? leur demanda-t-elle.

— Comment? fit Murf.

— Aussi charmants, interpréta Phil en glissant un oreiller miniature sous sa tête.

— Oh, ouais, toujours!

— Nous n'avons rien à envier à Cary Grant.

— Et chez nous, c'est inné.

— D'ailleurs, si vous cherchez « charmant » dans un dictionnaire... commença Phil.

— ... vous verrez nos portraits en illustration, compléta Murf.

Ils étalèrent sur elle une couverture, tendirent une sangle pour l'immobiliser puis la poussèrent vers le couloir.

Pour la descendre au *rez-de-chaussée*.

Afin de ne pas y penser, elle leur demanda :

— Pourquoi n'ai-je pas droit à un fauteuil roulant?

— On ne sait plus où donner de la tête, avec les patients à roulettes, dit Phil.

— Ils ne tiennent pas en place, précisa Murf.

— Les Américains ont la bougeotte.

— Ils ont horreur de rester au même endroit.

— Si on laissait un malade sans surveillance pendant dix secondes...

— ... il en profiterait pour filer en Mésopotamie.

Ils avaient atteint les ascenseurs et Murf pressa le bouton blanc où était écrit « Descente ».

— Un coin adorable, déclara Phil lorsque les portes s'ouvrirent.

— Quoi? Cette cabine? Adorable?

— Non, la Mésopotamie.

— Tu connais?

— J'y passe tous les hivers.

— Entre nous soit dit, je ne crois pas que la Mésopotamie existe encore.

— Ne va pas le répéter à un Mésopotamien.

Ils continuèrent dans la même veine jusqu'au rez-de-chaussée, puis le long des couloirs menant à une salle située dans une des ailes latérales. Une fois là, ils la confièrent à Mme Florence Atkinson, la responsable du programme de rééducation physique.

Cette kinésithérapeute était une petite femme brune évoquant un oiseau. Débordante d'énergie et d'enthousiasme, elle lui fit effectuer des mouvements sur des machines et avec des accessoires de gymnastique adaptés pour faire travailler tous les muscles du corps. Rien n'était exténuant et une personne en bonne santé eût trouvé tout cela d'une extrême facilité.

— Pendant les deux premières séances, nous nous contenterons d'exercices passifs, avait précisé Mme Atkinson.

Mais à la fin de cette demi-heure, Susan était lasse et ankylosée. Elle eut droit alors à un massage et crut être composée d'un assortiment d'os et de ligaments disjoints que Dieu avait omis d'assembler pour leur donner forme humaine. Pour finir, elle séjourna dans le bain à remous. Les tourbillons emportèrent les derniers vestiges de tension, et à la sensation de démembrement s'ajouta celle d'être liquéfiée. Pour terminer, Florence Atkinson l'autorisa à prendre une douche dans un box doté d'un siège et de poignées. L'odeur du savon, l'eau chaude et la vapeur étaient si agréables qu'elle assimila le simple fait de se laver à un péché.

Puis elle s'assit devant un miroir pour permettre à la femme d'utiliser un sèche-cheveux électrique et de démêler sa chevelure, et elle fut ravie de constater qu'elle n'avait plus de cernes sous les yeux. Si la peau était toujours bleuâtre, ses joues avaient repris des couleurs. Sur son front, la fine balafre était moins rouge et enflée que lorsque le Dr McGee et Mme Baker avaient retiré le pansement, et elle fut certaine qu'elle s'effacerait dès la fin de la phase de cicatrisation.

Après avoir renfilé son pyjama vert, elle se rallongea sur le chariot que Mme Atkinson poussa dans la salle d'attente.

— Phil et Murf viendront vous chercher dans quelques minutes.

— Ils peuvent prendre leur temps. J'ai l'impression de flotter dans une mer tropicale, répondit-elle.

Et elle se demanda pourquoi ce niveau de l'hôpital lui avait inspiré une telle frayeur.

Elle observa les dalles insonorisées du plafond et tenta de discerner des silhouettes dans l'enchevêtrement de points. Elle avait trouvé une girafe, un voilier et un palmier quand elle ferma les yeux et bâilla, ensommeillée.

— Elle se la coule douce, Phil.

— Je ne te le fais pas dire, Murf.

Elle rouvrit les paupières et leur sourit.

— Faudrait voir à ne pas trop dorloter les patients, déclara Phil.

— Massages, bains à remous, chauffeurs...

— Ils réclameront bientôt leur petit déjeuner au lit.

— C'est quoi, ici ? Un hosto ou un quatre étoiles ?

— Il m'arrive de me le demander, Murf.

— Vous êtes les Laurel et Hardy de Willawauk, dit-elle.

Ils la poussèrent hors du vestibule.

— Comment avez-vous fait pour nous reconnaître ? s'enquit Murf. Nous sommes ici *incognito*.

Ils franchirent un angle et s'engagèrent dans le couloir principal. L'oreiller relevait suffisamment sa tête pour lui permettre de constater que le passage était désert. C'était la première fois qu'elle ne croisait personne, dans cet hôpital.

— Parle pour toi, Murf. Moi, je suis le Robert Redford local.

— Robert Redford n'a pas de moumoute.

— Moi non plus.

— Exact. Il faudrait la peau d'un ours, pour dissimuler ta boule de billard.

Ils avaient atteint les ascenseurs.

— Tu es cruel, Murf.

— Il faut que quelqu'un t'oblige à affronter les dures réalités de l'existence, Phil.

Murf pressa le bouton où était écrit « Montée ».

— Alors, mademoiselle Thorton, dit Phil. J'espère que vous avez apprécié cette petite promenade ?

— Énormément.

— Parfait, intervint Murf. Et je peux vous assurer que la suite sera encore plus intéressante.

— Bien plus, surenchérit Phil.

Les portes s'ouvrirent devant elle.

Ils poussèrent le chariot à l'intérieur, sans le suivre.

La cabine était déjà occupée par quatre personnes : Harch, Quince, Jellicoe et Parker. Harch et Quince étaient sur sa gauche, en pyjama et robe de chambre. Jellicoe et Parker se tenaient sur sa droite, en blouse blanche.

Sous le choc, elle redressa la tête et regarda Murf et Phil qui étaient restés dans le couloir et agitaient la main, en souriant.

Les panneaux se refermèrent. Ils s'élevèrent.

Ernest Harch pressa un bouton et la cabine s'arrêta entre deux étages. Il baissa sur elle ses yeux gris, deux petits cercles de glace sale dont la froideur pénétra jusqu'au cœur de Susan.

— Salut, salope. J'étais sûr de te trouver ici.

Jellicoe gloussa. C'était un gargouillis, un son porcin assorti à son faciès.

— Non, fit-elle, hébétée.

— Tu ne hurles pas ? demanda Parker.

Et un sourire mauvais gauchit son visage constellé de taches de rousseur.

— Nous avions espéré au moins un cri, fit Quince.

Elle remarqua que la perspective étirait plus encore ses traits.

— C'est l'effet de surprise, commenta Jellicoe avant de ricaner de nouveau.

Elle ferma les yeux et suivit les conseils de Jeffrey McGee. Elle se dit qu'ils n'étaient pas réels. Elle se dit qu'ils ne pouvaient pas lui faire de mal. Elle se dit qu'ils n'étaient que des fantômes, des créatures issues de son imagination ou, plutôt, de ses cauchemars. *Ils n'avaient pas de substance.*

Une main se posa sur son cou.

Le cœur battant, elle écarta les paupières.

C'était Harch. Il augmenta légèrement la pression et un rire indiqua qu'il appréciait le contact de sa peau.

Susan saisit ses poignets, tenta de les repousser. Elle en fut incapable. Il était trop fort pour elle.

— Rassure-toi, traînée. Je ne vais pas te buter.

Sa voix était exactement comme dans ses souvenirs du procès et de l'Antre du tonnerre. Elle n'aurait pu l'oublier : profonde, râpeuse, froide et impitoyable.

— Non, nous ne te tuerons pas, répéta Quince. Pas tout de suite.

— Le moment venu, précisa Harch.

Elle laissa redescendre ses mains. Les extrémités de ses membres étaient engourdies, glacées. Elle tremblait comme une vieille guimbarde à l'allumage déréglé. Les battements de son cœur emballé l'ébranlaient.

Harch caressa sa gorge avec douceur, presque avec tendresse, comme s'il admirait son galbe.

Elle frissonna de dégoût et regarda Jellicoe.

Ses yeux porcins brillaient.

— As-tu apprécié notre petit numéro, ce matin ?

— Vous vous appelez Bradley, dit-elle, dans l'espoir de regagner le monde réel.

— Non. Jellicoe.

— Et moi Parker, pas O'Hara, fit le rouquin.

— Vous êtes morts tous les deux !

— Tous les quatre, la reprit Quince.

Elle fixa l'homme à la tête d'oiseau, sidérée par sa déclaration.

— Après avoir été expulsé de Briarstead, je suis retourné en Virginie. Mes vieux ne m'ont guère aidé. À vrai dire, ils ne tenaient pas à me voir. Des conservateurs bourrés de principes, si tu vois le genre. Ils n'avaient pas apprécié qu'un parfum de scandale souille notre nom.

La colère durcit ses traits.

— Ils m'ont refilé un peu d'argent pour me permettre de vivoter jusqu'à ce que je trouve du boulot, et ils m'ont claqué la porte au nez. *Ils m'ont chassé !* Mon père, ce connard bien-pensant, s'est débarrassé de moi comme s'il avait élagué une branche morte. Est-ce que j'aurais pu obtenir un travail digne de moi, dans ces conditions ? J'appartenais à une famille aisée. Je n'allais tout de même pas devenir ouvrier !

Il s'exprimait à présent entre ses dents serrées.

— J'avais perdu la possibilité de faire mon droit comme prévu. À cause de toi, de ton témoignage lors de ce maudit procès. Bon Dieu, que je te hais ! C'est ta faute si je me suis retrouvé dans ce motel minable de Newport News. C'est ta faute, si je me suis tailladé les veines dans cette salle de bains miteuse.

Elle ferma les yeux et pensa : « *Ils sont irréels. Ils ne peuvent rien contre moi.* »

— Moi, j'ai été tué en prison, déclara Harch.

Elle ne rouvrit pas les paupières.

— Trente-deux jours avant ma libération conditionnelle. J'étais en tôle depuis près de cinq ans et je n'avais plus qu'un mois à tirer, quand j'ai eu la malchance de tomber sur un nègre qui avait planqué un couteau dans sa cellule.

« *Ils sont irréels. Ils ne peuvent rien contre moi.* »

— Et je te retrouve enfin. Je me suis juré des milliers de fois de me venger, pendant que je croupissais là-bas. Et tu sais ce que ce vendredi aura de spécial, salope ? Ça fera exactement sept ans que cette enflure m'a collé au mur pour m'ouvrir la gorge. Vendredi. Voilà quand on s'occupera de toi, ma belle. Dans la nuit de vendredi. Il te reste trois jours à vivre. Je voulais que tu le saches. Pour que tu commences à te faire de la bile. Vendredi. Nous organiserons une petite fête en ton honneur, vendredi.

— Nous sommes tous morts à cause de toi, fit Jellicoe.

« *Ils sont irréels.* »

Leurs voix la cinglèrent.

— ... si nous avions trouvé où elle se cachait...

— ... nous lui aurions également défoncé le crâne...

— ... tranché le cou...

— ... arraché le cœur...

— ... les salopes dans son genre n'ont pas de cœur...

« *Ils ne peuvent rien contre moi.* »

— ... une pute qui baisait avec un youpin...

— ... assez bien roulée, remarque...

— ... faudra se l'envoyer avant de la buter...

— ... un peu maigre...

— ... d'ici vendredi, elle aura pris du poids...

— ... t'as déjà fait ça avec un macchabée, ma jolie ?

Elle refusait d'ouvrir les yeux.

« *Ils sont irréels.* »

— On va tous venir te chercher...

— ... te tringler...

« *Ils ne peuvent rien contre moi.* »

— ... toute cette barbaque morte...

— ... qui va te pénétrer...

« *Ils ne peuvent pas me faire du mal, du mal, du mal...* »

— ... vendredi...

— ... vendredi...

Une main caressa ses seins, une autre se colla sur ses yeux.

Elle hurla.

Une paume écrasa sa bouche.

— Salope, gronda Harch.

Et ce fut certainement lui qui lui pinça le bras, de plus en plus fort...

Au point qu'elle en perdit connaissance.

9

Les ténèbres se dissipèrent. Elles furent remplacées par une clarté fluorescente laiteuse, des ombres qui dansaient au rythme d'une valse silencieuse et des silhouettes indistinctes qui flottaient au-dessus de Susan et s'adressaient à elle avec des voix confuses mais familières.

— Regarde qui est là, Murf.

— Qui est-ce, Phil ?

— La Belle au Bois Dormant.

Sa vision se fit plus nette. Allongée sur le chariot, elle cilla et reconnut les aides-soignants penchés vers elle.

— Et tu te prends pour le Prince charmant ? demanda Murf.

— Ce qui est certain, c'est que ce n'est pas toi, rétorqua Phil.

Susan voyait au-dessus d'eux les dalles d'insonorisation du plafond.

— Il s'imagine qu'il est un fils de roi alors qu'il est un des sept nains, lui dit Murf sur un ton de confidence.

— Un nain ? répéta Phil.

— Un nain. Vilain ou Grincheux.

— Aucun nain ne s'appelle Vilain.

— Grincheux, alors.

Elle regarda de tous côtés, ébahie. Elle était dans le vestibule du service de rééducation.

— Je tiens en outre à préciser qu'il n'y a pas un seul

nabot dans l'entourage de la Belle au Bois Dormant. Les nains, c'est dans *Blanche-Neige.*

— *Blanche-Neige ?*

— *Blanche-Neige.*

Sur ces mots, Phil poussa le chariot que Murf se chargea de guider.

Ils se dirigeaient vers les doubles portes du couloir.

L'incompréhension de Susan fut remplacée par de la peur et elle tenta de s'asseoir. La sangle l'en empêcha.

— Non, attendez ! Attendez une minute, bon sang !

Ils s'arrêtèrent, comme surpris par ses cris. Les sourcils broussailleux de Murf se rapprochèrent. Le visage poupin de Phil traduisait de l'étonnement.

— Où m'emmenez-vous ? demanda-t-elle.

— Mais... dans votre chambre, répondit Murf.

— Quelque chose ne va pas ? s'enquit Phil.

Elle faisait glisser ses doigts sur la bande de toile qui l'immobilisait. Elle cherchait désespérément un moyen de s'en débarrasser et trouva la boucle. Elle n'eut pas le temps de l'ouvrir que Murf écarta ses mains, avec douceur.

— Calmez-vous, mademoiselle Thorton. Qu'est-ce qui vous arrive ?

Elle les foudroya du regard.

— Vous m'avez déjà conduite jusqu'à l'ascenseur, tout à l'heure...

— Nous ne...

— Vous m'avez poussée à l'intérieur, et ils étaient là à m'attendre. Vous m'avez abandonnée, livrée à ces monstres. Je ne vous laisserai pas recommencer.

— Mademoiselle Thorton, nous...

— Comment avez-vous pu faire une chose aussi ignoble ? Pourquoi ? Qu'avez-vous à me reprocher ? Nous ne nous connaissons pas. Je ne vous ai rien fait.

Murf lorgna Phil, qui haussa les épaules.

— Ne mentez pas !

— Quels monstres ? lui demanda Murf.

— Vous le savez ! fit-elle avec colère. Inutile de jouer la comédie. Je ne suis pas une imbécile.

— Je ne plaisante pas, déclara Murf. Je ne vois pas de qui vous voulez parler.

— Moi non plus, surenchérit Phil.

— Eux ! fit-elle, exaspérée. Harch et les autres. Les quatre morts, bordel !

— Les quatre morts ?

Murf la regarda comme si elle avait perdu la raison, avant de sourire.

— Oh, je comprends ! Vous avez fait un cauchemar.

Elle constata qu'ils semblaient perplexes.

Murf s'adressa à Phil :

— Elle a dû rêver que nous la conduisions jusqu'à la cabine et que nous la laissions avec des patients... malchanceux.

Il baissa les yeux sur elle.

— C'est ça ? Vous avez fait ce cauchemar ?

— Vous oubliez que je n'ai pas dormi.

— Bien sûr que si, affirma Phil avec patience. Nous avons assisté à votre réveil.

— Une vraie Belle au Bois Dormant, précisa Murf.

— Non, non ! J'étais bien éveillée, la première fois.

Et elle comprit que ses propos n'avaient ni queue ni tête.

— Quand Mme Atkinson m'a laissée, je... j'ai fermé les yeux quelques secondes. Mais je n'ai pas eu le temps de m'endormir que vous êtes arrivés. Vous m'avez poussée dans l'ascenseur et...

— C'était un rêve.

Murf accompagna ces propos d'un doux sourire.

— Certainement, surenchérit Phil. D'ailleurs, nous n'utilisons jamais les cabines réservées aux malades pour descendre les macchabées à la morgue.

— Jamais.

— Il y a des monte-charge, pour ça.

— C'est plus discret.

— Bien plus.

Elle eût voulu leur hurler : « *Je ne me réfère pas à ce genre de cadavres mais aux zombies qui ressortent de leur tombe... Ceux qui marchent, qui parlent et qui veulent me tuer.* »

Elle ne dit rien. Elle savait qu'ils auraient assimilé ces explications aux divagations d'une folle.

— Un cauchemar, insista Murf.

— Un simple cauchemar...

Elle s'intéressa aux hommes penchés vers elle, à leurs têtes grossies par la perspective. Celle de Murf était grisonnante et paternelle, empreinte de douceur. Et quelqu'un qui avait le visage enfantin de Phil pouvait-il avoir des pensées haineuses, diaboliques ? Non, c'était inconcevable. Au même titre que ses peurs et sa confusion, leur innocence était incontestable.

— C'est impossible. Tout était si réel...

— J'ai fait des songes si réalistes qu'ils se sont poursuivis après mon réveil, déclara Phil.

— Ouais, moi aussi ! approuva Murf.

Elle pensa au discours de Quince sur son suicide, aux mains sur ses seins, ses yeux, sa bouche quand elle avait voulu crier.

— Mais c'était... concret, insista-t-elle, mais elle commençait à en douter. Enfin, ça semblait concret... épouvantablement concret.

— Je peux vous jurer que moins de cinq minutes se sont écoulées depuis que Mme Atkinson nous a appelés pour nous demander de venir vous récupérer, fit Murf.

— Et nous sommes descendus aussitôt.

Elle finit par hocher la tête, sans conviction.

— Je vous crois. Écoutez... je suis désolée.

— Ne vous tracassez pas pour ça. Il n'y a vraiment pas de quoi.

— Je n'aurais pas dû m'emporter contre vous.

— Ça t'a fait de la peine, Phil ?

— Pas le moins du monde. Et à toi, Murf ?

— Absolument pas.

— Vous voyez, vous n'avez pas à nous présenter des excuses.

— Aucune.

— Êtes-vous d'attaque pour une petite promenade ?
— Une balade bien tranquille.
— Par le circuit touristique.
— En première classe, sur tout le trajet.
— Repas gastronomiques à la table du capitaine.
— Soirées dansantes.
— Chaise longue, jeux de société et cocktails inclus.

Elle désirait leur ordonner de se taire. Leurs bavardages ne l'amusaient plus. Elle avait des vertiges et des pensées confuses, comme si elle avait bu ou été droguée. Leurs échanges de répliques qui se voulaient spirituelles étaient incessants, comme une balle qui rebondissait en tous sens à l'intérieur de son crâne. Ils l'étourdissaient, mais elle ne savait comment le leur dire sans les froisser. Si les événements de l'ascenseur étaient oniriques, elle avait déjà été trop brutale avec eux.

— En ce cas, c'est entendu ! dit-elle finalement. On lève l'ancre et cap sur le large.

— *Bon voyage*, lui souhaita Phil, en français.

— Exercice d'évacuation à bord des canots de sauvetage à seize heures pile, annonça Murf.

Ils poussèrent le chariot entre les doubles portes et s'engagèrent dans le couloir.

— Es-tu absolument certain que la Belle au Bois Dormant n'avait aucun nain dans son entourage ?

— Je te l'ai déjà dit, tu confonds avec Blanche-Neige. Je commence à te croire illettré, Murf.

— Tu me fais beaucoup de peine, Phil. J'ai reçu une excellente éducation.

Ils tournèrent dans le passage principal, vers les ascenseurs.

— Seulement, il y a longtemps que je ne lis plus de contes de fées. Je suis certain que ce sont des lectures qui te conviennent, mais je préfère des ouvrages plus instructifs.

— Les gazettes hippiques ?
— Disons plutôt Charles Dickens.
— Et les hebdomadaires à scandale ?

Ils atteignirent les ascenseurs.

Susan avait l'impression que ses nerfs étaient les ressorts d'une montre qu'on remontait.

— Et j'ai déjà eu l'occasion de t'informer que j'ai lu les œuvres complètes de Louis L'Amour, ajouta Murf.

Il enfonça un bouton.

— Tu as des goûts très éclectiques, Murf.

— Disons que j'ai l'esprit ouvert.

Susan retint sa respiration en attendant que les portes s'écartent. Un hurlement était tapi au fond de sa gorge, prêt à se libérer.

« Mon Dieu, je vous en supplie, faites que ça ne recommence pas ! »

— Et toi, Phil ? Est-ce que tu as lu un bon emballage de corn flakes, ces derniers temps ?

Les panneaux se déplacèrent en bourdonnant, derrière Susan qui ne pouvait voir l'intérieur de la cabine.

Ils la poussèrent et entrèrent avec elle. Il n'y avait aucun mort vivant.

Elle soupira de soulagement et ferma les yeux. La libération de sa tension s'accompagna d'un début de migraine.

Le retour dans sa chambre eut lieu sans incident, mais lorsqu'elle passa du chariot sur son lit, elle ressentit une vive douleur au-dessus du coude droit. Elle se rappela qu'un des zombies l'avait pincée juste avant qu'elle ne perde connaissance.

Après le départ des deux aides-soignants, elle resta un moment immobile. Elle n'osait regarder son bras. Lorsqu'elle remonta finalement sa manche, elle découvrit une ecchymose sur son biceps : un ovale de peau un peu plus sombre, gros comme une pièce de monnaie, de la couleur d'une envie. La marque était sensible au toucher, récente.

Que devait-elle en conclure ? Était-ce la preuve que la rencontre avec Harch et les autres morts vivants avait réellement eu lieu, qu'il ne s'agissait pas d'un cauchemar ? Ne s'était-elle pas meurtrie en faisant sa gymnastique et – ayant enregistré ce fait dans son subconscient – n'avait-elle pas inclus l'incident dans son rêve ?

S'était-elle blessée pendant les exercices ? Elle n'avait aucune certitude. N'avait-elle rien vu en prenant sa douche ? Elle ne se rappelait pas avoir remarqué quoi que ce soit. Mais l'apparition de la plupart des bleus était progressive.

« J'ai dû me faire ça au cours de la séance de rééducation, se dit-elle. C'est la seule explication qui ne relève pas de... la folie. Ernest Harch et les autres n'existent pas. Ils ne peuvent me faire du mal. Ce ne sont que des illusions dues à un dysfonctionnement cérébral. Si je recouvre mes forces, si McGee découvre de quoi il retourne et réussit à me guérir, je ne reverrai jamais ces zombies. Et, en attendant, je sais qu'ils ne peuvent rien contre moi. »

Jeff McGee vint la voir à dix-sept heures trente, vêtu comme pour se rendre à une soirée. Il portait un costume bleu nuit à la coupe irréprochable, une cravate assortie aux rayures du même gris que sa chemise et une pochette azur qui dépassait de la poche de poitrine de sa veste.

Il était si élégant et se déplaçait avec tant de grâce que Susan en recouvra sa féminité. Elle l'avait trouvé très attirant sitôt qu'elle l'avait vu, le dimanche matin. Mais c'était la première fois depuis sa sortie du coma qu'elle ressentait la douce chaleur du désir sexuel.

« Mon Dieu ! pensa-t-elle avec un peu d'amusement. Je dois aller mieux : Je suis en rut ! »

Il approcha du lit et se pencha pour l'embrasser sur la joue, à la commissure des lèvres. Il n'eut pas la moindre hésitation et, sous la douce fragrance de son après-rasage qui rappelait le citron et des herbes qu'elle n'aurait pu identifier, elle humait l'odeur encore plus agréable de sa peau.

Elle eût aimé le prendre par le cou et l'étreindre, ne

plus le lâcher. Elle voulait le serrer contre elle pour puiser en lui les forces qui lui manquaient, une énergie débordante. Cependant, si leurs rapports avaient évolué au cours de ces derniers jours, ils n'étaient pas intimes à ce point. Elle était convaincue de lui inspirer de tendres sentiments, mais les relations entre patient et médecin obéissaient à des principes très stricts. Tout romantisme en était habituellement exclu et une certaine réserve s'imposait. En outre, elle savait qu'elle devait se méfier de ses sens – qui lui murmuraient que Jeff McGee éprouvait plus que de la sympathie pour elle – et elle se contenta de déposer un baiser très chaste sur sa joue.

Il s'écarta, un peu trop vite.

— Je suis pressé, ce soir. Je n'aurai que quelques minutes à vous consacrer après avoir jeté un coup d'œil à Jessica Seiffert.

Il disparut derrière le rideau de l'autre lit.

Susan ressentit la morsure de la jalousie. Elle se demandait pour qui il avait sorti son plus beau costume. Avec qui irait-il dîner ? Une femme ? Bien sûr, que c'était une femme, et certainement très belle. Un homme ne se mettait pas sur son trente et un pour aller manger un morceau et boire des bières entre copains. Jeffrey McGee était séduisant et ne devait pas manquer d'admiratrices. Il n'était pas un moine et avait eu une vie privée, sentimentale et – « admets-le, Susan » – *sexuelle,* bien avant son arrivée à Willawauk. Elle n'avait pas à être irritée parce qu'il avait des aventures. Elle n'avait aucun droit sur lui. Il n'y avait rien, entre eux. Il n'était pas tenu de lui rester fidèle. Avoir de telles pensées était ridicule. Cependant, elle était jalouse... terriblement jalouse.

Il ressortit de derrière le rideau et prit sa main dans la sienne, qui était puissante et chaude. Elle remarqua que ses dents étaient blanches et régulières.

— Alors, et cette séance de rééducation ? Avez-vous passé un bon après-midi avec Flo ?

Elle avait eu l'intention de lui parler de son rêve au réalisme épouvantable, lui dire qu'elle s'était crue coincée dans l'ascenseur en compagnie d'Ernest Harch et des autres membres de la confrérie. Mais elle décida de s'en abstenir. Elle ne voulait pas qu'il voie en elle une faible femme terrorisée, dépendante. Ce n'était pas de la pitié qu'elle souhaitait lui inspirer.

— Une excellente journée, dans tous les domaines.

— C'est formidable. Je suis heureux de vous l'entendre dire.

— Oui, j'avais grand besoin de faire de l'exercice, dit-elle, cette fois sans mentir.

— Vous avez déjà repris des couleurs.

— Et je me suis lavé les cheveux.

— Ils sont très beaux.

— Vous êtes un flatteur, docteur McGee. Je suspecte le coiffeur des urgences d'utiliser une tronçonneuse pour préparer les nouveaux arrivants, et je ne serai pas présentable avant un ou deux mois. Mais au moins sont-ils propres.

— Et magnifiques, insista-t-il. C'est mignon. Vous me faites penser à... Peter Pan.

— Merci beaucoup. Peter Pan était un garçon.

— Il serait en effet difficile de vous prendre pour un garçon. Oubliez ce que je viens de dire. On dirait...

— Un chien de berger ?

— Avez-vous décidé de tourner en dérision tous mes hommages à votre beauté ?

Il la dévisagea, pour trouver en elle des caractéristiques canines.

— À présent que vous me le dites... Pourriez-vous aller chercher mes pantoufles ?

— Ouarf, ouarf !

— Non, sincèrement, vous êtes splendide. La courbe de vos joues commence à s'inverser.

— C'est vous qui êtes resplendissant, ce soir. Très élégant.

— Merci, répondit-il, sans préciser pourquoi il avait mis cette tenue.

Ce qu'elle avait espéré apprendre en lui adressant ce compliment.

— Avez-vous revu Harch et les autres ?

— Pas même entrevus, mentit-elle.

— C'est bon signe. J'ai prévu quelques examens, pour demain matin. Analyses de sang et d'urine, radioscopie... ponction lombaire si nécessaire.

— Aïe !

— C'est moins douloureux qu'on ne le croit.

— C'est plus facile à dire quand ce n'est pas sa moelle qui doit être ponctionnée.

— Exact. Mais si ça se révèle indispensable, je m'en chargerai et je suis célèbre pour ma douceur.

Il regarda sa montre.

— Il faut que j'y aille.

— Un rendez-vous galant ?

— J'aimerais bien ! Malheureusement, ce n'est que la réunion mensuelle de l'Association médicale des trois comtés. Je dois faire un discours et j'ai le trac.

Elle manqua soupirer.

— Le trac ? fit-elle en espérant qu'il n'avait pas remarqué son soulagement. Pas vous. Vous n'avez peur de rien.

— Entre autres choses, les serpents me paniquent et je suis un peu claustrophobe. Mais ce que je redoute le plus, c'est parler en public.

— Et les chiens de berger ?

— Je les adore, dit-il avant de déposer un baiser sur sa joue.

— Ils vous applaudiront à tout rompre.

— Quoi qu'il en soit, ce n'est pas mon allocution qui m'angoisse le plus. Elle ne pourrait être plus indigeste que ce qu'ils servent à l'*Holiday Inn.*

Elle sourit.

— À demain matin, alors.

Il hésita.

— Vous êtes sûre que ça va ?

— Parfaitement.

— N'oubliez pas que si vous revoyez un de ces types, il faut vous dire qu'ils ne sont pas réels...

— ... et qu'ils ne peuvent rien contre moi.

— Gardez-le à l'esprit.

— Comptez sur moi.

— Au fait, toutes les infirmières sont au courant. Si vous avez des hallucinations, sonnez et elles viendront vous rassurer. Vous parler.

— Le savoir me tranquillise déjà.

— Vous n'êtes pas seule.

— J'en ai conscience... et je vous en suis très reconnaissante.

Il se dirigea vers la porte et s'arrêta sur le seuil pour lui sourire et la saluer de la main.

Il était parti depuis plusieurs minutes quand la moiteur de son excitation s'estompa et que sa température retomba à 37 °C.

« Seigneur ! se dit-elle, sidérée. J'ai l'impression d'être redevenue une jeune fille. Une adolescente en manque de sexe. »

Elle rit doucement.

Puis elle fut assaillie par la solitude.

Plus tard, pendant le dîner, elle se rappela la réflexion de McGee sur son refus d'accepter des compliments. C'était exact. Et étrange. Elle s'intéressa à la question. Elle n'avait jamais autant désiré être flattée par un homme que par lui. Se conduisait-elle ainsi pour l'inciter à se répéter, à broder sur ce thème ? Non... plus elle y réfléchissait, plus elle se soupçonnait de vouloir se soustraire à la fascination qu'il exerçait sur elle. Elle la redoutait. Chaque fois qu'elle avait eu un amant, et ils avaient été peu nombreux, elle était restée maîtresse de la situation. Quand arrivait le moment des adieux, elle vivait la rupture en ayant des regrets mais sans subir un traumatisme affectif. Elle avait toujours géré ses affaires de cœur comme sa carrière de physicienne. Or, elle avait conscience que ce serait différent avec Jeff McGee. Ce qu'elle éprouvait était intense. Et plus les émotions étaient profondes, plus ce qui en découlait était important. Peut-être était-elle effrayée... tout autant qu'attirée.

Elle le désirait. L'effet qu'il produisait sur elle était indéniable. Mais était-ce purement physique ou y avait-il aussi de l'amour ? Elle prit conscience que c'était la première fois qu'elle se posait cette question.

De l'amour ?

« Impossible, bon sang ! se dit-elle. Je ne peux pas aimer un type que je ne connais que depuis trois jours. J'ignore tout de lui. Nous ne nous sommes même pas embrassés. Pas vraiment. Merde, je ne sais pas ce que je lui inspire. On ne s'éprend pas de quelqu'un en une nuit ! Ce n'est pas comme ça que ça se passe. »

Néanmoins, elle savait que c'était ce qui lui était arrivé. Comme au cinéma.

« Entendu, je l'aime, conclut-elle. Mais pourquoi ? S'il me fait craquer, n'est-ce pas parce que je suis malade, faible et sans défense, et que je voudrais avoir un homme fort à mes côtés ? Auquel cas ce n'est pas de l'amour, seulement de la gratitude, un désir de me décharger de mes responsabilités. »

Mais plus elle y pensait, plus elle estimait que c'était de l'amour. Ou, à tout le moins, de l'amour doublé d'un besoin désespéré d'assistance.

Que trouve-t-on en premier, se demanda-t-elle. L'œuf ou la poule ? Le déterminer est-il important ? Ce qui compte, c'est ce qu'il m'inspire... et c'est du désir.

Consciente que se rétablir était plus urgent que régler ses affaires de cœur, elle tenta de penser à autre chose. Après le repas, elle lut quelques chapitres d'un roman policier et mangea trois ou quatre morceaux de chocolat. L'infirmière de nuit, une brune pleine d'entrain nommée Tina Scolari, lui apporta un soda. Elle poursuivit sa lecture qui était de plus en plus captivante. À l'extérieur, la pluie s'interrompit et elle cessa d'entendre le martèlement monotone des gouttes sur les vitres. Elle réclama une seconde boisson. La soirée n'aurait pu mieux se dérouler. Pour l'instant.

10

L'infirmière passa à 21 h 15.

— Vous devrez vous lever tôt, demain. Votre emploi du temps sera chargé.

Elle lui donna une petite pilule rose, le léger sédatif prescrit par McGee. Pendant que Susan l'avalait avec le reste de soda, Tina Scolari alla jeter un coup d'œil à Jessica Seiffert. Elle écarta juste assez le rideau de son lit pour se glisser derrière. Lorsqu'elle réapparut, ce fut pour ordonner :

— Extinction des feux dès que vous sentirez vos paupières s'alourdir.

— Bien avant. Le temps de terminer les deux derniers paragraphes de ce chapitre, répondit Susan en désignant son livre.

— Avez-vous besoin d'aide pour aller aux toilettes ?

— Oh, non ! J'y arriverai seule.

— En êtes-vous certaine ?

— Absolument.

L'infirmière s'arrêta sur le seuil et alluma la veilleuse, afin qu'elle n'eût pas à traverser la chambre. La porte était restée ouverte tout le jour. En sortant, elle débloqua du pied la pédale caoutchoutée et tira le battant derrière elle.

Susan lut les deux derniers paragraphes, se leva et alla vers le cabinet de toilette en frôlant la paroi avec la main, pour pouvoir s'y retenir en cas de besoin. Après s'être brossé les dents, elle regagna son lit. Ses jambes étaient faibles et ankylosées, surtout ses mollets et l'arrière de ses cuisses, mais elles ne tremblaient plus. Elle ne craignait plus de tomber, bien que sa démarche manquât d'assurance et qu'il lui eût été impossible de parcourir un long trajet sans assistance.

Elle se rallongea, arrangea ses oreillers et utilisa la télécommande pour abaisser le lit. Elle éteignit la lampe de chevet.

Le clair de lune nimbait le rideau du lit de Jessica Seiffert et, comme la nuit précédente, le tissu blanc paraissait absorber la lumière et diffuser un halo phosphorescent qui le mettait en évidence dans les ombres de la pièce. Susan le fixa et sentit renaître la curiosité et le malaise qui la hantaient depuis qu'on avait amené Jessica Seiffert dans sa chambre. Une femme qu'elle n'avait encore jamais eu l'occasion de voir.

— *Susan...*

Elle sursauta de surprise et s'assit en tremblant, les couvertures repoussées à ses pieds. L'air que contenaient ses poumons s'était figé et son cœur avait cessé de battre.

— *Susan...*

La voix était grêle, sèche et cassante... évocatrice de poussières et de cendres, de cordes vocales érodées par les ans. Elle était inquiétante, terrifiante. Susan la trouvait lourde de menaces, sans pouvoir en expliquer la raison.

— *Susan... Susan...*

Bien qu'elle fût à peine audible, rauque et tourmentée, il était indiscutable qu'elle avait un timbre masculin et qu'elle s'élevait derrière le rideau de l'autre lit.

Susan réussit à inhaler. Elle frissonna et son cœur redémarra.

— *Susan...*

La nuit précédente, elle avait pu se convaincre que ces appels étaient les vestiges d'un rêve et s'était rendormie. Émoussés par le somnifère, ses sens ne lui avaient pas permis de constater que cette voix n'avait rien d'onirique. Ce soir, le sédatif n'avait pas eu le temps de faire effet et elle n'était même pas ensommeillée. Les yeux grands ouverts, elle savait que ce n'était pas un tour de son imagination.

— *Susan...*

C'était la plainte implorante d'une sirène maléfique, et elle exerçait sur elle une attirance viscérale, presque palpable. Bien que terrorisée par l'homme – ou la créature – qui s'adressait à elle, elle voulait aller jusqu'au lit voisin, écarter le tissu et découvrir qui il dissimulait. Elle agrippa les draps d'une main et le montant du lit de l'autre, pour résister à cette pulsion insensée.

— *Susan...*

Elle chercha à tâtons le bouton de la lampe de chevet, mit une éternité à le trouver et l'enfonça. La lumière repoussa les ombres qui battirent en retraite à regret, tels des loups affamés contraints de s'éloigner d'une proie qu'ils avaient crue sans défense.

Susan fixait le rideau. Elle attendait.

Pas un bruit.

Dix secondes s'égrenèrent. Vingt. Trente.

Rien. Le silence.

— Qui est là ? osa-t-elle finalement demander.

Pas de réponse.

Plus d'une journée s'était écoulée depuis qu'on avait installé une autre patiente dans sa chambre. Elle l'avait appris à son retour du service de rééducation, mais si Mme Baker ne lui avait pas dit qu'elle s'appelait Jessica Seiffert, Susan n'aurait pas su qui occupait l'autre lit. En plus de vingt-quatre heures, elle n'avait ni vu ni entendu cette femme. Il n'y avait eu que des sons inarticulés en réponse aux questions de Jeff McGee et des infirmières qui étaient passées derrière ce rideau. Des membres du personnel pourvoyaient constamment à ses besoins – ils venaient vider son bassin hygiénique ; prendre sa température, sa tension et son pouls ; la nourrir et lui administrer des médicaments ; changer les draps et la soutenir moralement – mais en dépit de ces activités incessantes, elle n'avait pas entrevu cette mystérieuse agonisante.

Une pensée angoissante se frayait insidieusement un chemin dans son esprit. Elle commençait à croire que Jessica Seiffert n'existait pas. Qui était là ? Ernest Harch ? Un de ses acolytes de la confrérie ? Une chose encore plus épouvantable ?

C'est de la folie !

Si ce n'était pas Jessica Seiffert, il fallait que *tout* le personnel de l'hôpital fût impliqué dans une impensable machination. Ce qui eût été impossible. De telles idées – un scénario si paranoïaque – apportaient la preuve qu'elle souffrait d'un dysfonctionnement cérébral. Elle ne mettait pas les déclarations de Mme Baker en doute, mais elle ne pouvait s'empêcher de penser que Jessica Seiffert était un personnage fictif, qu'elle partageait sa chambre avec quelqu'un de bien moins innocent et inoffensif qu'une vieille femme rongée par un cancer.

— Qui est là ?

Toujours pas de réponse.

— Je sais que je n'ai pas rêvé, bon Dieu !

« *Est-ce certain ?* »

— Vous m'avez appelée.

« *Ne l'ai-je pas imaginé ?* »

— Qui êtes-vous ? Que faites-vous ici ? Que me voulez-vous ?

— *Susan...*

Elle sursauta comme si elle venait de recevoir une gifle, car cette voix était encore plus angoissante à présent que lorsque tout avait été plongé dans l'obscurité. Elle appartenait au royaume des ténèbres. Elle était bien plus incongrue, plus terrifiante, en pleine lumière.

« Calme-toi, s'ordonna-t-elle. Détends-toi. Pas de panique. Si une lésion cérébrale te fait prendre des vessies pour des lanternes, il est logique que tu entendes également des sons inexistants. Hallucinations auditives. Elles vont de pair avec le reste. »

— *Susan...*

Elle devait se ressaisir avant que la situation ne dégénère. Il fallait juguler l'hystérie qui croissait en elle et, pour cela, démontrer que nul ne s'adressait à elle. Pour obtenir la preuve que ce n'était que le fruit de son imagination, il lui suffisait d'aller jusqu'au lit voisin et de tirer le rideau. Elle ne verrait derrière qu'une vieille femme à l'agonie.

— *Susan...*

— La ferme ! ordonna-t-elle.

Ses mains étaient glacées et moites. Elle les essuya sur les draps et inhala à pleins poumons, comme si le courage était un gaz en suspension dans l'atmosphère.

— *Susan... Susan...*

« Tu n'as que trop attendu, se dit-elle. Debout, remue-toi, il faut en finir. »

Elle abaissa le rail de sécurité et repoussa les couvertures. Elle s'assit au bord du lit, jambes pendantes, et prit appui sur le matelas pour se lever. Elle se trouvait du côté de Jessica Seiffert, à l'opposé de ses pantoufles. Les dalles du sol étaient glacées mais moins de deux mètres cinquante la séparaient de l'autre lit. Elle l'atteindrait en trois pas, quatre au maximum. Elle fit le premier.

— *Sssssuuuusaaaannnn...*

La *chose* – et en dépit de ses beaux discours sur les hallucinations auditives, elle ne pouvait s'y référer qu'en employant ce terme – semblait percevoir son approche et ses hésitations. Sa voix devenait plus rauque, plus insistante et sinistre, pour gémir :

— *Sssssuuuusaaaannnn...*

Elle envisagea de regagner son lit et de sonner. Mais que ferait-elle si l'infirmière entrait et n'entendait rien ? Si elle écartait le rideau sur une vieille dame pathétique qui murmurait des mots sans suite sous l'effet des barbituriques ? Ce qui serait certainement le cas, évidemment. Que penserait-on d'elle ?

Elle fit un deuxième pas et le sol lui parut plus froid.

Le tissu ondula, comme si on venait de l'effleurer.

Elle sentit son sang se figer dans ses veines, ralentir en dépit de l'accélération des battements de son cœur.

— *Sssssuuuusaaaannnn...*

Elle recula.

Le rideau se déplaça et elle discerna au-delà une silhouette noire.

La voix l'appela encore, et que son intonation fût menaçante ne prêtait pas à controverse.

Le panneau frémit et claqua. Le long de la tringle du plafond, les anneaux s'entrechoquèrent. Une chose sombre et informe, trop grosse pour être une vieille femme rongée par le cancer, grattait frénétiquement le tissu comme pour essayer de l'écarter.

Susan percevait la présence de la mort à proximité. Peut-être était-ce un symptôme de son déséquilibre mental, la preuve irréfutable qu'elle avait disjoncté et que tout ceci était engendré par son imagination, mais c'était bien trop net pour qu'elle pût en faire abstraction. *La mort.* La mort rôdait dans les parages. Elle avait perdu tout désir de découvrir ce que cachait ce rideau.

Elle se détourna et s'enfuit. Elle contourna son lit et regarda par-dessus son épaule.

Bien qu'il n'y eût aucun courant d'air dans la chambre, le tissu semblait pris dans un tourbillon. Il ondulait, s'enflait, commençait à glisser sur le rail.

Elle se réfugia dans le cabinet de toilette – car le couloir était trop éloigné – et l'effort était tel que ses jambes flageolèrent. Sitôt à l'intérieur du réduit, elle referma la porte et s'y adossa, le souffle court.

« Cette chose n'existe pas. Elle ne peut me faire de mal. »

Les lieux étaient plongés dans l'obscurité et elle ne supportait pas de rester dans le noir. Elle chercha l'interrupteur à tâtons et finit par le trouver. La blancheur des murs, du sol, du lavabo et de la cuvette des W.-C. l'éblouit.

« Elle ne peut rien contre moi. »

Elle tenait toujours la poignée, qu'elle sentit pivoter. Quelqu'un voulait entrer.

Elle pensa au verrou. Le bouton tourna librement. Il était cassé.

— Non, fit-elle. Non !

Elle raffermit sa prise, cala son épaule au battant et ses talons sur les dalles du sol. Pendant ce qui parut durer une éternité, on continua de secouer la porte. La poignée était glissante mais elle serrait les dents et bandait tous ses muscles atrophiés. Elle refusait de capituler. Finalement, le calme revint. Certaine que c'était une ruse, elle ne s'autorisa pas à réduire ses efforts.

Elle entendit gratter de l'autre côté du panneau. Ces sons qui s'élevaient à la hauteur de son visage la surprirent. Tout d'abord furtifs, ils s'amplifièrent. Des ongles. Des ongles qui griffaient le bois.

— Qui est là ?

Pas de réponse.

Les crissements se poursuivirent pendant une demi-minute, s'interrompirent, recommencèrent en étant privés de vigueur. Ils devinrent plus énergiques et violents, intermittents.

— Que me voulez-vous ?

Seuls des grattements lui répondirent.

— Écoutez... Si vous me dites qui vous êtes, j'ouvrirai cette porte.

Sa promesse resta sans effet.

Les ongles se déplacèrent sur le pourtour du chambranle, en quête d'interstices pouvant servir de point d'appui pour forcer le battant ou le faire sauter de ses gonds.

Finalement, le silence revint. Deux ou trois minutes avaient dû s'écouler.

Elle serra fermement la poignée. Rien ne se passa, ce qui la surprit et la soulagea.

Elle connaissait de nouveau l'espoir mais osait à peine respirer.

Dans le réduit nimbé par la clarté du néon, un *floc* ponctua la chute d'une goutte d'eau sur la bonde métallique du lavabo.

La panique refluait et le doute s'infiltrait dans son

esprit, s'y répandait. Ce qui n'avait été qu'un ruisselet devenait un torrent, un fleuve. La raison reprenait progressivement ses droits. Elle pensa une fois de plus qu'elle avait pu avoir des hallucinations. Si un homme – ou un monstre – avait voulu s'emparer d'elle, elle n'aurait pu l'empêcher de forcer la porte. L'individu qui avait secoué la poignée – si ce n'était pas le fruit de son imagination – devait être encore plus faible qu'elle... Une personne si chétive qu'elle ne représentait pas une menace.

Elle attendait. Adossée au battant.

Elle avait moins de difficultés à respirer.

Le temps s'écoulait lentement et son cœur ralentit ses battements. Rien ne troublait le silence.

Mais elle ne pouvait toujours pas se résoudre à lâcher la poignée. Elle regarda sa main. Ses jointures étaient saillantes et livides. Ses doigts évoquaient des serres refermées sur un œuf de métal.

Il lui vint à l'esprit que seule Mme Seiffert était plus fragile qu'elle. Avait-elle voulu se lever ? Était-ce pour cela que le rideau avait bougé ? Cette vieille femme avait-elle traversé la chambre, les idées embrumées par les médicaments ou aiguillonnée par d'insoutenables souffrances ? Était-ce Mme Seiffert qui avait gratté le battant pour attirer son attention... Une agonisante qui ne disposait d'aucun autre moyen pour réclamer de l'aide ?

« Seigneur ! songea-t-elle. N'ai-je pas condamné cette porte à une mourante qui sollicitait mon assistance ? »

Mais elle ne l'ouvrit pas. Elle ne le pouvait pas. Pas encore.

« Non, pensa-t-elle enfin. Ce n'est pas Mme Seiffert. Si elle existe, elle est trop faible pour quitter son lit et venir jusqu'ici. Elle est invalide. Ce n'est qu'un sac d'os. Il ne peut s'agir de cette femme. En outre, la silhouette que j'ai vue était trop corpulente pour lui appartenir. »

Dans le lavabo, une autre goutte tomba.

Mais était-elle certaine que quelqu'un s'était levé, que le rideau avait bougé ? Il n'y avait peut-être pas eu de voix mystérieuse, de main qui tournait la poignée et de grattements contre le battant. Tout cela ne s'était-il pas déroulé uniquement dans son esprit ?

Dysfonctionnement cérébral.

Un minuscule caillot.

L'hémorragie d'un vaisseau capillaire.

Un déséquilibre électrochimique.

Plus elle y réfléchissait, moins elle croyait à une explication surnaturelle et à l'hypothèse d'une impensable machination. Ne restaient que deux possibilités : soit elle avait tout imaginé, soit le cadavre de Mme Seiffert gisait à l'extérieur, victime de ses troubles mentaux.

Dans un cas comme dans l'autre, nul ne voulait l'agresser et bloquer la porte était sans objet. Elle cessa de s'y appuyer. Son épaule était douloureuse, tout son flanc gauche ankylosé. Elle lâcha la poignée, poisseuse et brillante de sueur.

Elle entrebâilla le battant. Imperceptiblement.

Nul n'essaya d'entrer de force dans le cabinet de toilette.

Terrorisée et prête à repousser le panneau au moindre mouvement, elle l'ouvrit un peu plus, de cinq centimètres, huit. Elle baissa les yeux, s'attendant au pire, mais elle ne vit aucune vieille femme affalée sur le sol, pas de visage crayeux à l'expression accusatrice figée par la mort.

Tout semblait normal, dans la chambre. La lampe de chevet était toujours allumée et la literie s'entassait pêle-mêle au pied de son lit. La veilleuse luisait faiblement et le rideau du lit de Jessica Seiffert était en place. Il tombait du plafond et n'était pas agité par un courant d'air ou une main malveillante.

Lentement, elle tira la porte.

Personne ne bondit sur elle.

Nulle voix étouffée inhumaine ne l'appela.

« Tout est donc issu de mon imagination, conclut-elle. De mon esprit qui vient de faire une nouvelle incursion dans la folie. Mon maudit cerveau malade qui me trahit. »

Elle ne buvait que lorsqu'elle était invitée à des soirées, et encore se limitait-elle à deux cocktails. Elle avait toujours eu l'ivresse en horreur. Il ne lui était arrivé qu'une seule fois de s'enivrer, à la fin de ses études, et elle en avait gardé un souvenir extrêmement désagréable. Elle estimait que le plaisir procuré ne compensait pas la perte de lucidité qui l'accompagnait.

Mais elle n'avait désormais plus besoin d'alcool pour cesser de se contrôler, sans seulement en avoir conscience. Au moins celui qui se soûlait lâchait-il progressivement les rênes de sa raison et savait-il qu'il n'était plus maître de ses actes, qu'il ne pouvait plus se fier à ses sens. Un dysfonctionnement cérébral avait des effets plus insidieux.

Ce qui était terrifiant.

Que deviendrait-elle, si McGee ne découvrait pas l'origine de ses problèmes ?

S'il n'existait aucun traitement ?

Finirait-elle ses jours en équilibre au bord de la folie, dans laquelle elle ferait de fréquents plongeons pour des séjours brefs mais dévastateurs ?

Elle savait qu'elle ne le supporterait pas. La mort était de loin préférable à de pareils tourments.

D'un geste brusque, elle éteignit le cabinet de toilette et crut percevoir sur son dos le poids des ténèbres.

Elle longea le mur, en grimaçant tant ses jambes la faisaient souffrir.

Elle atteignit enfin son lit et utilisa la télécommande pour le redescendre. Elle abaissa le rail de sécurité, comme elle l'avait fait du côté opposé pour se lever. Elle allait s'asseoir quand elle hésita, se redressa et fixa le rideau. Elle finit par admettre qu'elle ne pourrait se rendormir avant d'avoir trouvé le courage d'effectuer ce qu'elle avait été incapable de réaliser un peu plus tôt. Elle devait aller l'écarter et obtenir la preuve que seule une agonisante partageait sa chambre. Si elle s'en abstenait, les hallucinations reprendraient sitôt qu'elle éteindrait la lumière et laisserait descendre sa tête sur l'oreiller. Si elle ne luttait pas farouchement contre cette maladie, elle la terrasserait sous peu. Et parce qu'elle était Susan Kathleen Thorton et que Susan Kathleen Thorton ne fuyait jamais le danger.

Ses mules étaient proches. Elle y glissa ses pieds glacés.

Elle contourna le lit en agrippant son montant puis s'avança d'un pas traînant sans bénéficier du moindre soutien, leva la main et toucha le rideau.

Le silence qui régnait dans la chambre était surnaturel. Il lui semblait qu'elle n'était pas la seule à retenir sa respiration.

Rien ne bougeait, comme dans un tombeau.

Ses doigts se refermèrent sur le tissu.

« Ouvre-le, bon Dieu ! se dit-elle en prenant conscience qu'elle hésitait depuis près d'une minute. Il n'y a rien de menaçant, là-derrière, seulement une vieille femme qui dort en attendant la fin. »

Elle tira le rideau. Au-dessus de sa tête, les douzaines d'anneaux métalliques cliquetèrent en suivant la glissière en acier inoxydable fixée au plafond.

Elle approcha jusqu'au rail de sécurité et baissa les yeux. Pendant un instant d'extrême tension, elle sut que l'enfer existait et qu'elle s'y trouvait.

Car ce n'était pas Mme Seiffert qui gisait dans ce lit. C'était autre chose. Une chose hideuse. Un cadavre. Le cadavre de Jerry Stein.

Non, le fruit de son imagination.

Troubles de la perception.

Dysfonctionnement cérébral.

Une petite hémorragie dans un vaisseau capillaire.

Et... oh, oui... le célèbre caillot dont on parlait si souvent !

Susan récita la liste des explications médicales mais le corps ne disparut pas et ne se métamorphosa pas en vieille dame.

Cependant, elle ne hurla pas. Elle ne prit pas la fuite. Elle était décidée à aller jusqu'au bout, à se dégager un chemin vers le monde réel. Elle se retint au rail de sécurité, pour ne pas s'effondrer.

Elle ferma les yeux.

Elle compta de un à dix.

« *Il n'existe pas.* »

Elle rouvrit les paupières.

Le cadavre était toujours là.

Couché sur le dos, le drap remonté sur sa poitrine, comme s'il dormait. Le côté de son crâne qu'Ernest Harch avait défoncé à coups de pied était concave et recouvert de sang noir coagulé. Ses bras nus reposaient sur les couvertures, les paumes tournées vers le haut, les doigts recourbés comme s'il avait en vain tenté de se raccrocher à la vie.

S'il ne ressemblait pas *exactement* à Jerry Stein, la décomposition en était la cause. La mort l'avait corrompu. La peau était grisâtre et des taches vert sombre cernaient ses yeux enfoncés, les commissures de ses lèvres violacées et purulentes. Elle voyait des croûtes sur ses paupières et des cloques noirâtres, squameuses et suintantes, sous ses narines. De chaque côté de son nez écrasé, informe, un fluide brun fétide laquait d'autres pustules. En dépit des boursouflures, de la décoloration et des blessures répugnantes qui le défiguraient, il était indéniable qu'il s'agissait de Jerry Stein.

Mais Jerry était mort depuis treize ans. Que la putréfaction n'eût pas fait plus de dégâts la sidérait. Il y avait longtemps que les chairs auraient dû se décomposer. Il n'aurait dû rester de lui qu'un squelette et quelques mèches éparses sur le crâne, des os assemblés par des lambeaux de peau parcheminée et des ligaments. Alors que son décès semblait remonter à une dizaine de jours, pour ne pas dire une semaine ou moins.

« Ce qui démontre qu'il s'agit d'une hallucination, pensa-t-elle en agrippant le rail de sécurité avec tant de force qu'elle s'étonnait de ne pas le sentir plier sous ses doigts. Une simple hallucination. Les lois de la nature et de la logique ne sont pas respectées. Les détails ne collent pas. Ce n'est donc qu'une vision, une horreur qui n'existe que dans mon esprit. »

Elle disposait d'une autre preuve de son irréalité. L'absence de puanteur cadavérique. Si ce mort avait été là, même à ce stade peu avancé de décomposition, la pestilence aurait dû être insoutenable. Et si l'odeur n'était pas agréable, c'était celle d'antiseptiques de tous les hôpitaux.

« *Touche-le,* se dit-elle. Ça réglera la question. On ne peut toucher un mirage. Lorsqu'on veut l'étreindre, on ne rencontre que du néant. Vas-y, touche-le et tu auras la preuve que c'est une illusion. »

C'était trop demander. Elle réunit tout son courage pour lâcher le rail métallique et tendre la main vers le bras grisâtre du cadavre, mais elle interrompit son geste.

Elle se contenta de dire à voix haute, comme si elle récitait une formule magique :

— Il n'est pas là. Il n'est pas réel. Il n'existe que dans mon esprit.

Elle le vit ciller.

« *Non !* »

Ses paupières s'écartèrent.

« Non ! se dit-elle en proie au désespoir. Non, non, c'est impossible ! »

Même ouverts, ces yeux n'étaient pas ceux d'un être vivant. Ils étaient révulsés, jaunâtres et injectés de sang. Puis ils roulèrent, parurent se dilater, et des iris bruns blanchis par le voile laiteux de la cataracte se déplacèrent, sans rien voir, avant de se river sur elle.

Elle hurla mais n'émit aucun son. Ce cri fit écho en elle, comme une balle en mousse qui rebondit sur l'escalier d'une cave, qui s'arrête sitôt qu'elle a atteint le bas des marches. Elle secoua la tête et de la bile la fit suffoquer.

Le cadavre leva une main grise, raide. Les doigts perdirent leur rigidité cadavérique pour se déplier et se tendre vers elle.

Elle réussit à lâcher le rail de sécurité, comme si le métal avait brusquement été chauffé au rouge.

La chose ouvrit sa bouche immonde, suintante. Sa langue et ses lèvres en décomposition murmurèrent son prénom :

— *Ssssuuuusaaannn...*

Elle recula d'un pas, en titubant.

« *Il n'existe pas, il n'existe pas, il...* »

Avec des mouvements saccadés, comme alimenté par un courant électrique ayant des sautes de tension, le mort s'assit dans son lit.

« Tout ceci n'a lieu que dans mon esprit », se dit-elle. Elle essayait désespérément de se raisonner, conformément aux conseils de McGee.

Le cadavre répéta son nom et lui sourit.

Elle se détourna et s'enfuit vers le couloir, et ses mules claquaient sur les dalles du sol comme elle (« *Je ne peux plus me dominer* ») atteignait le seuil de la chambre après ce qui lui avait paru durer des heures, saisissait la poignée, la tirait; mais le battant (« *je dois m'arrêter, me calmer* ») pesait une tonne et elle s'emporta contre sa faiblesse qui lui faisait perdre de précieuses secondes; elle entendit (« *mon imagination!* ») un gargouillis qu'elle oublia pour se concentrer sur l'ouverture de cette maudite porte, ce qui aurait dû être facile; et, dès qu'elle réussit à la tirer (« *je fuis une illusion!* »), elle se précipita à l'extérieur sans oser regarder derrière elle pour découvrir si Jerry (« *une simple illusion!* ») la poursuivait; elle tituba, faillit tomber, prit sur la gauche, courut en zigzaguant, les muscles des jambes en feu, les genoux et les chevilles de plus en plus instables; elle percuta un mur, s'y appuya pour se redresser en hoquetant et repartit en traînant le pas; elle croyait ne plus avoir la force de continuer quand elle sentit (« *imagina!* ») l'haleine glaciale du mort sur sa nuque et parvint à reprendre la fuite, atteignit le couloir principal, vit le poste des infirmières à côté des ascenseurs et tenta de crier, sans qu'aucun son ne sorte de sa bouche; elle s'écarta du mur et progressa tant bien que mal sur le sol de carreaux verts, sous le plafond jaune pâle, en direction d'autres êtres humains, des secours, du salut.

Tina Scolari et une de ses collègues, une femme rougeaude qui disait s'appeler Beth Howe, réussirent ce qu'elle n'avait pu réaliser. Elles parvinrent à la raisonner, comme McGee en présence de victimes d'un mauvais trip à l'acide dans l'hôpital de Seattle où il avait effectué son internat. Elles la firent passer derrière le comptoir et asseoir dans un fauteuil. Elles lui donnèrent un verre d'eau. Elles lui parlèrent, l'écoutèrent et l'apaisèrent.

Mais elles ne purent la convaincre de regagner la chambre 258. Susan exigeait qu'on lui en attribue une autre.

— Je crains que ce ne soit impossible, lui dit Tina Scolari. Il y a eu une recrudescence d'admissions, hier. Tous les lits sont occupés. Et je ne vois pas ce que vous reprochez à la vôtre. Elle n'a rien de spécial, et vous le savez. Vous êtes consciente que vous avez eu une autre crise, que ce que vous avez vu n'existe pas.

Elle hocha la tête, sans trop savoir ce qu'elle croyait.

— Je le sais... mais je... je ne veux pas... y retourner.

Pendant que Tina Scolari tentait encore de la calmer, Beth Howe alla jeter un coup d'œil à la 258. Elle ne resta absente que deux minutes et déclara que tout était normal quand elle revint.

— Et Mme Seiffert ? demanda Susan.

— Dans son lit, à sa place.

— Vous êtes sûre que c'était elle ?

— Affirmatif. Elle dort comme un loir.

— Vous n'avez vu...

— Personne d'autre.

— Avez-vous regardé partout où cette chose aurait pu se dissimuler ?

— Les cachettes sont peu nombreuses.

— Avez-vous regardé ?

— Oui. Il n'y a rien.

Elles la convainquirent de s'asseoir dans un fauteuil roulant et la ramenèrent vers sa chambre. Plus elles en approchaient, plus elle tremblait.

Le rideau était fermé.

Elles la poussèrent dans la pièce, en direction de l'autre lit.

— Attendez ! cria Susan sitôt qu'elle comprit leurs intentions.

— Vous devez vous en assurer, fit Beth Howe.

— Non, je ne peux pas !

— Bien sûr que si.

— Il le faut, surenchérit Tina Scolari.

— Je... je ne... m'en crois pas... capable.

— Je suis convaincue du contraire.

Elles arrêtèrent le fauteuil au ras du lit de Jessica Seiffert.

Beth Howe tira le rideau.

Susan ferma les yeux.

Elle agrippa les accotoirs de son siège.

— Regardez, Susan, dit Tina.

— Regardez, répéta Beth. Ce n'est que Jessie.

— Vous voyez ?

— Seulement Jessie.

L'image du mort était restée gravée sous ses paupières... un homme qu'elle avait aimé et qui ne lui inspirait plus que de la terreur, car il était naturel pour un vivant d'avoir peur des défunts. Elle le revoyait, assis dans ce lit, lui souriant avec des lèvres molles comme des fruits blets. Ce souvenir ne pouvait être plus horrible que ce qu'elles avaient devant elles, aussi rouvrit-elle les yeux.

Et elle vit une femme âgée si menue, à tel point atrophiée qu'elle évoquait un nouveau-né placé par erreur dans un lit d'adulte. Hormis que sa peau était bilieuse et non rose, que ses cheveux étaient gris jaunâtre et que sa bouche plissée faisait penser à une bourse froncée par son cordon. Elle était alimentée par perfusion et l'aiguille pénétrait dans un bras encore plus squelettique que les siens.

— Voici donc Jessica Seiffert, dit-elle.

Elle était soulagée de constater qu'elle partageait effectivement sa chambre avec cette agonisante, mais atterrée que son cerveau malade ait pu si facilement – et de façon si réaliste – la métamorphoser en zombie.

— La pauvre, commenta Beth.

— Elle était déjà aimée de tous quand je faisais mes premiers pas, précisa Tina.

— Avant même ta naissance.

— Tout le monde l'adore.

Jessica dormait toujours et ses narines se dilataient imperceptiblement à chaque inspiration.

— Elle recevrait des centaines de visites, si elle l'autorisait, déclara Beth.

— Mais elle ne veut pas qu'on puisse la voir ainsi, conclut Tina. Elle s'imagine que ça l'amoindrirait aux yeux de son entourage.

— C'est ce qu'il y a en elle, que nous aimons.

— Absolument.

Beth se tourna vers Susan.

— Vous sentez-vous soulagée ?

— Oui, un peu.

Beth referma le rideau.

— Avez-vous regardé dans le cabinet de toilette ?

— Bien sûr. Il n'y a personne.

— J'aimerais m'en assurer, si ça ne vous ennuie pas.

Elle se jugeait stupide, mais elle était toujours prisonnière de ses peurs.

— Pas de problème, fit Beth. Allons-y, si ça peut vous rassurer.

Tina poussa le fauteuil roulant jusqu'à la porte et Beth fit la lumière.

Aucun mort vivant n'y était tapi.

— Je me sens idiote, murmura Susan en rougissant.

— Ce n'est pas votre faute, dit Beth.

— Le Dr McGee a fait circuler un mémo vous concernant, précisa Tina Scolari. Nous savons ce qui vous arrive.

— Et nous sommes de tout cœur avec vous, fit Beth.

— Nous allons vous soutenir.

— Et vous vous rétablirez en un rien de temps.

Soyez-en certaine. McGee est un sorcier. Le meilleur de nos toubibs.

Elles l'aidèrent à se mettre au lit.

— C'est aux infirmières de l'équipe de nuit de décider s'il faut ou non administrer un second somnifère quand le premier est inefficace, déclara Tina Scolari. Dans votre cas, j'estime qu'il ne serait pas superflu.

— J'en aurais grand besoin, reconnut Susan. Et je me demande si... est-ce que...

— Oui ?

— Est-ce que... personne ne pourrait rester près de moi... jusqu'à ce que je m'endorme ?

Elle avait l'impression d'être retombée en enfance. C'était pathétique. Elle était un bébé de trente-deux ans qui suçait son pouce et avait peur du noir. Elle s'inspirait du dégoût mais n'y pouvait rien changer. Et elle avait beau dresser la liste des étranges effets qu'avaient des lésions du lobe temporal et des caillots microscopiques, essayer de se convaincre qu'une de ces maladies – ou une douzaine d'autres – étaient à l'origine de ces rencontres imaginaires, totalement imaginaires, avec des morts, elle était malgré tout terrifiée par la perspective de rester seule et éveillée dans la chambre 258... ou ailleurs.

Tina Scolari haussa les sourcils en regardant sa collègue.

Beth Howe s'accorda un moment de réflexion puis déclara :

— Nous ne sommes pas à court de personnel, il me semble ?

— Non, lui répondit Tina. Il est au complet et nous n'avons aucune urgence.

Beth sourit à Susan.

— Une nuit tranquille. Pas de collisions entre des voitures et des arbres, de rixes d'ivrognes ou quoi que ce soit. L'une de nous pourra demeurer avec vous une heure, le temps que le soporifique agisse.

— Moins d'une heure, sans doute, fit Tina. Vous vous êtes surmenée, Susan, et le sommeil vous terrassera dans quelques minutes.

— Je vais rester, décida Beth.

— Je vous en serais infiniment reconnaissante, dit Susan.

Elle se reprochait toujours de ne pouvoir affronter seule la nuit.

Tina s'absenta et revint avec un petit gobelet.

Susan prit la pilule rose qu'il contenait et ne se servit qu'un demi-verre d'eau, car ses mains tremblaient tant qu'elle craignait d'en renverser. Quand elle but, le verre crissa sur ses dents et la pilule se coinça en travers de sa gorge.

— Je suis certaine que vous allez dormir comme un ange, affirma Tina Scolari avant de les laisser.

Beth tira une chaise près du lit, lissa sa jupe et se plongea dans la lecture d'un magazine.

Susan contempla le plafond puis lorgna le rideau du lit de Jessica Seiffert.

Elle s'intéressa aux ténèbres qui régnaient au-delà de la porte entrebâillée du cabinet de toilette.

Elle pensa au cadavre qui avait gratté ce panneau, quand elle s'y adossait. Elle pouvait encore entendre les ongles sonder le pourtour du chambranle.

Des choses qui ne s'étaient pas produites. Imaginaires.

Elle ferma les yeux.

« Jerry, songea-t-elle. Je t'ai aimé comme on peut aimer à dix-neuf ans. Et tu disais que tu m'aimais, toi aussi. Alors, pourquoi es-tu revenu me hanter, bon Dieu ? »

Des choses qui ne s'étaient pas produites. Imaginaires.

« Je t'en supplie, Jerry, reste dans ce cimetière de Philadelphie où nous t'avons enterré. Reste là-bas, par pitié. Ne reviens pas, je t'en conjure. »

Sans avoir conscience qu'elle se rapprochait du sommeil, elle en franchit le seuil et cette pénible épreuve fut enfin terminée.

11

Le mercredi matin, une infirmière vint la réveiller à six heures. Le ciel était grisâtre mais au moins avait-il cessé de pleuvoir.

Jeffrey McGee arriva avant la demie. Il l'embrassa et ses lèvres s'attardèrent un peu plus sur sa joue que les fois précédentes.

— Je ne pensais pas vous voir si tôt, lui dit-elle.

— Je tiens à superviser les examens.

— Vous avez pourtant dû vous coucher tard.

— Pas du tout ! Je me suis éclipsé sitôt après avoir infligé mon discours aux membres de l'association, sans leur laisser le temps d'organiser mon lynchage.

— Sérieusement, ça s'est passé comment ?

— Personne ne m'a bombardé avec son dessert.

— Je vous avais dit que vous feriez un tabac.

— Je précise que seul le dessert était mangeable et que nul n'a voulu y renoncer !

— Je sais que vous avez été formidable.

— Je n'envisage pas pour autant de faire une carrière de conférencier. Mais assez parlé de moi. J'ai cru comprendre que la soirée avait été animée, ici.

— Oh, non ! Elles vous l'ont dit ?

— Bien sûr. Et vous allez me le répéter, en détail.

— Pourquoi ?

— Parce que c'est un ordre.

— Et qu'un patient doit être obéissant.

— Tout juste. Je vous écoute.

Ce fut avec gêne qu'elle lui parla du cadavre qu'elle avait vu derrière le rideau. À présent, après une bonne nuit de sommeil, c'était si ridicule qu'elle se demandait comment elle avait pu croire une chose pareille.

— Seigneur, c'est un vrai film d'épouvante ! déclara McGee lorsqu'elle eut terminé.

— Je regrette que vous l'ayez raté.

— Maintenant que vous avez eu le temps d'y réfléchir, vous avez conscience que ce n'était qu'un autre épisode...

— De « La petite Susan dans la folie » ?

— Je me référais à une nouvelle crise d'hallucinations. Vous le savez, n'est-ce pas ?

— Oui, fit-elle, penaude.

Il lui adressa un clin d'œil.

— Qu'est-ce qui cloche ?

— Rien.

Il fronça les sourcils et lui toucha le front, pour s'assurer qu'elle n'avait pas de fièvre.

— Vous vous sentez bien ?

— Je ne pourrais espérer mieux, compte tenu des circonstances.

— Froid ?

— Non.

— Vous tremblez.

— Un peu.

— Beaucoup.

Elle croisa les bras, sans répondre.

— Qu'est-ce qui ne va pas ?

— Je suis... terrifiée.

— Il n'y a pas de quoi.

— Qu'est-ce qui m'arrive, bon sang ?

— C'est ce que nous allons découvrir.

Ses frissons ne s'interrompirent pas pour autant.

Le matin précédent, lorsqu'elle avait craqué devant lui et pleuré sur son épaule, elle avait pensé ne pas pouvoir tomber plus bas. Elle avait cru, et voulu croire, que l'avenir ne pourrait être que meilleur. Pour la première fois de son existence, elle avait reconnu qu'elle avait besoin d'assistance. Elle avait admis sa vulnérabilité. Ce n'était pas facile, quand on avait fondé sa vie sur le postulat – erroné mais fermement ancré – selon lequel on était immunisé contre tout débordement émotionnel. Et elle était à présent confrontée à une révélation encore plus traumatisante. Après avoir confié son destin au Dr McGee et au personnel de l'hôpital du comté de Willawauk, après s'être déchargée sur eux de ses responsabilités, elle découvrait qu'ils n'étaient pas infaillibles. Ils feraient pour elle tout leur possible, bien sûr ! Néanmoins, s'ils ne réussissaient pas à la guérir, peu importait que leur échec soit voulu, accidentel ou inévitable. Elle serait condamnée à une existence chaotique et, incapable d'établir une distinction entre le réel et l'imaginaire, elle sombrerait dans la démence.

C'était pour cela qu'elle tremblait toujours.

— Qu'est-ce que je vais devenir ?

— Vous allez vous rétablir, promit McGee.

— Mais... ça empire, fit-elle d'une voix chevrotante.

Alors qu'elle s'efforçait de s'exprimer posément.

— Non, non, ça ne s'aggrave pas.

— Si, insista-t-elle.

— Écoutez, Susan. L'hallucination de la nuit dernière était peut-être plus épouvantable que les précédentes...

— *Peut-être* ?

— D'accord, plus épouvantable...

— Et plus nette, plus *réelle*.

— ... et plus réelle. Mais vous n'aviez pas eu de crise depuis que vous aviez cru voir Jellicoe et Parker, en début de matinée. Vous n'oscillez pas constamment entre la réalité et...

Elle secoua la tête et l'interrompit.

— Non. Il n'y a pas eu que cette apparition et ce que j'ai vu dans ma chambre en fin de soirée... Il s'est passé autre chose.

Il se renfrogna.

— Quand ?

— Dans l'après-midi.

— Lorsque vous étiez dans le service de rééducation de Mme Atkinson ?

— C'est exact. Peu après la fin de la séance, juste avant qu'on me remonte.

Elle lui expliqua que Murf et Phil l'avaient poussée dans la cabine d'ascenseur où l'attendaient les quatre membres de la confrérie.

— Pourquoi ne m'avez-vous rien dit ? fit-il sur un ton accusateur.

— Vous étiez pressé...

— Pas à ce point. Suis-je un bon médecin ? Je le crois. Et soulager les souffrances de ses patients est une priorité pour chacun d'entre nous.

— Je ne souffrais pas, quand vous êtes passé me voir.

— À d'autres. Vous aviez tout relégué au fond de vous-même, mais ça vous tourmentait.

— Je ne voulais pas que vous soyez en retard à votre réunion.

— Ce n'est pas une excuse, Susan. Je m'occupe de votre cas. Vous devez me dire tout ce qui vous arrive.

— Je suis désolée, fit-elle en s'intéressant à ses mains.

Elle ne pouvait soutenir son regard, lui avouer pourquoi elle lui avait tu ce qu'elle avait vu dans l'ascenseur. Elle n'avait pas mentionné cette hallucination de peur de paraître hystérique, de susciter son mépris en lui révélant qu'elle avait une fois de plus cédé à la panique. Plus que tout, elle avait craint qu'il ne la prenne en pitié. À présent qu'elle commençait à se croire amoureuse de lui, ce n'était pas de la compassion qu'elle souhaitait lui inspirer.

— Vous ne devez rien me cacher. Il faut me dire tout ce qui se passe, tout ce que vous ressentez. Et quand je dis *tout*, c'est tout. Sinon, je risque d'ignorer un symptôme permettant de déterminer l'origine de vos problèmes. Je dois disposer de la totalité des éléments qu'il est possible de récolter, pour établir un diagnostic valable.

— Vous avez raison. À l'avenir, je ne vous tairai plus rien.
— C'est promis ?
— Juré.
— Parfait.
— Mais vous pouvez constater que mon état s'aggrave.
Elle fixait ses mains qu'elle ouvrait et fermait avec nervosité.
Il toucha son visage, caressa sa joue.
Elle trouva enfin le courage de le regarder.
— Écoutez, fit-il d'une voix douce, rassurante. Même si vos crises sont plus fréquentes, au moins sont-elles brèves. Et vous êtes ensuite capable d'en analyser la nature. Vous avez conscience que ce sont de simples hallucinations. Si vous étiez encore convaincue qu'un mort vivant s'est matérialisé dans cette chambre la nuit dernière, votre cas serait plus sérieux et je m'inquiéterais pour vous. Or, est-ce que je vous semble soucieux ? Ai-je des sueurs froides ? Voyez-vous des taches humides sous mes aisselles ? Est-ce que j'évoque la pub d'un déodorant ? Hein ? Répondez-moi.
Elle sourit.
— Vous êtes aussi sec qu'une biscotte.
— Ou qu'un coup de trique, une craie ou un poulet rôti préparé par mes soins. À propos, savez-vous cuisiner les poulets ?
— J'en fais parfois.
— Sont-ils complètement desséchés quand vous les sortez du four ?
Elle sourit encore.
— Non.
— Parfait. J'espérais que vous étiez un vrai cordon bleu.
Elle se demanda ce qu'il avait voulu dire. Ce qu'elle lisait dans ses yeux semblait confirmer ce qu'elle pensait. Qu'il s'intéressait à elle comme elle s'intéressait à lui. Mais elle ne pouvait se fier à ses sens, être certaine de ses intentions.

— Alors, allez-vous *s'il vous plaît* avoir une attitude positive ?

— Je vais essayer.

Elle tremblait toujours.

— Essayer est insuffisant. Redressez le menton. C'est une prescription de votre médecin. Deux aides-soignants vont venir vous chercher et nous effectuerons ces examens. Êtes-vous prête ?

— Je le suis.

— Une risette ?

Elle obtempéra.

— Voilà qui est parfait. Vous allez rester joyeuse jusqu'à nouvel ordre.

Il se dirigea vers la porte et regarda par-dessus son épaule pour préciser :

— Je reviens de suite.

Il sortit et le sourire de Susan s'effaça.

Elle lorgna le rideau de l'autre lit.

Elle eût aimé le voir disparaître.

Elle désirait contempler le ciel, même s'il était aussi gris et chargé que la veille. La vision de l'extérieur lui aurait peut-être permis de ne pas se sentir encagée.

Elle n'avait encore jamais été déprimée à ce point. Bien qu'elle eût commencé à recouvrer des forces, elle était très lasse. Et découragée. L'abattement était devenu son principal ennemi. Elle était démoralisée non seulement parce que des tiers régissaient son destin mais surtout parce qu'ils exerçaient sur elle un contrôle absolu. Elle était réduite à l'impuissance. Elle ne pouvait rien faire pour hâter sa guérison. Sur la table d'examen, elle ne serait qu'un bout de viande qu'ils tâteraient et sonderaient en quête de réponses.

Elle regarda une fois de plus le lit de Mme Seiffert. Le rideau blanc ne bougeait pas.

La nuit précédente, elle ne s'était pas contentée de tirer un tissu tendu autour d'un lit d'hôpital. Elle avait écarté le voile derrière lequel se tapissait la folie. Pendant quelques instants de cauchemar, elle avait franchi la frontière du monde ténébreux de la démence, pour une brève incursion dans un milieu dont peu de gens revenaient.

Elle se demanda quelle tournure auraient prise les événements si elle n'avait pas fui l'apparition, si elle avait refusé par bravade et stupidité de battre en retraite face au cadavre à moitié décomposé de Jerry Stein. Elle craignait de le savoir. Si elle était restée et si son amant mort était sorti du lit pour l'étreindre et coller ses lèvres putrides et glacées aux siennes, elle aurait disjoncté. Que Jerry Stein fût réel ou le simple fruit de son imagination, elle se serait rompue tel un élastique trop étiré et il aurait été ensuite impossible de faire quoi que ce soit pour elle. On l'aurait retrouvée recroquevillée dans un angle de la pièce, occupée à marmonner et à glousser, perdue dans les profondeurs de son être. Et ils l'auraient transférée de cette chambre du Willawauk County Hospital à la cellule capitonnée d'un asile d'aliénés.

Elle savait qu'elle ne pourrait endurer plus longtemps de telles épreuves. Pas même pour McGee. Pas même pour le bonheur que l'avenir leur réserverait peut-être si elle se rétablissait. Elle était à bout.

« Mon Dieu, je vous en supplie, pria-t-elle. Faites que les examens révèlent quelque chose. Faites que McGee trouve une solution. *Par pitié !* »

Les murs et le plafond étaient de la même nuance bleu pastel. Allongée sur le chariot et la tête légèrement surélevée par un petit coussin, elle regardait vers le haut et avait l'impression de flotter dans un ciel estival.

McGee se matérialisa près d'elle.

— Nous commencerons par un électroencéphalogramme.

— Un électroencéphalogramme ? Ce sera pour moi une première.

— Nous vous en avons fait plusieurs pendant que

vous étiez dans le coma, mais vous n'avez pu vous en rendre compte. Rassurez-vous, c'est indolore.

— Je sais.

— Nous obtiendrons une représentation graphique de votre activité cérébrale. S'il y a des anomalies, elles devraient apparaître.

— Devraient ?

— Rien n'est infaillible.

Une infirmière prit un appareil remisé dans un angle de la salle et le poussa vers eux.

— Il faudrait que vous soyez détendue, dit McGee.

— Je le suis.

— C'est indispensable, si nous voulons que les résultats soient fiables et faciles à interpréter.

— Je ne suis pas nerveuse.

— Montrez-moi votre main.

Elle leva la droite.

— Placez-la devant vous, les doigts joints. Parfait. Maintenant, écartez-les... Le plus possible.

Il les observa quelques secondes puis hocha la tête, apparemment satisfait.

— C'est bien, vous n'avez pas essayé de m'induire en erreur. Vous êtes moins crispée. Vous ne tremblez plus.

Elle avait perdu une partie de sa nervosité dès leur arrivée au rez-de-chaussée. Si elle était là, c'était pour faire évoluer la situation. Sa formation scientifique lui permettait de comprendre et d'apprécier à leur juste valeur les examens et les analyses, la quête méthodique d'une réponse par l'élimination des possibilités jusqu'au moment où il n'en subsistait qu'une. Le processus lui était familier et lui inspirait confiance.

Et elle avait également confiance en McGee. Elle tenait ses capacités et son intelligence en haute estime. Il savait ce qu'il convenait de chercher et, plus important encore, il ne manquerait pas de relever l'anomalie lorsqu'elle se présenterait.

La solution se ferait peut-être attendre, mais il la découvrirait tôt ou tard. Il s'engageait sur le chemin conduisant à la fin de ses épreuves.

Elle en était certaine.

— Je suis aussi calme qu'un loir en hibernation.

— Une huître.

— Une huître ? Pourquoi ?

— Ça colle mieux à votre personnage.

— Oh, je vous fais penser à un mollusque ?

— Non, mais c'est dans leur coquille qu'on trouve des perles.

Elle rit.

— Vous devez remporter un vif succès dans les bars fréquentés par les célibataires.

— Ne m'en parlez pas.

Il plaça huit électrodes imbibées d'une solution saline sur son cuir chevelu, quatre de chaque côté de la tête.

— Nous enregistrerons séparément les activités de l'hémisphère gauche et du droit, puis nous les comparerons. C'est la première étape pour localiser un traumatisme.

L'infirmière mit l'appareil en marche.

— Ne bougez pas, ajouta-t-il. Tout mouvement fausserait les résultats.

Elle fixa le plafond.

Il s'intéressait à un écran fluorescent verdâtre situé hors du champ de vision de Susan.

— Tout paraît normal, fit-il, un peu désappointé. Pas de crêtes, pas de plats. Un tracé régulier, dans les normes.

Elle demeurait immobile.

— Négatif, déclara-t-il enfin.

Susan entendit le cliquetis d'un interrupteur.

— Il me reste à comparer les deux enregistrements.

Il ne dit mot pendant un long moment.

La femme alla préparer une autre machine, pour elle ou le patient suivant.

Finalement, McGee arrêta l'appareil.

— Alors ? s'enquit-elle.

— Rien.

— Rien du tout ?

— Les données fournies par un électroencéphalogramme sont utiles mais pas d'une fiabilité absolue. Il arrive que des personnes atteintes d'une grave maladie cérébrale aient un tracé normal... ou le contraire. Bien que ce soit un outil de diagnostic valable, nous n'en resterons pas là. Ce n'est qu'un début.

Déçue, mais convaincue que des examens complémentaires permettraient de découvrir l'origine de ses problèmes, elle demanda :

— Quelle est la suite du programme ?

— Changement de décor, fit-il en retirant les électrodes. Je veux de nouvelles radiographies de votre crâne.

— C'est amusant.

— À se tordre.

La salle aux murs blanc cassé était encombrée d'un matériel volumineux qui paraissait quelque peu démodé. Susan n'était pas une experte en la matière et il était évident qu'on ne pouvait espérer trouver un équipement ultramoderne dans un petit hôpital du fin fond de l'Oregon. Et, même dépassé, il serait quoi qu'il en soit amplement suffisant.

McGee lui présenta le radiologue, un jeune homme qui se nommait Ken Piper. Ils attendirent qu'il eût développé les clichés et les eût placés sur deux visionneuses, puis ils les examinèrent et échangèrent des murmures en désignant des taches d'ombre et de clarté.

Susan les observait du chariot sur lequel elle s'était rallongée.

Ils retirèrent les radios, en disposèrent d'autres sur les plaques transparentes et se remirent à chuchoter et à tendre le doigt.

Quand McGee se détourna, il paraissait soucieux.

— Qu'avez-vous trouvé ? s'enquit-elle.

Il soupira.

— Demandez-moi plutôt ce que nous n'avons pas trouvé. Pas de lésion cérébrale.

— Ni d'épanchement, intervint Ken Piper.

— Ni de déplacement de l'épiphyse, ce qui est parfois le cas lorsqu'un patient souffre d'hallucinations aussi réalistes. Pas de déformation de la boîte crânienne ni de pression intracrânienne.

— Votre cerveau est normal, résuma Piper en souriant à Susan. Vous n'avez aucune raison de vous inquiéter, mademoiselle Thorton.

Elle regarda McGee et vit dans ses yeux les reflets de ses propres pensées. Le radiologue se trompait quant aux conclusions de cet examen.

— Et maintenant ?

— Je vais effectuer une P.L., fit McGee.

— Et ce serait ?

— Un petit prélèvement.

— Une ponction lombaire ?

— Oui. L'électroencéphalogramme et les radios n'ont peut-être pas révélé une chose qu'elle permettra de déterminer. Il existe des anomalies qu'on ne découvre que dans le fluide céphalorachidien.

Il téléphona au laboratoire de l'hôpital pour demander une analyse complète des échantillons qu'il allait lui adresser.

— Autant en finir rapidement, déclara-t-il en raccrochant.

Il procéda à une anesthésie locale avec de la Novocaïne, et si la ponction ne fut pas indolore, elle fut moins pénible que Susan ne l'avait craint. Ses yeux étaient larmoyants et elle mordillait sa lèvre inférieure, mais le plus difficile était de demeurer immobile pour que l'aiguille ne risque pas de se briser.

McGee extrayait le fluide en surveillant le manomètre.

— La pression est normale.

Deux minutes plus tard tout était terminé et Susan poussait un soupir de soulagement et essuyait ses larmes.

Il leva le tube empli de liquide céphalorachidien vers la lumière, pour étudier sa transparence.

— Au moins est-il clair.

— Quand aurons-nous les résultats ? voulut-elle savoir.

— Ce sera un peu long, mais il nous reste quelques examens à effectuer. D'attaque pour donner un peu de sang ?

— Je ferais n'importe quoi pour servir notre cause.

Peu avant dix heures, McGee alla au labo afin de s'informer du déroulement des analyses et Murf et Phil vinrent la chercher pour la ramener dans sa chambre. Bien qu'elle sût que ce qu'elle avait cru vivre dans l'ascenseur n'avait pas eu lieu, qu'ils ne s'étaient pas rendus coupables des actes qu'elle leur avait attribués, elle se sentit aussitôt mal à l'aise.

— Tout le monde vous réclame, là-haut, lui dit Phil en poussant le chariot dans la salle.

— Ils font des têtes d'enterrement, surenchérit Murf.

— À d'autres ! rétorqua-t-elle.

— C'est vrai, insista Phil.

— C'est sinistre, sans vous, enchaîna Murf.

— Comme un cachot.

— Comme un cimetière.

— Comme un hôpital.

— Nous sommes dans un hôpital, rappela-t-elle.

Elle entrait dans leur jeu pour tenter de se changer les idées, car ils approchaient des ascenseurs.

— C'est exact, approuva Murf.

— C'est un hôpital.

— Mais votre présence...

— ... lui donne un air de fête...

— ... on se croirait dans un palace...

— ... situé dans une contrée ensoleillée...

— ... un pays exotique et fascinant...

— ... comme la Mésopotamie.

Ils atteignaient les cabines et elle retint sa respiration.

— Combien de fois devrai-je te dire que la Mésopotamie n'existe plus, Phil ?

L'un d'eux pressa le bouton d'appel.

— Alors, où vais-je passer chaque hiver, Murf ? Mon agent de voyages m'a toujours affirmé que c'est en Mésopotamie.

— Il est véreux, Phil. Il doit t'expédier dans le New Jersey.

Les portes s'ouvrirent et Susan se crispa, mais aucun mort vivant n'était là à l'attendre.

— Certainement pas. Je n'ai jamais mis les pieds dans le New Jersey, Murf.

— C'est pour ça que l'air y est encore respirable, Phil.

« Bon Dieu, je ne peux pas vivre comme ça ! se dit Susan quand ils la poussèrent hors de la cabine, au premier étage. Je ne vais tout de même pas passer le reste de mes jours à me méfier de tout le monde, à avoir peur de tous les gens que je rencontre, à redouter qu'une horreur ou une autre surgisse de derrière chaque porte ou encoignure d'un mur. »

Comment ne pas craquer quand on a embarqué pour un tour de manège éternel dans un château hanté de fête foraine ?

Qui eût désiré vivre, dans de telles conditions ?

Jessica Seiffert n'était plus là.

Le rideau était ouvert.

Un aide-soignant retirait les draps et les entassait dans un chariot à linge. Lorsqu'elle l'interrogea, il répondit :

— Son état a empiré et ils l'ont transférée aux soins intensifs.

— Comme c'est triste !

— Nous y passerons tous un jour ou l'autre. C'est tout de même malheureux, elle était si gentille.

Susan était désolée pour Mme Seiffert mais également soulagée de ne plus l'avoir près d'elle.

Et il était agréable de revoir la fenêtre, bien que le ciel fût gris et brumeux, annonciateur d'un nouvel orage.

Phil et Murf l'avaient ramenée dans sa chambre depuis dix minutes, et elle était assise dans son lit et arrangeait le drap et les couvertures quand Mme Baker lui apporta un plateau.

— Vous avez raté le petit déjeuner, ce matin, et vous ne pouvez vous permettre de sauter un seul repas. Vous êtes moins dodue que moi. Jeûner pendant une semaine ne me ferait pas de mal.

— Je suis affamée.

— Ça ne m'étonne pas, répondit l'infirmière en posant le plateau sur la table. Comment vous sentez-vous ?

— Comme une pelote d'épingles, déclara Susan.

Dans son dos, une douleur sourde se chargeait de lui rappeler sa ponction lombaire.

— C'est McGee qui s'est occupé de vous ?

— Oui.

— Alors, estimez-vous heureuse. J'en connais qui sont moins doux que lui.

Elle souleva le couvercle du plat.

— Oui, mais je crains qu'il ne soit en retard à son cabinet.

— Il ne l'ouvre pas, le mercredi matin. Seulement l'après-midi.

— Oh, au fait ! Je ne vous ai vue qu'en coup de vent, hier, et je ne vous ai pas demandé comment ça s'était passé lundi soir.

Mme Baker cilla et la perplexité plissa son front.

— Lundi soir ?

— Votre rendez-vous. Vous savez... le bowling et les hamburgers...

Pendant deux secondes, l'infirmière parut ne pas savoir à quoi elle se référait. Puis ses yeux se mirent à briller.

— Oh ! Mon rendez-vous. Bien sûr. Mon beau bûcheron.

— Celui qui a des épaules comme une armoire à glace...

— Et des mains énormes, dures et *douces*...

Susan sourit.

— Voilà qui est mieux. Je savais que vous n'aviez pas pu l'oublier.

— J'ai vécu une nuit mémorable.

— Je suis ravie de vous l'entendre dire.

Ce fut avec un air égrillard que Mme Baker précisa :

— Il n'y a pas que les quilles du bowling qu'il a culbutées...

Susan rit.

— Oh, madame Baker, je ne vous aurais jamais crue si portée sur la chose !

Les yeux de l'infirmière brillèrent derrière ses lunettes cerclées de blanc.

— La vie est insipide, si on n'y ajoute pas un peu de sel.

Elle déplia une serviette en papier et la cala sous le col du pyjama bleu de Susan qui s'était changée à son retour du rez-de-chaussée.

— Je vous soupçonne de ne pas vous contenter d'une pincée.

— Des cuillerées à soupe, à l'occasion.

— Je le savais. Vous êtes une épicurienne.

— Non, une méthodiste. Mais même les méthodistes savent s'amuser. Maintenant, mangez tout ça. Je suis ravie de constater que vous vous remplumez. Nous ne voudrions pas que vous fassiez une rechute.

Susan consacra la demi-heure suivante à prendre son petit déjeuner et à observer le ciel agité. Des masses de nuages d'une douzaine de nuances de gris filaient à l'horizon.

Peu après onze heures, Jeff McGee passa la voir.

— Désolé de vous avoir fait attendre. Nous avons reçu les résultats des analyses il y a un moment, mais j'étais aux soins intensifs, auprès de Jessica Seiffert.

— Comment va-t-elle ?

— La fin est proche.

— C'est triste.

— Oui, j'aurais voulu la sauver. Cependant, étant donné qu'elle est condamnée, je me félicite que la fin soit rapide. Elle a toujours été active et se retrouver clouée dans un lit a dû être très pénible pour elle, bien plus que pour d'autres personnes. Ses souffrances étaient atroces, ces dernières semaines.

Il secoua la tête puis fit claquer ses doigts, comme s'il venait de se rappeler quelque chose.

— Dites, j'ai eu une idée pendant que j'étais à son chevet. Savez-vous pourquoi vous avez cru voir le cadavre de Jerry Stein en la regardant ? Je crois qu'un catalyseur a mis le feu aux poudres.

— Un catalyseur ?

— Oui, les initiales.

— Quelles initiales ?

— Jerry Stein et Jessica Seiffert... J.S. pour les deux.

— Oh, je n'y avais pas pensé !

— Pas au niveau du *conscient,* mais rien n'échappe au subconscient. Il est bien trop observateur. Je parie qu'il a relevé la coïncidence et que c'est pour cela que ce rideau vous fascinait et vous effrayait. Si j'ai vu juste, vos crises n'ont pas été spontanées. Elles ont été déclenchées par des détails, des choses sans importance qui réveillaient des souvenirs de l'Antre du Tonnerre. Une fois établis, tous ces liens ont provoqué des hallucinations.

Cette théorie semblait l'enthousiasmer, et elle lui demanda :

— Si c'est le cas, qu'est-ce que ça change ?

— Je n'en suis pas certain. Je n'ai pas eu le temps de réfléchir à tout ce qui en découle. Mais ça devrait me permettre de déterminer si je dois ou non fonder mon diagnostic sur des causes physiques.

Ce qu'elle entendait ne l'enchantait guère, et elle se renfrogna.

— Seriez-vous en train de dire que si mes hallucinations ne sont pas dues aux courts-circuits de mon cerveau, c'est qu'elles sont d'ordre psychologique et que vous refilerez mon dossier à un psychiatre ?

Il se hâta de lever les mains, pour la calmer.

— Non, non. Il est encore trop tôt pour arriver à des conclusions. Nous devons continuer de chercher des lésions. C'est l'hypothèse la plus vraisemblable, compte tenu de votre traumatisme crânien et votre coma de trois semaines.

Elle voulait désespérément croire que ses troubles étaient dus aux dommages subis par quelques neurones. S'il y avait dans son cerveau un petit caillot ou autre chose, la médecine en viendrait à bout. Elle lui accordait sa confiance parce que c'était une science, ce qui n'était pas le cas de la psychiatrie. En raison de sa formation de physicienne, elle assimilait ces pratiques à des rites vaudous.

Elle secoua la tête.

— Vous vous trompez au sujet de l'effet catalyseur des initiales. Ce J et ce S n'y sont pour rien. Mes hallucinations n'ont pas une origine psychologique.

— C'est également ce que je pense, mais je ne dois éliminer aucune possibilité à ce stade.

— Moi, si. Je l'ai mise à la poubelle.

— Je ne peux pas. Un médecin doit rester objectif.

Il prit sa main, pour la première fois depuis son arrivée, ce qu'elle trouva merveilleusement apaisant.

— Et les analyses du liquide céphalorachidien ? lui demanda-t-elle.

Il tirailla le lobe d'une de ses oreilles.

— Le taux de protéines est normal. Et nous avons effectué une numération globulaire. Un nombre élevé de globules rouges révèle une hémorragie cérébrale ou médullaire...

— Mais il est dans la moyenne.

— Oui. Trop de leucocytes sont les symptômes d'une infection...

— Ce n'est pas le cas.

— Non.

Elle avait l'impression d'avoir été acculée dans un angle de la chambre par une armée de faits indiscutables qui lui criaient : « *Tu es saine comme à vingt ans. Ton corps ne t'a pas trahie. Ton cerveau non plus. C'est ton esprit qui s'est dégradé. Tu n'es pas malade, Susan. Tu es folle, c'est tout. Cinglée. Aussi timbrée qu'un envoi en recommandé !* »

Elle tenta de faire abstraction de ces voix intérieures, de filtrer ce chœur assourdissant de doute, de mépris et de confusion.

— Les examens n'ont donc rien révélé d'anormal ? s'enquit-elle sur un ton plaintif.

— Absolument rien. Nous avons même analysé le glucose du fluide céphalorachidien. Dans certains cas, des bactéries s'attaquent au sucre et un taux peu élevé permet d'en établir le diagnostic. Mais il est des deux tiers de celui de votre sang, ce qui est également dans les normes.

— Je suis un parfait exemple de femme de trente-deux ans qui pète la forme, fit-elle, ironique.

McGee était visiblement troublé par ses difficultés à trouver l'origine de ses problèmes.

— Non. Il y a forcément *quelque chose* qui cloche.

— Quoi ?

— Je l'ignore.

— Ce n'est pas rassurant.

— Nous continuerons nos recherches.

— J'ai l'impression que mon séjour ici va s'éterniser.

— Non. Nous serons rapidement fixés.

— Comment ?

— Je vais commencer par emporter chez moi les électroencéphalogrammes, les radiographies et les analyses. Je compte revoir tout ça à tête reposée, à la loupe s'il le faut. Un détail a pu nous échapper, une anomalie qui ne m'a pas sauté aux yeux...

— Et si vous ne trouvez rien ?

Il hésita, visiblement gêné, avant de dire :

— Eh bien... il y a un dernier examen.

— Lequel ?

— Ce n'est une décision qu'on peut prendre à la légère.

— Je n'ai qu'à vous regarder pour le constater.

— Une angiographie cérébrale. C'est une technique de diagnostic que nous réservons aux victimes d'une attaque d'apoplexie qu'il a fallu trépaner, des personnes qui restent physiquement handicapées.

— En quoi ça consiste ?

— Nous injectons une substance radio-opaque dans une artère située entre le cœur et le cerveau, autrement dit dans le cou. C'est assez désagréable...

— Je m'en doute.

— Et douloureux.

Elle se massa la nuque.

— En outre, ce n'est pas sans risque. Dans certains cas, il se produit des complications dont l'issue est parfois fatale. Veuillez remarquer que je n'ai pas employé le terme de « pourcentage insignifiant ».

— J'en déduis que les accidents sont rares mais qu'ils doivent malgré tout être pris en considération.

— Absolument.

— Ai-je raison de penser que c'est une sorte de radiographie, en plus perfectionné ?

— Oui. Dès que le traceur atteint les vaisseaux sanguins du cerveau, nous prenons de nombreux clichés pour suivre sa dispersion. Nous obtenons ainsi une image détaillée du système circulatoire cérébral. Nous connaissons avec précision la taille et la forme de chaque veine et artère. Nous pouvons repérer le moindre caillot, la moindre hémorragie, le moindre renflement... même s'il est microscopique.

— On dirait que c'est une technique idéale pour aller au fond des choses.

— Je n'y ai habituellement recours qu'en cas de handicap très grave – perte de la parole ou de la motricité, paralysie partielle – ou lorsque les troubles mentaux résultant d'une crise d'apoplexie empêchent le patient de reprendre une vie normale.

— C'est mon cas.

— Oh, non ! Absolument pas. Il y a une sacrée différence entre les conséquences d'une attaque et vos hallucinations. Vous ne me croyez peut-être pas, mais ce qui vous arrive est bien moins sérieux.

Ils se turent. Il restait à côté du lit et elle demeurait assise, se sentant faible et vulnérable. Ils se tenaient par la main.

— Et si l'étude des radios et des analyses ne donne rien ? demanda-t-elle finalement.

— Si.

— Me ferez-vous faire une angiographie ?

Il ferma les yeux, pour réfléchir.

Elle nota qu'un tic nerveux agitait sa paupière gauche.

— Je ne sais pas encore. Ça dépend de divers facteurs. Je dois tenir compte d'une vieille maxime de ma profession : « Si tu ne peux améliorer l'état de ton patient, abstiens-toi de l'aggraver. » Si rien ne démontre que votre problème est d'ordre physique, opter pour une angiographie serait...

— C'est physique, insista-t-elle.

— Même si j'avais la preuve qu'un tel examen se justifie, j'attendrais que vous ayez repris des forces pour y procéder.

Elle passa la langue sur ses lèvres sèches et gercées, afin de les humidifier.

— Admettons que l'angiographie ne révèle aucune lésion et que j'aie toujours des hallucinations ?

— Nous aurons épuisé toutes les possibilités offertes par la médecine traditionnelle.

— C'est impossible.

— Nous devrons tirer un trait sur une cause matérielle et nous orienter vers une autre voie.

— Non.

— Il le faudra, Susan.

— Non.

— Consulter un psychiatre n'est pas déshonorant. Ce n'est qu'une...

— Là n'est pas la question ! Je sais qu'il n'obtiendrait aucun résultat.

— Cette branche de la médecine a évolué et...

— Non, l'interrompit-elle.

Envisager de suivre des années de thérapie avant d'être débarrassée de ces horribles visions l'angoissait.

— Non. Il doit y avoir une chose que vous pouvez trouver. Certainement.

Il décida de ne pas insister.

— Je ferai de mon mieux.

— C'est tout ce que je vous demande.

— Je ne me suis pas encore avoué vaincu.

— Je n'en ai jamais douté.

— Un peu d'eau ? fit-il.

Il avait dû remarquer que ses lèvres étaient sèches.

— Oui, merci.

Il la servit et elle but, en plusieurs gorgées. Puis il remit le verre sur le plateau posé sur la table de chevet.

— Vous êtes-vous rappelé des détails concernant votre travail ?

Sa question la surprit. Elle n'avait pas pensé à la Milestone Corporation et à ses activités professionnelles depuis qu'elle avait téléphoné à Philip Gomez, le dimanche matin. Plus de deux jours s'étaient écoulés, mais elle avait remisé tout cela au fond de son esprit, comme si c'était un sujet qui la terrorisait. Et c'était le cas. Entendre prononcer le mot « Milestone » lui donnait des frissons. En outre, elle venait d'être assaillie par une idée incompréhensible et terrifiante. Elle s'était dit qu'il existait un rapport direct entre ses étranges hallucinations – ces rencontres avec des défunts – et son emploi.

Il dut percevoir sa peur car il se pencha vers elle pour lui demander :

— Qu'est-ce qui ne va pas ?

Elle lui révéla sa pensée, qu'il devait y avoir un lien entre la Milestone Corporation et ses visions.

— Un lien ? répéta-t-il, perplexe. Quel lien ?

— Je l'ignore. Mais je le sens.

— Laisseriez-vous entendre que vous avez déjà eu de telles crises ?

— Non, non. Ce serait impossible.

— Vous semblez en douter.

— Je suis catégorique.

— Vous manquez trop de conviction pour que j'élimine cette possibilité.

Elle s'accorda une minute de réflexion.

Il l'observait, avec appréhension.

— Si, si, j'en suis sûre. Tout a débuté après mon accident. Si j'avais déjà eu des hallucinations de ce genre, je n'aurais pu l'oublier. Elles sont trop horribles.

Il inclina la tête pour la dévisager.

— S'il existe une cause physique à ce qui vous arrive – ce que nous souhaitons tous les deux – c'est une blessure due au choc subi.

— Je sais.

— Ce n'est donc pas provoqué par vos activités professionnelles. Parce que s'il s'agissait d'un stress dû à votre travail ou autre chose de comparable...

— ... nous en revenons à un problème d'ordre psychologique, termina-t-elle à sa place. Une dépression nerveuse.

— En effet.

— Ce qui n'est pas le cas.

— Alors, quel lien pourrait-il y avoir avec la Milestone ?

— Je l'ignore.

— Il en découle que vous faites erreur.

— C'est probable, mais...

— Vous êtes terrorisée malgré tout ?

— Oui.

— L'explication est simple. Votre peur de cette société a les mêmes origines que votre peur du rideau tendu autour du lit de Jessica Seiffert. Vous ne pouviez voir ce qu'il y avait au-delà, ce qui laissait le champ libre à votre imagination. Comme cette femme, votre travail représente pour vous l'inconnu. Un voile d'oubli vous dissimule cette facette de votre vie et votre esprit comble ce vide par des hypothèses effrayantes. Peut-être à cause d'une lésion cérébrale microscopique, vous faites une fixation sur l'Antre du Tonnerre et le drame qui s'y est déroulé. Il s'ensuit que vous revivez ce qui s'est passé il y a treize ans à la moindre occasion. Vos visions ne sont pas liées à votre profession. Vous essayez d'en établir un parce que... eh bien, parce que c'est ce qui se produit lorsqu'on est *obsédé* par un événement qui a profondément marqué son existence. Vous comprenez ?

— Oui.

— Mais la Milestone vous terrifie malgré tout.

— Chaque fois que vous prononcez ce nom, j'en ai la chair de poule.

Elle regarda ses bras et obtint la confirmation de ses dires.

McGee finit par s'asseoir sur le lit, sans lâcher sa main.

— Je peux le constater. Vos extrémités sont glacées, ce qui n'était pas le cas avant que nous abordions ce sujet.

— Vous voyez ?

— La méfiance que vous inspirent la Milestone et le reste n'est qu'une manifestation secondaire de votre psychose. Ce n'est qu'une version édulcorée de la crise pendant laquelle vous avez cru voir le cadavre de Jerry. Vous n'avez aucune raison de craindre vos employeurs et collègues.

Elle hocha la tête, consternée par la complexité de son problème.

— Vous devez dire vrai.

— Vous le savez.

Elle soupira.

— En fin de compte, j'aimerais que les fantômes

existent. Je préférerais que les morts puissent sortir de leur tombe pour se venger, comme dans les histoires d'épouvante. Ce serait plus simple. Pas de ponctions, pas d'angiographies, pas de doutes insidieux. Je n'aurais qu'à téléphoner à un exorciste pour lui demander de bien vouloir renvoyer tous ces esprits démoniaques là d'où ils viennent, en enfer.

McGee fronça les sourcils et la fixa, surpris.

— Je n'aurais jamais pensé vous entendre tenir de tels propos !

— Oh, rassurez-vous ! Je ne vais pas sombrer dans le mysticisme. Je ne crois pas aux revenants. En outre, si j'avais affaire à des spectres, ils seraient translucides. Ou recouverts d'un linceul percé de deux trous pour les yeux. C'est à ça qu'ils ressemblent, non ? Ils n'ont pas un corps chaud et palpable comme les abominations que je rencontre ces derniers temps.

Elle lui sourit.

— Eh, je sais pourquoi vous vous inquiétez ! Vous vous dites que si ce sont des fantômes, je vais me passer de vos services. Les toubibs ne pratiquent pas d'exorcismes, je crois ?

Il sourit à son tour.

— C'est exact.

— Vous craignez que je vous vire pour engager un curé armé d'un crucifix et d'un goupillon.

— Me feriez-vous une chose pareille ?

— Jamais. Seigneur, je risquerais d'avoir encore plus de problèmes. Par exemple... que se passerait-il si le prêtre en question n'avait pas la foi ? Ou si je m'adressais à un catholique alors que ces spectres sont protestants ? Ce serait peine perdue.

Il était évident qu'il ne se laissait pas duper par sa bonne humeur feinte, qu'il la savait toujours déprimée et terrorisée. Mais il jouait le jeu, conscient qu'elle n'avait que trop pensé à ses ennuis et que les ressasser plus longtemps ne pouvait que lui nuire. Elle avait besoin de changer de sujet, de plaisanter. Il décida de lui faciliter les choses.

— Pour autant que je sache, un exorcisme est censé être efficace sur les esprits de toutes les confessions, dit-il. Après tout, si la logique entrait en ligne de compte, il y aurait une belle pagaille dans l'au-delà. Ce que je veux dire, c'est que si un exorciste catholique ne pouvait renvoyer des fantômes protestants dans leur tombe, les vampires juifs se riraient des crucifix.

— Et comment s'en débarrasserait-on ?

— En agitant un mezuzah sous leur nez.

— Ou un plat qui n'est pas casher.

— Encore faudrait-il avoir affaire à des vampires juifs pratiquants. En outre, vous oubliez les vampires musulmans.

— Vous voyez ? C'est bien trop compliqué. Je ne peux pas engager un prêtre pour vous remplacer.

— Ah, il est agréable de se savoir indispensable !

— Pour avoir besoin de vous, j'ai besoin de vous, lui affirma-t-elle.

Elle remarqua que le timbre de sa voix se modifiait, que les sentiments qu'il lui inspirait emportaient ses intonations badines.

— Ça ne fait absolument aucun doute.

Sa hardiesse l'étonnait mais elle ne pouvait se taire. Elle s'exprimait très rapidement, tant elle était impatiente d'extérioriser ce qu'elle éprouvait.

— Oui, j'ai besoin de vous, Jeff. Et, si vous y tenez, je vous le répéterai jour et nuit jusqu'à la fin des temps.

Il la fixait et ses yeux magnifiques étaient d'un bleu encore plus soutenu que d'habitude.

Elle tenta d'interpréter ses pensées mais ne put y accéder.

Elle attendait sa réaction, quand elle se demanda si elle ne venait pas de se conduire comme la dernière des imbéciles. Ne s'était-elle pas méprise sur les raisons de son attitude à son égard ? N'était-ce pas de la sollicitude professionnelle qu'elle prenait pour de tendres sentiments ? Si elle avait confondu l'intérêt qu'il portait à tous ses malades avec quelque chose de personnel, elle subirait sous peu la pire humiliation de toute son existence.

Elle aurait voulu remonter le temps d'une minute, effacer ses paroles.

Il l'embrassa.

Et ce n'était pas un baiser chaste et timide comme les précédents. Il colla ses lèvres aux siennes avec douceur et ardeur, pour recevoir autant que pour donner. Et elle répondit avec une fougue qui ne lui ressemblait guère. Elle avait cessé d'être une dame de fer qui dominait ses pulsions. Peu lui importait de ne pas contrôler la situation et ce qui pourrait en découler. C'était différent de ses expériences antérieures. Elle se laissait elle aussi emporter. Dans ce baiser, ce n'étaient pas seulement, leurs bouches qui s'unissaient. Passion, désir et besoin y participaient. Il referma ses mains sur ses joues pour l'immobiliser avec douceur et fermeté, semblant craindre qu'elle ne se ravise et ne le repousse... Ce qu'il n'aurait pu supporter.

Lorsqu'ils se séparèrent et reculèrent pour se dévisager, découvrir en quoi ce baiser les avait changés, elle lut un étrange mélange d'émotions sur ses traits : bonheur, étonnement, confusion, embarras et autres sentiments.

La respiration de McGee était rapide.

La sienne plus encore.

Elle crut un court instant discerner autre chose dans ses yeux... de la peur, l'éclat papillotant de l'appréhension.

De la peur ?

Elle n'avait pas eu le temps de déterminer la nature exacte de ce qu'elle lisait dans son regard qu'il rompit le silence et le sortilège.

— Je... j'ai été surpris. Je...

— Je craignais de vous avoir choqué ou...

— Non, non. Mais je... je n'avais pas compris que...

— ... tous deux...

— ... c'était réciproque.

— Ce n'était qu'une supposition...

— ... et ce baiser a mis fin à vos... à tes doutes.

— Mon Dieu, oui !

— Quel baiser !

— Oui, quel baiser !

Il l'embrassa encore, plus rapidement et en lorgnant la porte. Elle n'aurait pu lui reprocher d'être gêné. Fricoter avec une patiente n'était pas ce qu'on attendait de lui. Elle aurait voulu le prendre par le cou et l'attirer contre elle, le posséder et être possédée par lui. Mais elle savait que ce n'était ni le lieu ni le moment, et elle le laissa reculer.

— Depuis combien de temps... commença-t-elle.

— Je ne sais pas. Avant que tu sortes du coma, peut-être...

— Avant ?

— Tu étais si belle.

— Mais tu ne me connaissais même pas.

— Si ce n'était pas encore de l'amour, c'en était proche.

— J'en suis ravie.

— Et quand tu t'es réveillée...

— Tu as été pris au piège de mon charme irrésistible.

Il sourit.

— Tout juste. J'ai découvert que tu avais ce que Mme Baker appelle du « cran ». J'aime les femmes qui ont du cran.

Ils restèrent muets quelques secondes, puis elle lui demanda :

— Peut-on tomber amoureux aussi vite ?

— Bien sûr.

— Nous avons tant de choses à nous dire.

— Un million.

— Un milliard. Je ne sais pratiquement rien sur ta vie.

— Elle est ténébreuse.

— Je veux tout connaître de toi. Mais je suppose que ce n'est pas... l'endroit idéal.

— C'est trop risqué.

— Oui, ce n'est pas le lieu rêvé pour faire plus ample connaissance.

— Nous devrons garder nos distances, nous vouvoyer et ne pas manifester nos sentiments devant témoins.

Ensuite, quand tu quitteras cet hôpital et que nous bénéficierons d'un peu d'intimité...

— C'est en effet plus sage, reconnut-elle à contrecœur. Mais ne pourrons-nous pas faire quelques entorses au règlement ? Un petit baiser, de temps en temps ?

Il sourit et feignit d'étudier la question.

— Eh bien, voyons voir... Pour autant que je m'en souviens, il n'y a rien dans le serment d'Hippocrate qui interdise à un médecin d'embrasser sa patiente sur la joue.

— Pourquoi ne pas prendre un acompte ?

Il s'exécuta.

— Trêve de plaisanteries, je pense que nous devons concentrer nos efforts sur ton rétablissement. Quand tu seras sur pied, tout le reste – tout ce qu'il y a entre nous – suivra.

— Tu me donnes des raisons supplémentaires de me battre.

— Et tu remporteras la victoire. Nous gagnerons. Ensemble.

Elle le regarda et sut qu'elle avait véritablement lu de la peur dans ses yeux, quelques minutes plus tôt. Même s'il se montrait optimiste, il devait se demander s'il réussirait à mettre un terme à ces hallucinations terrifiantes. Il avait conscience qu'il risquait d'échouer. De la peur ? Oui. Elle était motivée. Il craignait d'être tombé amoureux d'une femme qui allait faire une dépression nerveuse ou, plus grave encore, qui finirait ses jours dans un asile d'aliénés.

— Ne sois pas inquiet pour moi, lui dit-elle.

— Je ne le suis pas.

— Je suis forte.

— Je le sais.

— Assez pour m'en tirer... avec ton aide.

Il déposa un nouveau baiser sur sa joue.

Et elle pensa à ce qu'elle lui avait dit au sujet des fantômes. Elle avait été sincère en déclarant qu'elle aurait voulu qu'ils existent, que tout soit aussi simple. Des spectres. Des morts vivants qu'une prière appropriée et une aspersion d'eau bénite auraient renvoyés dans leur tombe. Qu'il aurait été agréable de découvrir que l'origine de ses problèmes se situait hors de son être. Elle savait que c'était impossible, mais elle eût aimé obtenir la preuve que Harch et les autres n'étaient pas le fruit de son imagination, qu'elle n'était pas folle.

Elle ignorait que son vœu ne tarderait guère à être exaucé... En partie, tout au moins.

12

Elle avait pris son petit déjeuner à une heure si tardive qu'elle ne put terminer son repas de midi, mais elle mangea avec suffisamment d'appétit pour se soustraire aux réprimandes de Mme Baker.

Puis deux aides-soignants qu'elle ne connaissait pas vinrent la chercher pour la conduire auprès de Mme Atkinson. Aucun d'eux n'avait un visage issu de son passé.

Devant les ascenseurs, elle s'attendit au pire mais rien ne se produisit.

Sa dernière hallucination remontait à la nuit, quand elle avait vu le cadavre de Jerry Stein dans le lit de Jessica Seiffert. Pendant qu'ils la poussaient dans les couloirs du rez-de-chaussée, en direction du service de rééducation physique, elle compta les heures qui s'étaient écoulées depuis : presque seize.

Presque seize heures de répit.

Peut-être n'aurait-elle pas d'autres crises. Il n'était pas à exclure que ces visions s'interrompent aussi brusquement qu'elles avaient débuté.

Si la séance de gymnastique fut un peu plus fatigante que celle de la veille, le massage et la douche se révélèrent encore plus agréables.

De retour devant les ascenseurs, elle retint sa respiration.

Rien de terrifiant ne se produisit.

Elle estima qu'elle serait à jamais débarrassée de ses hallucinations si elle réussissait à les éviter un jour complet. Vingt-quatre heures sans fantômes suffiraient à purifier son esprit et son âme.

Plus que sept heures à tenir.

Revenue dans sa chambre, elle y trouva deux bouquets de fleurs ; chrysanthèmes, œillets, roses et gerbes de gypsophiles. Des cartes de visite y étaient épinglées. Elle lut sur la première des vœux de prompt rétablissement et la signature de Phil Gomez, sur la seconde « Vous manquez aux bagnards du labo ». Ils étaient nombreux à l'avoir cosignée. Elle reconnut des noms que Gomez avait cités pendant leur conversation téléphonique du lundi matin et s'intéressa à la liste : Ella Haversby, Eddie Gilroy, Anson Breckenridge, Tom Kavinksy... Neuf en tout, qu'elle ne put associer à aucun visage.

Et, comme chaque fois qu'il était question de la Milestone Corporation, elle frissonna.

Sans savoir pourquoi.

Bien décidée à garder une attitude positive et ne pas se laisser déstabiliser, elle s'efforça d'oublier son travail. Ces bouquets étaient magnifiques et elle pouvait les admirer sans penser à leur provenance.

Elle se recoucha et tenta de lire. Cependant, la séance de rééducation physique et la douche l'avaient épuisée. Elle s'endormit et ne fit aucun rêve.

À son réveil, sa chambre avait accueilli une multitude d'ombres. À l'extérieur, le soleil effleurait les montagnes. Ce n'était pas encore le crépuscule, mais le ciel nuageux s'assombrissait déjà. Elle bâilla, s'assit et se frotta les yeux du dos de la main.

L'autre lit était toujours inoccupé.

Elle lut 7 :30 sur la pendulette de la table de chevet. Dix-neuf heures s'étaient écoulées depuis sa dernière crise.

Elle se demanda si l'épanouissement de ses relations avec Jeff McGee n'avait pas contribué à chasser les spectres. Aimer et être aimée ne pouvait avoir que des effets positifs. Elle avait rejeté la possibilité que ses problèmes soient d'ordre psychologique mais, à présent que ses ennuis semblaient appartenir au passé, elle envisageait plus facilement cette hypothèse. Auquel cas, l'amour de son médecin traitant était pour elle la plus efficace des thérapies.

Elle se leva, glissa ses pieds dans ses mules, gagna le cabinet de toilette et alluma.

La tête de Jerry Stein était posée sur l'abattant de la cuvette des W.-C.

Susan s'était immobilisée sur le carrelage de céramique et, sous la clarté fluorescente blafarde, son visage devait être aussi blanc que le reste du réduit. Elle refusait de croire ce qu'elle voyait.

« *Ça n'existe pas.* »

La tête était dans le même état de décomposition que la nuit précédente, quand Jerry s'était levé du lit de Jessica Seiffert en gémissant son nom entre ses lèvres putréfiées. Son teint était toujours cendreux. Du pus avait séché aux coins de sa bouche. Il y avait des cloques hideuses sous son nez tuméfié et sur son pourtour. Des taches sombres que boursouflait la pourriture encadraient ses yeux. Ils étaient ouverts et saillaient de leurs orbites, opaques et laiteux, jaunâtres et injectés de sang. Mais au moins étaient-ils aveugles, comme il seyait aux yeux d'un mort. La tête semblait avoir été tranchée avec frénésie, car des lambeaux de chair déchiquetée pendaient à la base du cou tel un col à jabot. Un repli de peau grisâtre dissimulait un petit objet brillant. Un pendentif. Un symbole religieux. Le mezuzah plaqué or de Jerry Stein.

« *Cette chose n'est pas réelle, pas réelle, pas réelle...* »

L'incantation était encore moins efficace qu'à l'accoutumée. Plus Susan la regardait, plus l'abomination acquérait netteté et substance.

Paralysée par la terreur, mais fermement décidée à se ressaisir, elle approcha d'un pas.

Les yeux morts la fixaient sans la voir, contemplant des choses qui se trouvaient dans l'au-delà.

« *Ça n'existe pas.* »

Elle tendit la main vers le visage grisâtre, hésita.

La tête ne risquait-elle pas de revenir à la vie dès qu'elle la toucherait ? Ces yeux d'outre-tombe n'allaient-ils pas se river sur elle ? Que ferait-elle si cette bouche béante et putréfiée happait ses doigts et refusait de les lâcher ? Et...

« *Arrête !* » s'ordonna-t-elle avec colère.

Elle entendit un gémissement. Il lui fallut un instant pour comprendre que c'était sa respiration laborieuse.

« Détends-toi, se dit-elle. Bon sang, Susan Kathleen Thorton, tu es une grande fille ! Tu ne vas tout de même pas croire des choses pareilles. »

Mais la tête refusait de disparaître tel un mirage.

Finalement, elle avança ses doigts. Elle devait vaincre la résistance de l'air, qui lui semblait aussi dense que de l'eau. Elle effleura la joue du mort.

Elle était solide.

Elle était réelle.

Froide et poisseuse.

Elle retira sa main. Elle tremblait et étouffait.

Les yeux voilés par la cataracte n'avaient pas bougé.

Elle regarda ses phalanges et y vit un fluide visqueux argenté. L'écume de la putréfaction.

Prise de nausées, elle essuya frénétiquement ses doigts gluants sur une jambe de son pyjama bleu et le tacha.

« *Ça n'existe pas, n'existe pas, n'existe pas...* »

Bien qu'elle eût consciencieusement récité les formules magiques destinées à chasser la folie, elle n'avait plus le courage de s'attarder. Elle voulait s'enfuir, se précipiter dans le couloir et aller se réfugier au poste des infirmières, près des ascenseurs, là où elle trouverait de l'aide. Elle se tourna...

... et se figea.

Ernest Harch se dressait sur le seuil. Il barrait la seule issue du cabinet de toilette.

— Non !

Il pénétra dans le réduit en souriant et referma la porte derrière lui.

« *Il n'existe pas.* »

— Surprise ! dit-il de sa voix grave et familière.

« *Il ne peut me faire de mal.* »

— Salope.

Il avait renoncé à son rôle de malade et troqué son pyjama et sa robe de chambre contre les vêtements qu'il avait portés dans l'Antre du Tonnerre, la nuit où il avait tué Jerry Stein, treize ans plus tôt. Chaussures, chaussettes et jean noirs. Chemise bleu foncé, presque noire elle aussi. Elle s'en souvenait car dans cette caverne, sous la clarté papillotante des bougies, il lui avait fait penser à un nazi des films de guerre. Un SS ou un membre de la Gestapo. Elle ne se rappelait plus lesquels avaient un uniforme. Son visage et ses traits carrés, ses cheveux blonds et ses yeux de glace... tout contribuait à lui donner une apparence qu'il avait toujours veillé à entretenir, non seulement de façon consciente mais avec soin, un souci du détail qui lui procurait une joie perverse.

— Mon cadeau te fait plaisir ? demanda-t-il en désignant la tête tranchée.

Elle ne put répondre.

— Tu tenais tellement à ton youpin que j'ai décidé de t'en offrir un morceau. Un souvenir. C'est pas gentil, ça ?

Il rit.

Elle retrouva le don de la parole et lança sans réfléchir :

— Vous êtes mort, bordel ! Vous l'avez dit vous-même. Vous êtes mort.

« Ne joue pas à ce petit jeu, s'ordonna-t-elle. As-tu entendu tes propos ? Tu ne dois pas alimenter tes hallucinations mais les nier. »

— Oui. Évidemment, que je suis mort.

— Je refuse de vous écouter, rétorqua-t-elle en secouant la tête. Vous n'êtes pas ici. Vous n'êtes pas réel.

Il s'avança vers elle.

Elle était le dos au mur, avec le lavabo d'un côté et la cuvette des W.-C. de l'autre. Elle ne pouvait aller nulle part.

Les yeux morts de Jerry Stein fixaient le néant, avec indifférence.

Harch saisit son poignet.

Elle tenta de se dégager et ne le put pas.

Sa bouche était sèche, sa langue restait collée à son palais.

Harch tenait sa main étroitement serrée. Il l'attira vers lui en souriant, et elle sentit ses pantoufles glisser sur le carrelage. Il leva la main de sa prisonnière et l'appliqua contre sa poitrine musclée et dure comme le roc.

— Tu trouves que je ne suis pas assez réel pour toi ?

Elle inhala. L'air était si lourd qu'elle crut qu'elle allait s'effondrer sur le sol, et bien plus bas encore, dans les ténèbres.

« *Non!* pensa-t-elle, terrifiée à l'idée de s'abandonner à l'inconscience et de se réveiller folle. Il ne faut pas que je m'évanouisse, bon Dieu ! Je dois résister. Lutter de toutes mes forces. »

— Tu me trouves irréel, salope ? Vraiment ? Alors comment expliques-tu que tu puisses me toucher ?

Sous la clarté fluorescente, ses yeux qui avaient habituellement la couleur de la glace sale paraissaient presque blancs, brillants et étranges... comme treize ans plus tôt, sous le halo vacillant des bougies de l'Antre du Tonnerre.

Il fit passer la main de Susan sur sa large poitrine. Le tissu était rêche, les boutons de la chemise étaient froids.

Les boutons ? Pouvait-on imaginer des sensations tactiles se rapportant à des détails aussi insignifiants, au cours d'une hallucination ? Était-il possible que des visions soient à ce point nettes, concrètes, précises ?

— Alors, tu crois toujours que je n'existe pas ? Malgré ça ? demanda-t-il en souriant méchamment.

Elle trouva la force de lui répondre, de nier une fois de plus son existence. Sa langue desséchée se détacha de la voûte de son palais avec un bruit quasi audible.

— Non. Non. Non.

— *Non* ?

— Vous n'êtes pas réel.

— Quelle conne !

— Vous ne pouvez rien contre moi.

— Je vais te prouver le contraire, petite salope. Oh, ouais, je vais te le prouver !

Il tenait toujours sa main gauche, qu'il fit glisser sur sa poitrine jusqu'à son épaule, le long de son bras. Il lui fit palper ses biceps.

Elle essaya de se dégager et échoua une fois de plus. La prise était douloureuse. Ses doigts serraient comme un étau son poignet fragile.

Il ramena sa main sur son torse et la fit descendre vers son ventre plat et musclé.

— Ne suis-je pas réel ? Hein ? Qu'est-ce que tu en dis ? À ton avis, Susan ? Ne suis-je pas réel ?

Elle sentit quelque chose se briser au fond de son être. L'espoir, les ultimes vestiges de sa maîtrise d'elle-même, ou les deux.

« Ce n'est qu'une vision, un fantasme engendré par mon cerveau malade. Une vision, une simple vision. Elle va disparaître. Quelle peut être la durée d'une hallucination ? »

La réponse la terrorisa. Ne risquait-elle pas de se poursuivre jusqu'au moment où elle rendrait son dernier soupir dans une cellule capitonnée ? Pourquoi pas, après tout ?

Harch dirigea sa main vers son bas-ventre.

Il était en érection. Elle découvrit la chaleur et la rigidité de son sexe à travers le jean.

« *Mais il est mort.* »

— Tu le sens ? fit-il, lascif. Il est réel ou pas ?

Un rire de dément se tapissait au cœur du tourbillon qui se formait dans son esprit. Tel un requin, il rôdait à la recherche des fragments de sa santé mentale flottant à la surface, pour s'en repaître.

— Vendredi, je te le fourrerai bien profond. Sais-tu ce que cette nuit-là aura de spécial ? Ce sera le septième anniversaire de ma mort prématurée. Vendredi, il y aura sept ans que ce sale nègre m'a planté sa lame dans la gorge. Voilà pourquoi j'attendrai ce moment-là pour planter ma verge dans ton sexe, avant d'utiliser à mon tour un couteau.

Des gloussements aigus s'élevaient dans les profondeurs de son esprit. Elle savait qu'elle ne devait sous aucun prétexte les laisser s'échapper. Ce rire avait le timbre cristallin de la folie et elle avait conscience qu'il ne s'interromprait jamais si elle le libérait. Elle finirait ses jours recroquevillée dans un coin, à ricaner sans raison.

Harch lâcha sa main.

Elle l'éloigna aussitôt de son bas-ventre.

Il la repoussa contre le mur, et l'impact ébranla tous ses os. Puis il se colla à elle et sourit.

Elle voulut se dégager. Mais il la maintenait captive de tout le poids de son corps.

— J'aurais dû m'occuper de ton joli petit cul il y a treize ans, dit-il. On aurait dû te violer, te trancher la gorge et te balancer au fond d'un trou avec ce sale juif.

« Il n'existe pas, il ne peut pas me faire de mal, il n'est pas... »

Non. Réciter ces litanies stupides était inutile. Il était réel.

Ce qui était naturellement impossible.

Mais il était là, devant elle. Il pouvait lui faire du mal... et il ne s'en priverait pas.

Elle renonça à se raisonner et rejeta son cou en arrière, pour hurler.

Harch recula et inclina la tête afin de l'observer. Il ne dissimulait pas son amusement. Il paraissait ravi, comme si ses cris étaient pour lui une douce musique.

Et nul ne venait s'informer de leur cause.

Où étaient les infirmières, les aides-soignants, les médecins ? Pourquoi ne réagissaient-ils pas ? La porte du cabinet de toilette était close, mais ils auraient dû l'entendre.

Harch se pencha vers elle. Leurs visages n'étaient qu'à quelques centimètres et ses yeux gris brillaient comme ceux d'un animal pris dans les faisceaux des phares d'une voiture.

— Donne-moi un acompte sur ce qui m'attend vendredi. Un baiser. Un petit baiser, d'accord ? Fais un bisou à tonton Ernie.

Que ce fût la réalité ou le fruit de son imagination, elle s'interdisait de s'y abandonner. Elle refusait de l'embrasser, même en rêve. Elle détourna la tête pour esquiver la bouche qui cherchait la sienne.

— Espèce de garce, tu ne veux rouler des pelles qu'à ton youpin ? fit-il avec colère.

Il recula et regarda l'abattant du W.-C. Il reporta son attention sur Susan, sur la tête, sur elle. Son sourire était diabolique. Sa voix devint sarcastique, teintée de joie morbide.

— C'est ça, hein ? Tu te réserves pour ce bon vieux Jerry ? Comme c'est touchant ! Une fidélité qui résiste à toutes les épreuves, même à la mort. C'est admirable, vraiment. Je suis ému. Sincèrement ému. Oh oui, tu ne dois embrasser que ton Jerry !

D'un mouvement théâtral, il se tourna vers la tête putréfiée.

« *Non !* »

Il tendit la main pour s'en emparer.

Susan pensa aux chairs décomposées et en eut des nausées.

En continuant de la féliciter pour la constance de ses sentiments, il referma ses doigts sur la chevelure brune de la chose immonde.

Susan tremblait de frayeur. Elle savait qu'il allait la contraindre à donner un baiser à ces lèvres glacées et purulentes.

Son cœur s'était emballé, et lorsqu'une opportunité de fuir se présenta, elle la saisit sans la moindre hésitation. Elle hurla et bondit sitôt que Harch se pencha pour prendre la tête posée sur la cuvette des W.-C. Elle se glissa entre le zombie et le lavabo, batailla avec la poignée en s'attendant à sentir la main de Harch sur son cou, ouvrit le battant et se précipita dans la chambre. Elle passa de la vive clarté fluorescente à la pénombre de cette fin d'après-midi et tira la porte derrière elle.

Elle courut vers son lit et la sonnette, comprit que Harch la rattraperait avant qu'elle ne l'eût atteinte et changea de direction. Elle se dirigea vers le couloir sur des jambes qui menaçaient de céder.

Elle franchissait le seuil en hurlant quand Mme Baker arriva. Les deux femmes se percutèrent. Susan faillit tomber et l'infirmière dut la retenir.

— Qu'y a-t-il, Susan ?

— Le cabinet de toilette.

— Vous êtes en sueur.

— *Dans le cabinet de toilette !*

Mme Baker glissa un bras autour de sa taille.

Susan s'affaissa contre elle, heureuse de bénéficier de son soutien.

— Qu'y a-t-il, dans le cabinet de toilette ?

— Lui.

— Qui ?

— Ce sa... ce salopard.

Elle frissonna.

— Quel salopard ?

— Harch.

— Oh, non, non, non !

— Si.

— Susan, vous avez fait un...

— Il est là.

— Il n'existe pas.

— Si.

— Venez avec moi.

— Où ?

— Venez.

— Oh, non !

— Venez.

— Ne restons pas ici.

— Vous allez m'accompagner.

Elle la fit rentrer dans la chambre, en décuplant sa

force musculaire tout autant que son pouvoir de persuasion.

— La tête de Jerry...

— Seigneur, ma pauvre enfant.

— Décapité...

— Il n'y a rien, là-dedans.

— Si.

— C'était gratiné, pas vrai ?

— Harch voulait que j'embrasse... cette chose.

— On y est.

Elles avaient atteint la porte du cabinet de toilette.

— Qu'allez-vous faire ? demanda Susan, prise de panique.

— Jeter un coup d'œil.

— *Pour l'amour du Ciel, quelles sont vos intentions ?*

Mme Baker posa la main sur la poignée.

— Vous prouver que vous n'avez rien à craindre.

Susan agrippa son avant-bras.

— Non !

— Vous n'avez rien à craindre, répéta l'infirmière d'une voix apaisante.

— Si c'était une hallucination...

— C'en était une.

— ... je n'aurais pas touché les putains de boutons de sa putain de chemise !

— Susan...

— Et est-ce que son sexe en érection aurait été si gros, si chaud, si réel ?

Mme Baker semblait déroutée.

« Elle ne peut pas comprendre, pensa Susan. Elle doit me croire folle. D'ailleurs, est-ce que ce que je dis à un sens ? »

Elle se sentait stupide, vaincue.

— Un simple coup d'œil, Susan.

— Non, je vous en supplie.

— Pour votre bien.

— Par pitié...

— Vous verrez qu'il n'y a rien.

— Je vous en conjure, gémit-elle.

Mme Baker poussa la porte.

Susan ferma les yeux.

— Regardez.

Elle serra plus encore les paupières.

— Il n'y a rien, Susan.

— Il est là.

— Non.

— Je sens sa présence.

— Il n'y a que vous et moi, ici.

— Mais...

— Pourquoi vous mentirais-je ?

Des perles de sueur glacée descendaient le long de sa nuque puis rampaient tels des mille-pattes vers le bas de son dos.

— Regardez, Susan.

Si elle avait peur d'ouvrir les yeux, elle redoutait tout autant ce qui devait se tapir au-delà de ses paupières closes. Elle finit par obéir.

Dressée sur le seuil du cabinet de toilette, elle voyait sous la froide clarté du tube fluorescent des murs, un lavabo et des carreaux blancs. Il n'y avait aucune trace d'Ernest Harch ou d'une tête en décomposition posée sur l'abattant du W.-C.

— Alors ? demanda gaiement Mme Baker.

— Rien.

— Et il n'y a jamais rien eu.

— Oh !

— Vous sentez-vous mieux ?

Elle était engourdie et glacée.

— Susan ?

— Oui, bien mieux.

— Ma pauvre enfant.

L'abattement pesait sur elle comme une chape de plomb.

— Seigneur ! s'exclama Mme Baker. Votre pyjama est trempé de sueur.

— Froide...

— Ce n'est pas surprenant.
— Non. La tête. Froide et poisseuse.
— Il n'y a pas de tête.
— Sur les W.-C.
— Voyons, Susan. Il n'y a jamais eu de tête sur les W.-C. Ce n'était qu'une autre hallucination.
— Oh !
— J'espère que vous le comprenez.
— Ouais, bien sûr.
— Susan ?
— Hm ?
— Est-ce que ça va ?
— Oui, oui, ça va aller.

Elle se laissa éloigner du cabinet de toilette et guider jusqu'au lit.

Mme Baker alluma la lampe de chevet et les ombres furtives allèrent se tapir dans les recoins.

— En premier lieu, il vous faut des vêtements secs.

Son autre pyjama, le vert, avait été lavé dans la matinée et n'était pas encore prêt. Mme Baker l'aida à retirer celui de soie bleue. Il était à tel point imbibé de sueur qu'on aurait pu l'essorer comme une serpillière. Puis elle l'assista pour enfiler une chemise de nuit de l'hôpital qui se laçait dans le dos.

— Vous ne vous sentez pas mieux ?
— Hein ?
— Susan ?
— Hm ?
— Vous m'inquiétez, Susan.
— Ne vous tracassez pas. J'ai simplement besoin de repos. Je voudrais partir...
— Partir ?
— Quelque temps. Très loin d'ici.

13

— Susan ?

Elle ouvrit les yeux sur Jeff McGee qui l'observait en fronçant les sourcils.

— Salut, fit-elle avec un sourire.

Qu'il lui retourna.

La métamorphose de son visage fut étrange. Il mit longtemps à perdre son air renfrogné. Elle vit ses traits se modifier comme si elle assistait à la projection d'un film au ralenti.

— On se sent comment, ce matin ?

Sa voix était bizarre, elle aussi. Plus lointaine, profonde et grave. Chaque mot s'étirait et elle avait l'impression d'écouter un quarante-cinq tours sur une platine qui n'était pas réglée à la bonne vitesse.

— Ça peut aller, répondit-elle.

— J'ai appris que vous aviez eu une crise.

— Ouais.

— On en parle ?

— Non. Trop ennuyeux.

— Je sais que je trouverai ça passionnant.

— Pas moi.

— Ça vous soulagerait.

— C'est de dormir, dont j'ai besoin.

— L'avez-vous fait ?

— Un peu... par instants.

Il s'adressa à quelqu'un qui se tenait de l'autre côté du lit.

— C'est vrai ?

Il s'agissait d'une infirmière. Mme Baker.

— Elle a sommeillé. Et elle est plutôt vaseuse, comme vous pouvez le constater.

— Je suis lasse, c'est tout, affirma Susan.

Il la regarda en fronçant de nouveau les sourcils.

Elle lui sourit et ferma les yeux.

— Susan.

— Hm ?

— Ce n'est pas le moment de vous assoupir.

— Un court instant.

Elle avait l'impression de flotter dans une mer chaude. Se sentir aussi calme et détendue était très agréable.

— Non, vous devez me parler. Ne dormez pas. Dites quelque chose.

Il toucha son épaule et la secoua doucement.

Elle rouvrit les paupières.

— Ce n'est pas une solution. Il ne faut pas fuir. Vous le savez.

— Je croyais le sommeil réparateur ?

— Pas maintenant.

— « Le sommeil renoue les fils de soie tout embrouillés de souci », cita-t-elle d'une voix pâteuse.

Elle referma les yeux.

— Susan ?

— Tout à l'heure, murmura-t-elle. Tout à l'heure...

— Susan ?

— Hm ?

— Je vais vous faire une injection.

— D'accord.

Elle entendit un léger tintement.

— Ça va vous soulager.

— Je me sens bien.

— Pour vous réveiller.
— D'accord.
Un contact froid sur son bras. L'odeur de l'alcool.
— Vous allez sentir une piqûre mais ce sera bref.
— D'accord.
L'aiguille perça la peau. Elle tressaillit.
— Voilà qui est fait.
— D'accord.
— Ça ira mieux, à présent.
— D'accord.

Elle était assise dans son lit.

Ses yeux étaient brûlants et la démangeaient. Elle avait l'impression que des grains de sable s'étaient glissés sous ses paupières, et elle les frotta du dos de la main. Jeff McGee sonna une infirmière et demanda un collyre. Les gouttes étaient rafraîchissantes, apaisantes.

Elle avait un goût métallique dans la bouche. Il lui donna un verre. Elle but. L'eau n'emporta pas l'amertume.

Elle était toujours somnolente mais se reprenait rapidement. Elle était irritée contre lui, parce qu'il avait interrompu ce somme si agréable.

— Qu'est-ce que c'était ?
— Du méthylphénidate.
— Autrement dit ?
— Un stimulant. Idéal pour combattre la neurasthénie.
— Je n'étais pas déprimée, seulement sonnée.
— Vous aviez entamé un repli sur vous-même.
— Une sieste, c'est tout, bougonna-t-elle.
— Phase narcoleptique d'asthénie, insista-t-il avant de s'asseoir au bord du lit. J'exige que vous me disiez ce que vous avez vu dans le cabinet de toilette.

Elle soupira.

— Vous y tenez vraiment ?
— Oui.

— Tout ?

— Tout.

Elle se sentait bien éveillée, désormais. En admettant qu'un état dépressif l'eût incitée à se réfugier dans le sommeil, cela appartenait au passé. Elle était en pleine forme, voire surexcitée.

Elle pensa à Ernest Harch, à la tête tranchée posée sur le W.-C.

Elle frissonna et regarda Jeff. Son sourire la réconforta.

Elle l'imita et essaya de parler de son épreuve avec désinvolture.

— Réunissez-vous autour du feu de camp, les enfants. Je vais vous raconter une histoire qui fait peur.

Elle dîna une heure plus tard que d'habitude. Elle ne désirait pas manger, elle n'avait pas d'appétit. Jeff insista et resta près d'elle, afin de s'assurer qu'elle finissait les plats.

Ils bavardèrent longuement. Sa présence la rassurait.

Elle eût souhaité qu'il s'attarde, mais il ne le pouvait pas. Il devait rentrer chez lui pour étudier les électroencéphalogrammes, les radios et les analyses du labo.

Quand vint pour lui le moment de partir, il lui affirma :

— Tout se passera bien.

Voulant paraître courageuse, elle répondit :

— Je sais. Ne t'inquiète pas pour moi. N'oublie pas que j'ai du cran à revendre.

Il sourit.

— L'effet du méthylphénidate va bientôt s'estomper. Les infirmières t'apporteront un somnifère plus puissant que d'habitude.

— Je croyais que je ne devais pas m'abandonner au sommeil ?

— C'était différent. Il n'était pas naturel. Il s'agissait d'un repli psychique. Ce soir, je veux que tu te reposes.

« Parce que je ne peux pas avoir d'hallucinations quand je dors à poings fermés, pensa-t-elle. Je ne risque pas de faire une nouvelle expédition dans la jungle de la folie. Si je remets ça – un autre safari dans la démence – il est probable que je n'en reviendrai pas. Je me ferai dévorer par les lions et les tigres. Une bouchée. Fini. »

— Et elles passeront te voir tous les quarts d'heure. Pour te rappeler que tu n'es pas isolée.

— Entendu.

— Ne reste pas assise à te morfondre.

— Sois tranquille.

— Mets la télé, distrais-toi.

— C'est promis.

Il l'embrassa. Ce fut un baiser très agréable, plein de tendresse et de douceur... reconstituant, lui aussi.

Puis Jeff sortit en lui lançant un coup d'œil par-dessus l'épaule.

Et elle se retrouva seule.

Si sa tension nerveuse ne décrut pas de toute la soirée, il ne se produisit aucun incident. Elle regarda la télévision et mangea deux des chocolats qu'il lui avait apportés. Des infirmières de l'équipe de nuit, Tina Scolari et Beth Howe, se relayèrent pour lui rendre des visites et elle s'étonna de pouvoir plaisanter avec elles.

Sitôt après avoir pris le somnifère prescrit par Jeff, elle dut aller aux toilettes. La porte close lui inspirait tant d'appréhension qu'elle envisagea de sonner pour réclamer un bassin. Elle hésita quelques minutes, honteuse de sa timidité. Où était la force de caractère dont elle avait toujours été si fière ? Le célèbre cran de Susan Thorton ? Elle tendit les doigts vers le bouton d'appel, se ravisa. À contrecœur, plus aiguillonnée par des besoins naturels que par son amour-propre, elle repoussa les couvertures, se leva et gagna la porte interne.

Elle l'ouvrit.

Elle alluma.

Pas de mort vivant. Pas de tête tranchée.

— Dieu soit loué ! dit-elle à voix haute.

Et elle poussa un soupir de soulagement.

Elle entra, referma le battant. Lorsqu'elle eut terminé et se lava les mains, les battements de son cœur étaient redevenus normaux.

Ses cauchemars appartenaient au passé.

Elle tira une serviette en papier du distributeur mural et se sécha.

Puis son regard fut attiré par un reflet sur le sol. Un point brillant qui se trouvait dans un angle, contre le mur. Une petite chose miroitante.

Elle lâcha la serviette dans la poubelle.

Elle s'écarta du lavabo, se pencha, prit l'objet.

Elle le fixa avec incrédulité.

Elle avait souhaité un peu plus tôt que les fantômes existent. Son vœu était exaucé.

Elle en avait la preuve dans sa paume. Ce qu'elle venait de ramasser. Une fine chaînette et un pendentif plaqué or. Le mezuzah de Jerry Stein. Le bijou qu'elle avait vu autour du cou déchiqueté de sa tête tranchée.

TROISIÈME PARTIE

DESCENTE EN VILLE...

14

Elle alla se coucher sans avoir montré le mezuzah à qui que ce soit.

Lorsqu'elle l'avait trouvé sur le sol du cabinet de toilette, elle avait décidé de l'apporter au poste des infirmières. Elle souhaitait leur prouver qu'elle n'était ni folle ni victime d'une lésion cérébrale, que les visites des morts vivants n'étaient pas des hallucinations.

Elle s'accorda un instant de réflexion et se ravisa. La prudence s'imposait. Ne risquait-elle pas de constater que sa paume était vide, quand elle l'ouvrirait devant témoins ? Elle ne pouvait être certaine d'interpréter correctement ce que voyaient ses yeux. Si c'était une nouvelle vision due à des dysfonctionnements cérébraux, elle se rendrait compte que ce qu'elle prenait pour un mezuzah n'était qu'un bout de papier roulé en boule, un ongle cassé, une vis du distributeur de serviettes ou autre chose. Mieux valait attendre, ranger le bijou et prendre le temps de se remettre de cette crise – si c'était une crise – avant de s'assurer qu'il s'agissait effectivement de ce pendentif.

En outre, que des zombies puissent sortir de leur tombe pour se venger des vivants lui paraissait maintenant moins amusant que lorsqu'elle avait abordé ce sujet sur un ton de plaisanterie. Elle avait simplement voulu faire comprendre à Jeff qu'elle aurait préféré que ses problèmes aient une cause externe plutôt qu'un esprit dérangé... Sans penser aux conséquences de la réalisation d'un tel souhait. Elle savait désormais qu'il en résulterait un plongeon rapide dans les oubliettes de la folie. Elle n'était pas prête à admettre que les morts pouvaient ressusciter. Elle était une scientifique, une femme logique et sensée que les superstitions avaient amusée ou consternée. Il n'y avait aucune place pour le surnaturel dans sa philosophie et, plus important encore, dans l'idée qu'elle se faisait de sa personne. Elle avait préservé sa raison en se disant que ses bourreaux étaient le fruit de son imagination, des créatures sans substance, des illusions. Mais s'ils étaient réels...

Alors quoi ?

« Qu'y aurait-il ensuite ? »

Le miroir lui renvoya le reflet de son angoisse.

Elle aurait de nouvelles folies, de nouvelles terreurs, de nouvelles horreurs à affronter.

Qu'y aurait-il ensuite ?

Elle ne tenait pas à y penser. Ce serait d'ailleurs inutile tant qu'elle ne serait pas fixée sur la nature du mezuzah.

En outre, le somnifère commençait à faire effet. Ses paupières s'alourdissaient et elle perdait le fil de ses pensées.

Elle enveloppa le pendentif dans un morceau de papier toilette, qu'elle plia en quatre.

Elle sortit du réduit et éteignit le néon. Elle se recoucha et rangea le bijou dans la table de chevet, à côté de son portefeuille. Elle referma le tiroir, son petit secret.

Le soporifique était comparable à une lame déferlante qui s'abattait sur elle pour l'entraîner dans les profondeurs, vers les abysses.

Elle tendit la main afin d'éteindre la lampe mais s'en abstint en notant que la veilleuse n'était pas allumée. Seule la lumière indirecte provenant du couloir eût alors dilué l'obscurité, et la perspective de se retrouver dans les ténèbres l'angoissait, même pour le court instant qui la séparait du sommeil. Elle ramena son bras.

Elle se plongea dans la contemplation du plafond et

essaya de faire le vide dans son esprit. Une minute plus tard, elle s'endormait comme si on avait abaissé un interrupteur.

Jeudi matin. Une nouvelle journée nuageuse, avec des lambeaux de ciel bleu déchiqueté évoquant des étendards dans la pénombre.

Susan resta immobile. Elle se contenta de regarder la fenêtre en cillant avant de se souvenir du trésor qu'elle avait dissimulé dans la table de chevet.

Elle fit remonter le lit, s'assit, démêla ses cheveux avec ses doigts puis ouvrit le tiroir. Le petit paquet était là, à l'endroit où elle l'avait posé. Au moins n'était-il pas issu de son imagination. Elle le prit et le tint dans sa paume, pour l'examiner. Finalement, elle défit le papier toilette avec autant de soin que lorsqu'elle l'avait plié.

Le pendentif s'y trouvait toujours, dans un nid de maillons enchevêtrés.

Elle le leva et l'effleura du bout de l'index. Sa matérialité ne prêtait pas à controverse.

Et, bien que ce fût impossible, il en découlait que les morts vivants étaient eux aussi réels.

« Des fantômes ? »

Elle retourna le bijou entre ses doigts, et la chaînette s'échappa de sa main pour glisser le long de son bras. Restait à décider si elle devait ou non admettre leur existence. Le pourrait-elle, si la réponse était affirmative ? Son rationalisme, son scepticisme et sa méthodologie scientifique l'empêcheraient de renoncer à la logique au profit d'explications surnaturelles.

En outre, même si elle avait été prédisposée à y croire, une chose lui aurait fait contester la théorie des revenants. Le mezuzah. Si elle était confrontée à des esprits malveillants capables de se dématérialiser à leur guise – Harch n'avait-il pas disparu du cabinet de toilette en emportant la tête de Jerry Stein ? – ce bijou aurait dû en faire autant. En tant qu'élément de cette apparition, il n'appartenait pas lui non plus au monde des vivants. Et cependant il était là, dans le creux de sa main.

La veille, quand le somnifère embrouillait ses pensées, elle en avait conclu qu'il prouvait l'existence des fantômes. Elle estimait à présent qu'il démontrait simplement qu'elle n'avait pas d'hallucinations. En fait, ce n'était même pas une preuve, seulement un indice.

Qu'elle eût affaire à des entités venues de l'au-delà était improbable.

Et la matérialité du mezuzah l'empêchait de tout mettre sur le compte d'un dysfonctionnement cérébral.

Sans les rejeter définitivement, elle pouvait reléguer ces possibilités au fond de son esprit.

Que subsistait-il ?

Elle regarda le pendentif et fronça les sourcils.

Elle avait tourné en rond pour en revenir aux sosies. Une explication qui laissait également à désirer. Les raisons pour lesquelles quatre doubles des membres de cette confrérie s'étaient rendus au Willawauk County Hospital afin de la harceler, peut-être de la tuer, restaient dans l'ombre. Quand une théorie était absurde, elle n'avait aucune valeur.

En outre, même l'hypothèse abracadabrante du coup monté ne permettait pas d'expliquer comment Harch s'était éclipsé d'un réduit sans fenêtre ; comment il avait pu se remettre si rapidement d'une intervention chirurgicale pratiquée lundi ; comment le cadavre de Jerry Stein avait pu apparaître dans le lit de Jessica Seiffert et pourquoi il subsistait plus de lui qu'un squelette.

Fantômes ?

Dysfonctionnement cérébral ?

Complot invraisemblable ?

Rien de tout cela n'apportait de réponses à toutes ses questions. Dans tous les cas, la situation était incompréhensible.

Elle en avait des vertiges.

Elle serra le poing autour du mezuzah, comme pour en exprimer la vérité.

Une infirmière pénétra dans la chambre. Millie, la blonde à tête de fouine qui – le mardi matin, quand Susan avait sombré dans l'hystérie en voyant les doubles de Jellicoe et de Parker – avait voulu lui faire une piqûre pendant qu'un de ces deux hommes l'immobilisait sur le lit.

— Le chariot du petit déjeuner approche, annonça-t-elle.

Susan n'eut pas le temps de dire un mot qu'elle entrait dans le cabinet de toilette.

Par la porte entrebâillée, Susan la vit s'accroupir et lorgner derrière la cuvette des W.-C. D'un côté puis de l'autre. Elle scruta les recoins que la clarté du néon n'atteignait pas.

Après avoir tout inspecté, elle se tourna sans se relever. Elle regarda à gauche, à droite, à la hauteur des plinthes. Elle se pencha sous le lavabo.

Susan s'intéressa discrètement à son poing serré. Le mezuzah absorbait la chaleur de sa paume et devenait de plus en plus froid.

La chaînette en or dépassait entre ses doigts. Obéissant à une impulsion, sans en analyser la raison, elle les écarta le temps de la repousser à l'intérieur. Puis elle les referma et laissa ses mains reposer sur les couvertures. Elle les croisa devant elle et tenta de paraître détendue. Assise dans le lit, elle bâilla et cilla face à la clarté matinale, avec désinvolture.

Millie ressortit du réduit, vint vers elle et n'hésita qu'une seconde avant de demander :

— Dites, vous n'auriez pas vu un bijou ?

— Un bijou ?

— Ouais.

— Où ça ? Dans le cabinet de toilette ?

— Oui.

— Un collier de perles ou une broche en diamants ? s'enquit Susan sur un ton léger.

Comme si elle présumait que son interlocutrice voulait plaisanter.

— Non. Une babiole. Je l'ai perdue et je n'arrive pas à la retrouver.

— Quel genre de bijou ?

— Un mezuzah. Un pendentif et une chaînette en or.

Susan lisait de la tension sur sa face de fouine. Il était évident qu'elle lui jouait une comédie.

« Il ne t'appartient pas, pensa Susan. Tu es une menteuse. »

Ses persécuteurs l'avaient oublié. Il était tombé de la tête tranchée sans qu'ils ne s'en rendent compte. Et ils tentaient de rattraper leur erreur afin de pouvoir poursuivre cette mise en scène macabre.

— Désolée, dit-elle. Je n'ai rien remarqué.

L'infirmière la dévisagea.

Susan avait deviné leurs intentions. Ils voulaient lui faire croire qu'elle avait vu le mezuzah de Millie et que son subconscient l'avait associé à celui de Jerry Stein, déclenchant une nouvelle hallucination.

Mais la conduite de Millie était suspecte. Susan était à présent certaine que ses problèmes n'étaient pas d'ordre psychologique. Ils lui faisaient subir un... un test, une épreuve. Ils lui jouaient une comédie dont elle ignorait encore les motivations. C'était pour elle une certitude.

Mais qui étaient ces *ils* ?

— J'espère que vous le retrouverez, dit-elle en accompagnant ses propos d'un doux sourire.

— La chaînette a dû se briser. Il a pu tomber Dieu sait où !

Millie n'avait pas de talent d'actrice. Ni son regard ni sa voix n'étaient convaincants.

Un aide-soignant poussa un chariot dans la chambre. L'infirmière préleva un plateau qu'elle posa sur la table et repartit avec le jeune homme.

De nouveau seule, Susan rouvrit sa main. Le mezuzah était luisant de sueur.

Elle regagna le cabinet de toilette, alluma et referma la porte. Elle avait laissé son petit déjeuner refroidir.

Elle entreprit d'étudier les lieux, en commençant derrière la cuvette. Ce n'était pas un mur de brique enduite de plâtre mais un panneau préfabriqué. Sa surface rugueuse avait été récemment peinte en blanc et elle n'y voyait aucune fissure. Elle s'intéressa à l'angle, sans rien remarquer de particulier. La deuxième paroi n'avait pas non plus de joints et l'encoignure était aussi lisse que la précédente. Du côté du lavabo, le miroir dissimulait le centre de la cloison qui avait une texture régulière.

Elle avait examiné les trois quarts du pourtour du réduit. Ce fut derrière la porte qu'elle trouva ce qu'elle cherchait. Il y avait au point de rencontre des panneaux un trait qui grimpait de la plinthe au plafond.

« C'est de la folie ! »

Elle se massa les yeux du bout des doigts, cilla et regarda de nouveau. Elle revit cette ligne fine comme une lame de couteau, bien trop droite pour être due au tassement du bâtiment.

Elle approcha du lavabo pour s'intéresser au miroir. Il était d'un seul tenant, et non un assemblage de plusieurs petites glaces. Il devait dissimuler la charnière de la porte dérobée et n'être fixé au mur que du côté gauche.

Elle s'agenouilla pour regarder sous la cuvette. Le carrelage était froid. Les canalisations des arrivées d'eau et de l'évacuation sortaient du sol. Aucun tuyau ne traversait le mur. Elle se pencha vers la paroi, divisée par une autre fissure qui disparaissait sous le miroir. Elle débutait au ras de la plinthe et était verticale, comme celle de l'encoignure. Elle glissa un ongle dans le raccord de menuiserie situé dans son alignement. Il n'avait pas été comblé avec du mastic.

Un courant d'air s'échappait entre les bandes de bois, à peine perceptible mais glacé.

Elle recula, se redressa et se frotta les mains pour les essuyer.

Elle examinait l'élément de cloison d'un mètre cinquante de large qui séparait l'angle de la porte et le milieu du lavabo. Il y avait gros à parier qu'il pivotait vers l'extérieur du réduit.

C'était le passage qu'Ernest Harch avait emprunté pour quitter le cabinet de toilette avec la tête tranchée sous le bras, sans se douter que le mezuzah était tombé sur le sol.

Que pouvait-il y avoir au-delà de cette paroi ?

« *La folie.* »

Elle regagna la chambre et inspecta le mur derrière le lit qu'avait occupé Jessica Seiffert. Une fente rectiligne reliait le sol au plafond. À deux mètres de distance, ce trait était invisible. Elle en trouva un autre dans l'encoignure.

Elle appliqua la main sur le panneau et exerça des pressions en divers endroits, au cas où la porte dérobée serait fermée par un loquet à ressort. Ses essais ne donnèrent aucun résultat.

Elle s'agenouilla et s'intéressa à la plinthe. Elle l'effleura des doigts.

Et elle perçut un autre courant d'air, léger mais glacial.

Le long de la ligne de gauche, elle découvrit une tache graisseuse. De l'huile pour les gonds ?

Elle appuya tous les cinq centimètres, sans plus de succès que la fois précédente.

Des passages secrets ? C'était trop bizarre pour être vrai.

Des conspirateurs qui se déplaçaient à travers les murs ? C'était un classique de la paranoïa.

Mais comment expliquer ces fissures ?

« *Fruit de l'imagination.* »

L'air qui s'en échappait ?

« *Problèmes de perception.* »

L'éclaboussure de lubrifiant ?

« *Interprétation erronée de stimuli visuels et tactiles due à un dysfonctionnement cérébral. Une hémorragie. Un caillot de sang minuscule. Une lésion. Ou encore...* »

— À d'autres ! marmonna-t-elle.

Ses flocons d'avoine étaient froids et grumeleux. Elle les mangea malgré tout, consciente qu'elle devait reconstituer ses forces.

Elle essaya d'analyser la situation en prenant son petit déjeuner. Bien qu'à première vue invraisemblable, l'hypothèse de la machination paraissait confirmée.

Qui disposait des moyens et de la détermination nécessaires pour organiser une mise en scène aussi compliquée, une représentation dont les principaux personnages étaient quatre sosies qui n'avaient pu être réunis qu'au prix d'impensables efforts ? Et dans quel but ? Pourquoi gaspiller tant de temps, d'argent et d'énergie ? Qu'avaient-ils à gagner ? Un parent d'un des membres de la confrérie – un père, une mère, une sœur, un frère – voulait-il lui faire regretter d'avoir témoigné lors du procès, bien qu'elle n'eût dit que la stricte vérité ? Se venger... treize ans plus tard et en essayant de la rendre folle ? Non. Bon sang, c'était absurde ! Un scénario tout droit sorti d'une BD ! Les gens n'employaient pas des moyens aussi compliqués... et coûteux. Un couteau, un fusil ou du poison auraient suffi. Et, bien que la vengeance soit un plat qui se mange froid, nul n'aurait pu attendre plus d'une décennie. Il était impossible d'entretenir si longtemps une haine assez puissante pour inspirer un tel désir de meurtre.

Mais dans quels hôpitaux trouvait-on des passages secrets ?

Dans les asiles d'aliénés... et uniquement dans l'esprit de ces derniers. Cependant, ces panneaux pivotants n'étaient pas issus de son imagination. Elle n'était pas une schizophrène enfermée dans une cellule capitonnée qui croyait séjourner dans l'hôpital ordinaire d'une bourgade appelée Willawauk. Elle était là, bon Dieu ! Tout cela était réel. Les portes dérobées comme le reste.

Elle réfléchit à ce qui s'était produit au cours des jours précédents et se souvint d'étranges incidents qui lui avaient paru privés d'importance et qui en acquéraient à présent. Des détails qui auraient dû éveiller sa méfiance, lui permettre de comprendre que cet établissement et son personnel n'étaient pas ce qu'ils semblaient être.

Viteski. C'était lui qui avait fourni le premier indice.

La nuit du samedi, à sa sortie du coma, il avait été mal à l'aise, gêné. Lorsqu'il lui avait parlé de son accident et de l'hôpital de Willawauk, il était si tendu que sa voix manquait de naturel. Elle avait eu par instants l'impression qu'il récitait un texte appris par cœur. Peut-être était-ce le cas.

Mme Baker avait commis une erreur, elle aussi. Le lundi, juste avant de rentrer chez elle, elle avait déclaré qu'elle avait rendez-vous avec un homme aux épaules « larges comme la porte ». Deux jours plus tard, quand Susan avait souhaité savoir comment cette soirée s'était déroulée, l'infirmière avait été déconcertée. Un long moment. Bien trop long. Avec du recul, il était évident que cette histoire de bûcheron, de bowling et de hamburgers n'avait été qu'une improvisation, le genre de détail haut en couleur qu'invente un bon acteur pour apporter de la vraisemblance à son rôle. Dans les faits, il n'y avait jamais eu d'athlète viril. Cette pauvre Thelma Baker grisonnante et replète n'avait pas vécu une folle nuit de passion. Elle avait raconté cette fable sentimentale pour donner plus de poids à son personnage puis l'avait oubliée, jusqu'à l'instant où Susan lui avait rafraîchi la mémoire.

Elle avait terminé les flocons d'avoine indigestes et elle passa aux toasts aux céréales sur lesquels le beurre s'était figé en spirales blanchâtres. Elle les fit glisser avec des gorgées de jus d'orange.

L'ecchymose était une autre anomalie qui aurait dû lui mettre la puce à l'oreille. Le mardi, lorsqu'elle s'était retrouvée dans l'ascenseur en compagnie des quatre membres de la confrérie, Harch lui avait pincé le bras. Peu après, elle avait découvert une petite marque bleuâtre sur son biceps, cinq centimètres au-dessus du creux de son coude. Elle avait cru qu'elle s'était blessée pendant ses exercices dans la salle de rééducation et que son subconscient avait incorporé cet élément à ses visions. Mais c'était faux. Comme le mezuzah, cette meurtrissure prouvait que Harch et les autres étaient réels. Il s'agissait de fragments de prétendues hallucinations qui ne s'étaient pas dissipés en même temps que le reste.

Et elle sut pourquoi Harch avait agi ainsi. Il n'avait pas simplement saisi une opportunité de la tourmenter. Une ou deux secondes plus tard, elle avait eu des étourdissements et perdu connaissance. Elle en concluait que la douleur avait servi à couvrir une piqûre. Pendant qu'il la pinçait, un de ses acolytes avait utilisé une seringue hypodermique pour lui injecter une drogue sans qu'elle s'en rende compte. Après l'avoir terrorisée, il fallait qu'elle s'évanouisse pour leur permettre de réussir leur sortie. *Parce qu'ils n'étaient ni des fantômes qui pouvaient s'évaporer dans les airs ni des hallucinations qui auraient disparu quand elle se serait finalement ressaisie.* Comme elle refusait de leur simplifier la tâche, ils avaient eu recours à un anesthésique. Et ils avaient fait en sorte qu'elle ne puisse remarquer la piqûre car des spectres dignes de ce nom n'auraient pas eu besoin de tels artifices pour regagner l'au-delà.

Elle allait mordre dans un petit pain recouvert d'un glaçage au citron lorsqu'elle remonta la manche de sa chemise de nuit. L'ecchymose était toujours visible et jaunissait. Elle l'examina attentivement, mais trop de temps s'était écoulé pour qu'elle pût y discerner la marque d'une aiguille.

Ses tortionnaires avaient dû commettre d'autres erreurs qu'elle n'avait pas relevées. D'ailleurs, elle n'aurait même pas attaché de l'importance à celles-ci si Harch n'avait pas oublié le mezuzah dans le cabinet de toilette. C'était ce pendentif qui avait enflammé son imagination et éclairé sous un jour différent ses souvenirs de ces incidents.

Tout bien considéré, ils s'en étaient tirés à merveille. Avec brio.

Mais qui étaient-ils ? Qui avait les moyens financiers, la volonté et le temps nécessaires pour monter cette représentation grand-guignolesque ? Et dans quel but ?

« Que me veulent-ils, nom de Dieu ? »

L'hypothèse d'une vengeance était à écarter. Ce n'était pas aussi simple, elle en avait la certitude. Elle était confrontée à quelque chose de bien plus étrange... et effrayant.

Les tiraillements de la peur avaient eu raison de son appétit, mais elle mâchonna malgré tout le petit pain. Il lui fallait s'alimenter, faire le plein d'énergie en prévision de l'affrontement qui s'annonçait.

Elle songea au rôle que tenait Jeff McGee et trouva la pâtisserie crayeuse. Ce fut au prix d'un effort de volonté qu'elle déglutit ce qui semblait s'être transmué en une boule d'argile humide. Et elle manqua s'étrangler.

Il était nécessairement au courant de ce qui se passait.

Il participait du complot.

Il était un de ses persécuteurs... quels qu'ils soient.

Elle savait désormais que son corps n'était pas son principal ennemi et qu'elle devait lui rendre des forces, mais elle ne pouvait plus rien avaler. Penser à la nourriture lui donnait des nausées. Elle avait toujours le goût de plâtre du petit pain dans la bouche, lorsqu'elle repoussa le plateau.

Elle avait accordé sa confiance à McGee.

Et il l'avait trahie.

Elle lui avait offert son amour.

Il s'en était servi contre elle.

Chose plus grave encore, elle s'en était remise à lui. Elle lui avait transmis les rênes de son destin, ce qu'elle n'avait fait auparavant qu'avec son père... un homme qui avait d'ailleurs fui constamment ses responsabilités. Elle s'était laissé embobiner par sa sollicitude feinte et ses belles paroles, elle avait renoncé à ses principes d'indépendance et il l'avait bernée.

Comme tous ces salopards, il participait à cette machination qui n'avait apparemment d'autre but que de la rendre folle.

Elle se sentait abusée.

Elle se trouvait stupide.

Elle le haïssait.

La Milestone Corporation.

Il devait exister un rapport entre ses activités professionnelles et les événements de ces derniers jours.

Elle se concentra pour tenter d'écarter les voiles d'amnésie qui recouvraient les souvenirs de son travail et découvrit une fois de plus que ce n'était pas un rideau mais un mur de plomb impénétrable.

Plus elle s'y intéressait, plus sa peur s'intensifiait. Elle était persuadée que se remémorer ces choses scellerait son arrêt de mort. Elle en était convaincue, même si la raison lui échappait. Bon sang, que savait-elle de si épouvantable sur cette société ?

Puis elle s'interrogea sur son accident. Avait-il eu lieu ? N'était-ce pas un autre mensonge ?

Elle ferma les yeux et remonta le temps de quatre semaines pour essayer de revivre les minutes qui l'avaient précédé. Le tournant de la route... le virage qu'elle négociait... lentement... très lentement... puis les ténèbres. Elle luttait contre l'amnésie, sans trouver la suite. Elle était désormais presque certaine que tout cela était faux.

S'il lui était arrivé quelque chose dans ces montagnes, ce n'était pas un accident d'automobile. Ses mystérieux adversaires devaient être là à l'attendre... et ils l'avaient enlevée et conduite ici. C'était ainsi qu'elle avait été blessée à la tête. Aucune preuve, aucun souvenir ne venait étayer cette hypothèse, mais c'était pour elle une certitude.

Elle avait terminé son petit déjeuner depuis une vingtaine de minutes, quand McGee passa.

Il déposa sur sa joue un baiser qu'elle lui rendit, bien qu'elle eût préféré qu'il gardât ses distances. Elle feignit d'être ravie de le revoir, afin qu'il ne pût se douter qu'elle avait tout compris.

— Comment te sens-tu, ce matin ?

Il s'appuya au lit en souriant, certain de la garder sous son charme.

Et elle dut se contenir pour ne pas lui balancer un direct au visage.

— En pleine forme. Revigorée.

— Bien dormi ?

— Comme un ours en hibernation. Ce somnifère est sacrément efficace.

— J'en suis heureux. À propos de médicaments, je t'ai prescrit un cachet de méthylphénidate à neuf et à dix-sept heures.

— C'est inutile.

— Oh ? On établit ses propres diagnostics, à présent ? Aurais-tu quitté cet hôpital en catimini et fait tes études de médecine en une nuit ?

— Je n'ai pas eu à me fatiguer. J'ai obtenu mon diplôme par correspondance.

— Il t'a coûté combien ?

— Cinquante dollars.

— Moins cher que le mien.

— Ça me rassure, fit-elle en se forçant à sourire. Écoute, je n'ai pas besoin de ce produit pour la simple raison que je ne suis plus déprimée.

— Pas pour l'instant, mais de nouvelles hallucinations risquent d'entraîner une autre crise narcoleptique d'asthénie. Je crois aux vertus de la médecine préventive.

« Et moi, je crois que tu es un imposteur », pensa-t-elle.

— Je peux me passer de ces cachets. Vraiment. Je suis guérie !

— Tu oublies que je suis ton médecin.

— Et qu'il faut obéir à son médecin.

— Toujours.

— D'accord, d'accord. Un comprimé à neuf heures, l'autre à dix-sept.

— Gentille fille.

« Tapote-moi la tête et gratte-moi derrière les oreilles, pendant que tu y es ! » dit-elle en son for intérieur tout en essayant de dissimuler ses émotions.

— As-tu eu le temps de jeter un coup d'œil aux résultats de mes examens ?

— Oui, j'y ai consacré près de cinq heures.

« Sale menteur ! pensa-t-elle. Tu n'as pas perdu une minute parce que tu sais que je n'ai aucun problème médical. »

— Cinq heures ? C'est plus que ne l'exige le serment d'Hippocrate. Merci. As-tu trouvé quelque chose ?

— Hélas, non. Il n'y a rien sur le tracé de l'électroencéphalogramme et les radios de ton crâne semblent extraites d'un manuel d'anatomie, au-dessus de la légende « être humain de sexe féminin en parfaite santé ».

— Je suis heureuse d'apprendre que je suis un être humain.

— Un spécimen idéal.

— Et de sexe féminin.

— C'est bien ce que je disais.

— Et le liquide céphalorachidien ?

Elle était décidée à jouer le jeu. Elle avait adouci sa voix et laissait filtrer un peu de sa tension afin de paraître inquiète. Elle plissait légèrement les sourcils, juste assez pour qu'il pût lire de l'appréhension dans son expression.

— Je n'ai pas trouvé d'erreur dans les analyses. Rien n'a été oublié, aucune donnée n'a été mal interprétée.

Elle soupira et s'affaissa.

Il le constata et prit sa main dans la sienne, pour la réconforter.

Ce fut au prix d'un effort de volonté qu'elle s'abstint de le repousser et le gifler.

— Alors... quelle est la suite du programme ? Cette angiographie dont tu m'as parlé ?

— Non, non. Pas encore. Je dois y réfléchir, déterminer si c'est conseillé dans ton cas. Et il faudra quoi qu'il en soit attendre que tu aies repris des forces. Je suis désolé, Susan. Je sais que tu es impatiente d'en finir.

Ils abordèrent des sujets personnels pendant cinq minutes et il ne parut pas remarquer qu'elle le voyait sous un jour moins flatteur. Surprise par ses dons d'actrice, et assez fière de son exploit, elle s'estima aussi bonne comédienne que Mme Baker.

« Je vais battre ces salopards à leur propre jeu, se dit-elle avec satisfaction. À condition que j'en découvre les règles, bien entendu. »

Néanmoins, le prix de la meilleure interprétation revenait incontestablement à McGee. Il avait du style, de l'assurance et du panache. Elle savait qu'il jouait un rôle mais il réussissait presque à la convaincre de sa sincérité, tant il était gentil et prévenant. Elle ne voyait dans ses yeux bleus que de la franchise. Ils n'étaient pas voilés par de la dissimulation. Son désir de la guérir paraissait authentique. Il était charmant, toujours autant. Son rire était naturel, jamais forcé.

Ce qui la surprenait le plus, c'était l'amour qu'elle semblait lui inspirer. Près de lui, elle avait l'impression de se trouver dans un cocon protecteur. Au fil des ans, au moins deux hommes l'avaient aimée – même si elle n'avait eu pour eux que de la sympathie – mais elle n'avait à aucun moment perçu les sentiments qu'ils lui portaient avec une telle intensité. Dans le cas du Dr McGee, ils étaient presque palpables.

Alors qu'ils étaient contrefaits.

Nécessairement.

Il savait ce qui se tramait.

Lorsqu'il la laissa pour continuer ses visites, les doutes l'assaillirent une fois de plus. L'hypothèse de la folie revenait la hanter. Des passages secrets, une machination impliquant tous les membres du personnel de cet hôpital ? Dans quel but ? Qu'obtiendraient-ils en la rendant folle ? Il était plus facile d'admettre qu'elle avait déjà sombré dans la démence que de penser que Jeff McGee était un menteur doublé d'un imposteur.

Elle enfouit sa tête dans l'oreiller et pleura, sans savoir si c'était à cause de la perfidie de cet homme ou parce qu'elle n'avait plus foi en lui. Elle était malheureuse. Elle avait cru trouver ce qu'elle avait longtemps cherché et il avait réduit ce bonheur à néant. Si tout n'était pas le fruit de son imagination, évidemment. Elle n'aurait pu le déterminer, elle ne savait plus ce qu'elle devait croire et éprouver.

Elle glissa la main sous l'oreiller, pour prendre le mezuzah.

Elle le regarda.

Elle le tourna.

Graduellement, sa réalité incontestable chassa ses doutes et l'incita à se ressaisir.

Elle ne perdait pas la raison. Elle n'était pas en proie à la folie mais à la colère.

À neuf heures, Millie lui apporta le premier cachet de méthylphénidate.

Susan le prit dans le petit gobelet en papier qu'elle lui tendait et demanda :

— Où est Mme Baker, ce matin ?

— Le jeudi est son jour de congé, répondit l'infirmière en prenant la carafe d'eau et un verre. Elle nous a dit qu'elle comptait laver et polir sa voiture puis aller pique-niquer avec des amis dans l'après-midi. Mais vous ne devinerez jamais : la météo annonce de fortes pluies en fin de journée.

« Oh, parfait, quel souci du détail ! pensa Susan avec un mélange d'ironie et d'admiration. *Le jeudi est son jour de congé.* Seigneur, quel réalisme ! Tout ici est bidon mais Mme Baker prend soin de s'absenter pour apporter une touche de véracité supplémentaire à cette histoire abracadabrante. Laver et polir sa voiture, partir en pique-nique. Oh, très réussi, vraiment ! Rien n'est laissé au hasard. Mes compliments au scénariste. »

Millie posa la carafe et lui tendit le verre.

Susan feignit de mettre le cachet sur sa langue mais le

garda dans le creux de sa paume. Elle n'avala que deux gorgées d'eau fraîche.

À l'avenir, elle ne prendrait plus un seul médicament. Qu'ils aient décidé de l'empoisonner à petit feu n'était pas à exclure.

En tant que scientifique, peut-être participait-elle à une expérience. N'avait-elle pas accepté de servir de cobaye pour une étude sur des manipulations sensorielles ou des techniques de contrôle de l'esprit ?

Les précédents ne manquaient pas pour étayer cette théorie. Dans les années soixante et soixante-dix, des chercheurs s'étaient soumis à des essais de ce genre en s'installant dans des caissons emplis d'un fluide très dense porté à la température du corps. Ils étaient restés si longtemps privés de poids et de lumière qu'ils avaient perdu tout contact avec la réalité, au point d'avoir des hallucinations.

Ce n'était pas son cas, elle en était certaine, mais elle se demandait si cet étage de l'hôpital n'avait pas été aménagé pour tester des méthodes de conditionnement psychique ou de lavage de cerveau. La seconde hypothèse semblait la plus logique. Quelles étaient les recherches menées à la Milestone Corporation ?

Elle consacra du temps à cette possibilité, pour finir par la rejeter. Elle n'aurait jamais accepté de se dépouiller de son libre arbitre, ni pour servir une noble cause ni pour conserver son emploi. Elle eût préféré renoncer à une promotion, démissionner, plutôt que de s'aventurer jusqu'au seuil de la folie.

En outre, qui procédait à des travaux aussi immoraux ? Tout ceci rappelait les expériences que les nazis avaient effectuées sur leurs prisonniers. Nul savant digne de ce nom n'y aurait participé.

Par ailleurs, elle était une physicienne. Il n'existait aucun lien entre sa spécialité et les sciences comportementales. Le lavage de cerveau relevait d'une discipline si éloignée de la sienne qu'elle ne voyait pas comment elle aurait pu être amenée à contribuer à de telles expérimentations.

Non, ce n'était pas de son plein gré qu'elle s'était engagée sur cette voie. Ce n'était pas volontairement qu'elle était venue à Willawauk.

McGee avait prévu une séance de rééducation à dix heures.

Murf et Phil vinrent la chercher dix minutes plus tôt. Comme à l'accoutumée, ce fut en devisant gaiement qu'ils la descendirent au rez-de-chaussée. Elle eût aimé leur dire qu'ils méritaient un oscar d'interprétation mais le garda pour elle. Elle ne devait à aucun prix leur révéler qu'elle avait tout compris. Elle se contenta de sourire, de rire et de leur donner la réplique quand c'était nécessaire.

Elle commença par se plier aux exigences de Florence Atkinson et effectua tous les exercices, mais elle se plaignit ensuite d'avoir des crampes dans les jambes. Si ces douleurs étaient imaginaires, elle gémit de façon très convaincante. Elle ne voulait pas se fatiguer outre mesure. Elle tenait à ménager ses forces, consciente qu'elle en aurait besoin sous peu.

Elle avait décidé de s'enfuir à la tombée de la nuit.

Visiblement inquiète, Mme Atkinson interrompit la séance. Elle la massa plus longuement que de coutume et prolongea son séjour dans le bain à remous d'une dizaine de minutes. Quand Susan eut pris sa douche et séché ses cheveux, elle se sentit en meilleure forme qu'elle ne l'avait été depuis sa sortie du coma.

Murf et Phil se chargèrent de la ramener dans sa chambre, et elle se crispa sitôt qu'ils approchèrent des ascenseurs. Elle craignait qu'ils n'aient prévu une nouvelle « hallucination », mais la cabine était déserte et la montée s'effectua sans incident.

Elle se demandait toujours quelle devrait être son attitude lors de la prochaine apparition...

Elle eût voulu laisser libre cours à sa colère, agresser ces salopards, les obliger à battre en retraite, les griffer et les défigurer. Leur sang eût été une preuve supplémentaire qu'ils n'étaient ni des spectres ni des visions. Elle désirait les faire souffrir à leur tour puis leur dire leurs quatre vérités.

Mais c'était impossible. Tant qu'ils ignoreraient qu'elle avait compris leur petit jeu, elle aurait un léger avantage. Dès qu'elle se trahirait, elle perdrait l'infime marge de manœuvre dont elle disposait. La comédie s'interromprait brusquement. Ils renonceraient à saper sa santé mentale – comme ils semblaient en avoir l'intention – pour lui faire subir des épreuves bien plus épouvantables encore. Elle en était certaine.

Elle ne laissa pas une miette de son déjeuner.

Quand Millie vint prendre le plateau, elle bâilla et lui déclara :

— Oh, je sens que je vais faire un somme !

— Je fermerai en sortant, pour que vous ne soyez pas incommodée par les bruits du couloir, répondit la blonde au visage en lame de couteau.

Sitôt qu'elle fut repartie, Susan se leva et alla jusqu'au placard. Elle fit coulisser la porte. Des draps et des oreillers destinés à l'autre lit étaient empilés sur l'étagère. Sur le sol se trouvaient les valises défoncées censées avoir été récupérées dans l'épave de sa voiture.

Elle les tira dans la pièce et les ouvrit, en priant le Ciel pour que personne n'entre. Elle fouilla dans ses affaires et se composa une tenue appropriée à une évasion. Un jean. Un pull bleu marine. De grosses chaussettes de gymnastique et une paire d'Adidas. Elle les fourra au fond du réduit et les dissimula derrière les bagages.

Elle repoussa le panneau et regagna rapidement son lit, se recoucha, remonta le rail de sécurité et ferma les yeux.

Elle était détendue. Elle reprenait enfin les rênes de son existence.

Puis elle eut une autre pensée inquiétante. Elles étaient innombrables, ces derniers temps, et celle-ci était peut-être la plus angoissante de toutes. Elle se demandait s'ils ne disposaient pas d'un circuit vidéo. Dès l'instant où ils s'étaient donné la peine d'aménager des pièces et des portes secrètes, ne la surveillaient-ils pas vingt-quatre heures sur vingt-quatre ? Ne savaient-ils pas qu'elle avait trouvé le mezuzah et préparait sa fuite ?

Elle étudia les lieux pour y chercher des caméras. Là-haut, au ras du plafond, les bouches d'aération étaient les cachettes les plus logiques. Il y en avait deux, dans des parois différentes. Placés à l'intérieur des conduits de ventilation – légèrement en retrait des grilles pour qu'elle ne pût voir des reflets sur leurs objectifs – de tels appareils actionnés par des moteurs et dotés de zooms télécommandés auraient couvert la quasi-totalité de la chambre.

Pendant quelques minutes, elle s'abandonna au désespoir. Elle se recroquevilla et trembla.

Mais elle se ressaisit bientôt. Elle avait estimé que ses craintes étaient vaines. S'ils avaient disposé d'un système de vidéosurveillance, ils l'auraient vue examiner le mezuzah et n'auraient pas envoyé Millie le chercher. Ils auraient su qu'elle avait tout compris et mis un terme à cette comédie.

Non ?

Probablement. Organiser de nouvelles apparitions de spectres était sans objet, dès l'instant où elle n'était plus dupe.

Cependant, faute de connaître leurs intentions, elle ne pouvait avoir de certitudes.

Il ne lui restait qu'à attendre.

Si elle réussissait à quitter l'hôpital une fois la nuit tombée, elle aurait la preuve qu'aucune caméra n'était cachée dans cette pièce.

Mais si elle atteignait l'escalier et découvrait que quatre zombies souriants étaient postés en haut des marches...

Elle frissonna, bien qu'elle sût qu'ils n'étaient pas des morts ressuscités.

Il ne lui restait qu'à attendre.

15

Plus tard, ce même jeudi après-midi, un vent de plus en plus fort apporta de la grisaille aux déchirures des nuages et fit disparaître les bandes de ciel bleu. La chambre d'hôpital s'assombrit bien avant le crépuscule.

Un craquement suivi d'un grondement et des échos du tonnerre précéda une pluie battante. De grosses gouttes cinglèrent la fenêtre comme des balles, évoquant des rafales de mitraillette. La tourmente murmura et gémit, puis elle hurla et rugit tel un fauve torturé. Finalement, l'orage perdit de sa violence. Mais l'accalmie ne fut que temporaire et il adopta un rythme alternant entre fureur et docilité, véritables déluges et crachin. Aux trombes d'eau succédaient les crépitements apaisants des averses d'automne.

En dépit des sautes d'humeur des éléments, les nues s'obscurcissaient encore. Il n'y avait plus la moindre éclaircie et Susan attendait la nuit avec impatience... et angoisse.

Pendant près d'une heure, elle feignit de dormir, dos tourné à la porte de sa chambre pour contempler la pluie. Sa ruse fut inutile, car personne ne passa.

Plus tard, elle s'assit dans son lit et alluma le téléviseur. Elle consacra le reste de l'après-midi à regarder les programmes. Elle ne prêtait guère attention aux images qui défilaient sur l'écran. Elle pensait à autre chose. Son esprit était accaparé par des plans, des projets et des rêves d'évasion.

À dix-sept heures, Tina Scolari lui apporta le second cachet de méthylphénidate et une carafe d'eau fraîche. Comme dans la matinée, Susan dissimula le médicament dans sa paume.

Quand vint le moment du dîner, McGee lui rendit une visite. Il tenait deux plateaux et lui annonça qu'il souhaitait prendre ce repas avec elle.

— Pas de bougies ni de champagne, mais des côtelettes de porc très appétissantes et une tarte aux pommes et aux noix pour dessert.

— Un festin de roi, dit-elle. Quoi qu'il en soit, je n'ai jamais apprécié le goût du suif.

Il s'était muni en outre de revues et de livres de poche.

— J'ai pensé que vous étiez peut-être à court de lecture.

Il resta plus deux heures et ils abordèrent de nombreux sujets. Feindre de tout ignorer et d'avoir pour lui de tendres sentiments, alors qu'il ne lui inspirait plus que du mépris, devint insupportable. Elle s'était découvert des dons d'actrice, mais jouer la comédie prélevait sur elle un lourd tribut. Quand il lui donna un baiser et prit congé, elle éprouva du soulagement...

Et de la déception. Jusqu'à l'instant où il s'était dirigé vers la porte, elle n'aurait pu croire qu'elle serait peinée par leur séparation. Mais quand il franchit le seuil et disparut dans le couloir, elle ressentit une impression de perte. Elle était consciente qu'elle ne le reverrait jamais... sauf dans un tribunal, lorsqu'il serait jugé pour enlèvement et cruauté mentale. Tout en sachant qu'il était un imposteur, elle appréciait sa compagnie. Il était toujours aussi charmant. Il savait alimenter une conversation. Il avait un sens de l'humour remarquable et un rire contagieux. Le pire, c'était qu'il semblait vraiment tenir à elle. Elle avait tenté de voir ce que recouvraient les voiles du mensonge, de découvrir le salopard qui se dissimulait derrière le saint, de relever les contradictions tapies sous ses déclarations d'amour... Elle avait échoué.

« Tu dois l'oublier, s'ordonna-t-elle avec colère. Chasse-le de ton esprit. Efface-le complètement. Pense plutôt à sortir d'ici. Voilà la seule chose importante. Décamper. »

Elle regarda la pendule posée sur la table de chevet.

8 : 03

Dehors, la foudre emporta les ténèbres.

La pluie tombait toujours.

À vingt et une heures, Tina Scolari lui apporta le somnifère prescrit par McGee. Susan leva la main à sa bouche et feignit de l'avaler. Elle prit le verre que lui présentait l'infirmière et fit rapidement glisser le cachet inexistant avec une gorgée d'eau.

— Passez une bonne nuit, lui dit la femme.

— Ça ne fait aucune doute.

Quelques minutes après son départ, Susan éteignit la lampe. La veilleuse nimbait la chambre de sa clarté phosphorescente et délavait les couleurs. Tout était gris cendré ou du même blanc spectral que le clair de lune... une luminosité qui ne menaçait pas les ombres mais lui permettrait de mener à bien ses projets.

Elle attendit encore un peu. Elle resta dans son lit pour contempler le plafond que les éclairs réfléchis par la vitre recouverte d'une pellicule de pluie illuminaient par intermittence. Elle voulait être certaine que l'infirmière ne reviendrait pas lui apporter un médicament qu'elle avait oublié ou l'informer qu'elle devrait la réveiller de bonne heure pour d'autres examens.

Finalement, elle se leva et gagna le placard. Elle prit des oreillers et des couvertures sur l'étagère du haut et alla les fourrer entre les draps, en les modelant pour qu'ils évoquent une femme endormie. Le résultat laissait à désirer mais elle n'avait pas le loisir de peaufiner son ouvrage. En outre, elle ne s'était pas fixé pour but de remporter un prix artistique.

Elle retourna vers le réduit, se pencha derrière les valises et trouva les effets roulés en boule qu'elle avait cachés là dans la journée. Le temps de retirer son pyjama, de mettre le jean, le pull, les grosses chaussettes et les baskets, puis d'aller récupérer son portefeuille dans le tiroir de la table de chevet, le réveil indiquait 9 : 34

Elle glissa le mezuzah dans une poche de son pantalon, même si cette preuve n'avait de valeur que pour elle.

Puis elle alla coller l'oreille à la porte. Elle n'entendit aucun bruit à l'extérieur.

Après une brève hésitation, elle essuya ses paumes moites sur son jean et poussa le battant. Elle lorgna le couloir illuminé par l'étroite fissure, ouvrit un peu plus le panneau et passa la tête dans l'entrebâillement. Elle regarda à droite, à gauche. Personne.

Les lieux étaient silencieux. Si silencieux qu'en dépit du parquet ciré, des parois jaunes immaculées et de l'absence de poussière sur les tubes au néon du plafond, le bâtiment semblait abandonné et ne pas avoir été utilisé depuis une éternité.

Elle sortit de sa chambre et referma doucement la porte derrière elle. Elle y resta adossée un moment, sans oser respirer ou s'en écarter, prête à faire demi-tour et à regagner son lit pour y remplacer son pantin improvisé au moindre bruit de pas annonçant l'arrivée d'une infirmière.

L'intersection des corridors se situait sur sa gauche. C'était ce côté qu'elle devait surveiller, là où se trouvait leur poste.

Mais rien ne troublait le silence, à l'exception des grondements lointains de l'orage.

Convaincue qu'attendre eût été plus dangereux que tout ce qu'elle pourrait tenter, elle se dirigea prudemment vers la droite... en direction de l'extrémité de cette aile latérale et du panneau rouge d'une issue de secours. Elle longeait le mur et ne cessait de jeter des coups d'œil par-dessus son épaule vers le centre du bâtiment.

Elle entendait ses semelles en caoutchouc craquer sur le sol ciré. Bien que presque inaudibles, ces bruits étaient aussi irritants que des crissements d'ongles sur un tableau noir.

Elle atteignit la porte métallique sans incident et l'ouvrit. Elle tressaillit quand la barre d'ouverture et les gonds grincèrent. Elle franchit rapidement le seuil et referma le lourd battant derrière elle, le plus discrètement possible, ce qui était bien trop bruyant à son goût.

La cage d'escalier en béton brut était faiblement éclairée. Il n'y avait qu'une ampoule à chaque palier et entre les étages les murs étaient tapissés d'ombres qui ressemblaient à des toiles d'araignée poussiéreuses.

Elle resta immobile pour tendre l'oreille. Ici, tout était encore plus silencieux que dans le couloir. Mais elle avait déjà fait tant de bruit que tout garde de faction au bas des marches avait dû également se figer.

Elle était néanmoins certaine d'être seule. Ils n'avaient aucune raison de faire surveiller les issues. Ils ne s'attendaient pas qu'elle tente de s'enfuir. Ils ignoraient qu'elle avait tout découvert. Et les membres du personnel de l'hôpital, s'il s'agissait bien d'un hôpital, empruntaient les ascenseurs et le monte-charge. Ils ne devaient utiliser les escaliers qu'en cas de coupure de courant.

Elle se pencha sur la rambarde métallique pour regarder vers le haut et le bas. Elle avait au-dessus d'elle quatre volées de marches et paliers. Deux volées de marches et un seul palier la séparaient du sol.

Elle descendit et trouva une porte qui devait donner dans le couloir du rez-de-chaussée, une autre sur l'extérieur. Elle l'entrouvrit de quelques centimètres.

Un vent froid s'engouffra dans la cage d'escalier et tourbillonna autour de ses jambes. Il la flairait comme un chien surexcité qui hésitait entre agiter la queue ou la mordre.

Deux grands lampadaires à vapeur de sodium évoquant de gros fruits luminescents nimbaient de leur clarté jaunâtre une aire de stationnement battue par la pluie. Elle n'était pas assez vaste pour recevoir les visiteurs mais, s'il s'agissait du parking des membres du personnel, où étaient leurs moyens de transport ? L'établissement était désormais fermé au public et il était logique

que le secteur lui étant réservé fût désert, mais il aurait dû y avoir les voitures des médecins, des infirmières et des aides-soignants. Or elle n'en dénombrait que quatre : une Pontiac, une Ford et deux véhicules de marque inconnue.

Comme il n'y avait personne, elle sortit et laissa la porte de secours se fermer derrière elle.

La pluie avait presque cessé. L'orage traversait une phase d'accalmie et seule une fine bruine tombait du ciel.

Mais le vent était toujours aussi violent. Il hérissait sa chevelure, rendait ses yeux larmoyants et l'obligeait à les fermer à demi. Des rafales sifflantes la contraignaient à baisser la tête et à rentrer les épaules. Il était en outre glacial et il cinglait son visage et pénétrait son pull. Elle regrettait de ne pas avoir une veste. Elle estimait qu'il faisait trop froid pour un mois de septembre en Oregon. On se serait plutôt cru fin novembre. Ou même en décembre.

Lui avaient-ils également menti au sujet de la date? Pourquoi se seraient-ils donné cette peine? Ce n'était pas plus insensé que le reste, après tout.

Elle s'éloigna de la sortie et s'accroupit dans les ombres protectrices d'un petit conifère, le temps de décider de quel côté aller. Elle pourrait se diriger vers l'entrée principale et suivre la route qui descendait vers Willawauk, ou partir à travers champs et atteindre l'agglomération par des chemins détournés pour ne pas courir le risque d'être vue par un membre du personnel de l'hôpital.

Des éclairs zébrèrent le ciel, et le tonnerre évoqua un train qui déraillait dans les ténèbres.

Où qu'elle aille, elle serait bientôt trempée. La bruine collait déjà ses cheveux à son front. Sous peu, la pluie reprendrait de plus belle et la tremperait jusqu'aux os.

Ce fut alors qu'elle eut une idée téméraire qu'elle mit en pratique sans s'accorder le temps d'y réfléchir et de perdre courage. Elle s'élança dans l'aire de stationnement, vers le véhicule le plus proche, la Pontiac verte.

Il y avait quatre voitures, quatre possibilités pour que

le propriétaire eût laissé les clés de contact sous un siège ou derrière le pare-soleil. Dans les petites villes telles que Willawauk, où la plupart des gens se connaissaient, on ne redoutait pas les voleurs comme dans les grandes métropoles et leurs banlieues. « Fais confiance à ton voisin » était une devise toujours d'actualité en quelques lieux privilégiés. Quatre automobiles, quatre chances. Elle ne pensait pas que le destin la favoriserait à ce point, mais ça valait la peine d'essayer.

Elle atteignit la Pontiac, tira la poignée du côté du conducteur. Elle n'était pas verrouillée.

Lorsqu'elle s'ouvrit, le plafonnier s'alluma. Sa clarté lui semblait aussi aveuglante que celle d'un phare et elle crut qu'elle venait de se trahir, que des sonneries se déclencheraient de toutes parts.

— *Merde !*

Elle s'assit derrière le volant et referma la portière, sans s'inquiéter du bruit. Une seule chose comptait, éteindre cette maudite lumière.

— Idiote, marmonna-t-elle.

Elle parcourut le parking des yeux à travers le pare-brise piqueté de gouttes. Elle ne vit personne. Elle regarda les fenêtres éclairées de l'hôpital. Nul ne s'y dressait, nul ne l'observait.

Elle poussa un soupir de soulagement et inhala à pleins poumons. L'habitacle puait le tabac froid. Elle n'était pas une fumeuse et cette odeur l'incommodait, parfois au point de lui donner envie de rendre, mais elle l'assimilait à un doux parfum de liberté. Au moins ne s'agissait-il pas d'antiseptiques.

Désormais certaine qu'elle réussirait à s'échapper, elle se pencha et glissa sa main sous le siège. Elle chercha des clés à tâtons...

... et se figea.

Elles étaient sur le contact.

Elles miroitaient sous la clarté jaunâtre des vapeurs de sodium qui pénétrait par les glaces.

Cette vision l'ébranla. À la fois joyeuse et inquiète, elle resta à les fixer en entamant un dialogue intérieur.

— *C'est trop beau pour être vrai.*

« *Non, il est logique que tout se passe bien de temps en temps.*

« *C'est trop facile.*

« *N'est-ce pas ce que j'avais espéré ?*

« *C'est trop facile.*

« *Dans les petites villes, les gens laissent souvent leurs clés sur le tableau de bord de leur véhicule.*

« *Dans le premier auquel je m'intéresse ?*

« *Que ce soit le premier, le quatrième ou le centième, qu'est-ce que ça change ?*

« *C'est trop facile.*

« *Un coup de veine. Il était temps que la chance tourne.*

« *C'est quand même trop facile.*

Un éclair fendit le ciel d'ébène tel un couperet, puis le tonnerre gronda et la pluie se remit à tomber, à verse.

Elle écoutait les gouttes marteler la carrosserie et les regardait ruisseler sur le pare-brise en rubans ondoyants de clarté dorée, piqueter les flaques sur l'asphalte. Elle savait qu'elle ne pourrait gagner à pied Willawauk. Cette ville était distante d'un bon mile, bien plus si elle effectuait un détour. Pourquoi aurait-elle affronté l'orage quand elle avait une voiture à sa disposition ? C'était peut-être trop facile – d'accord, le « peut-être » était superflu – mais que tout se déroule pour une fois conformément à ses désirs n'enfreignait aucune loi de la nature. Qu'elle eût trouvé immédiatement la clé lui simplifiait la tâche, certes, mais ce n'était qu'un coup de chance, rien de plus.

Quoi d'autre ?

Elle la tourna. Le moteur démarra aussitôt.

Elle mit les phares et les essuie-glaces, enclencha la marche avant et libéra le frein à main. Elle sortit de l'aire de stationnement et vit la façade de l'hôpital. Elle atteignit une allée et prit du côté opposé pour ne pas passer devant le porche illuminé et risquer d'être vue. Elle arriva à l'extrémité de cette voie sans avoir croisé un seul véhicule et s'arrêta à l'intersection d'une route.

Elle jeta un regard au bâtiment de trois étages qu'elle venait de quitter et remarqua un grand panneau sur la pelouse bien entretenue. Ce rectangle d'environ trois mètres de long était juché sur un socle en pierre et flanqué de buissons. Quatre petits projecteurs régulièrement espacés sur sa bordure supérieure éclairaient des lettres blanches sur un fond bleu roi. Malgré la pluie battante, elle n'eut aucune difficulté à lire l'inscription :

THE MILESTONE CORPORATION

Trois mots qu'elle fixa avec incrédulité.

Puis elle leva les yeux vers la construction qui lui inspirait tant de confusion, de peur et de colère. Ce n'était pas un hôpital.

« *Quoi, alors ?* »

Et la Milestone ne se trouvait-elle pas à Newport Beach, en Californie ? La ville où elle vivait. Là où elle était censée travailler.

« Fiche le camp en vitesse ! » s'ordonna-t-elle.

Elle prit à gauche et descendit la colline pour s'éloigner de ce lieu maudit.

À travers la pluie et le léger brouillard qui recouvrait la plaine, Willawauk n'était qu'une étendue de lumières indistinctes, sans points d'origine précis. Bon nombre fusionnaient en taches jaunes, blanches et rose pâle.

Le Dr Viteski s'enorgueillissait que sa population comptait huit mille âmes. Il devait exagérer. Elle semblait moins importante. De moitié, dans le meilleur des cas.

Alors qu'elle arrivait à mi-pente de la colline, en se penchant vers le pare-brise pour discerner quelque chose entre le va-et-vient des balais d'essuie-glaces, elle assista à la métamorphose de Willawauk. Ses feux se mettaient à miroiter, clignoter et ondoyer, comme s'il s'agissait d'une énorme enseigne au néon. Ce n'était naturellement qu'un effet du mauvais temps.

Ce qui restait inchangé, c'étaient les dimensions qu'ils

laissaient supposer. La ville était toujours bien trop petite pour abriter tant d'habitants.

Elle atteignit un virage en épingle à cheveux qui donnait sur la dernière descente et les premières maisons. Des lumières brillaient derrière certaines, d'autres étaient plongées dans l'obscurité. Tout était brouillé par la pluie et les tourbillons de brume.

La route devint la Grand-Rue. On n'aurait pu lui trouver une appellation plus banale et plus juste. Le centre de Willawauk était identique à celui d'une multitude d'agglomérations rurales des États-Unis. Il y avait un parc miniature et son monument aux morts ainsi qu'un snack-bar, le *Dew Drop Inn.* Le second D de son enseigne papillotait comme s'il était sur le point de griller et elle voyait derrière les vitres les néons de diverses marques de bière. Elle découvrait de nombreux commerces, des entreprises locales et autres : *Jenkin's Hardware* et *Laura Lee's Flowers* ; un *Sears* qui prenait uniquement des commandes sur catalogue ; *le Plenty Good Coffee Shop* dont les larges vitrines révélaient une douzaine de clients assis dans des boxes ; trois boutiques de prêt-à-porter ; une agence de la *First National Bank* et le *Main Street Cinema* où deux comédies à succès de l'été dernier – *Arthur* et *Deux drôles d'oiseaux* – étaient à l'affiche ; l'échoppe d'un prêteur sur gages devant laquelle un panneau indiquait l'heure et la température ; un carrefour aux angles occupés par trois stations-service (Arco, Union 76 et Mobil) et une salle de jeux électroniques, le *Rocketblast* ; les *Giullini Brothers,* télévision et électroménager ; une librairie et un autre grill-room sur la gauche, un drugstore et un bazar *G. C. Murphy* sur la droite ; une entreprise de pompes funèbres, *Hathaway and Sons,* en retrait de la rue sur une vaste parcelle de terrain ; un pas de porte à louer ; un fast-food ; un magasin d'ameublement...

Bien que Willawauk fût identique à des centaines d'autres petites villes, quelques détails étaient... *étranges.* Tout était immaculé. Les devantures avaient dû être repeintes le mois précédent. Même les stations-service rutilaient sous la pluie, les pompes à essence paraissaient avoir été astiquées et les garages ouverts révélaient un intérieur bien éclairé et ordonné. Il n'y avait pas un seul papier dans les caniveaux. Les arbres, régulièrement espacés dans des évidements des trottoirs, étaient émondés et taillés avec tant de minutie qu'ils faisaient penser à des clones. Il ne manquait pas une ampoule aux réverbères. Pas une. L'unique enseigne qui laissait à désirer était celle du *Dew Drop Inn,* et c'était apparemment le pire exemple de négligence dans cette ville modèle.

Peut-être trouvait-on à Willawauk un sens civique très développé, un esprit communautaire digne d'éloges. Si la pluie et la brume n'estompaient pas la scène, elles dissimulaient ses ourlets effilochés. Cependant, le mauvais temps avait plutôt tendance à accentuer l'aspect sordide des agglomérations, et le civisme n'expliquait pas pourquoi les lieux paraissaient habités par des robots.

Le nombre peu important de véhicules était tout aussi surprenant. Sur trois pâtés de maisons, il n'y avait que trois voitures et un camping-car garés contre le trottoir. Deux sur l'aire de stationnement du *Main Street Cinema* et une seule et un pick-up devant le *Dew Drop Inn.* Elle n'en avait jusqu'à présent croisé aucune. Il n'y avait qu'elle dans les rues, ce soir.

Les gens sensés restaient chez eux, quand le temps était pourri.

Mais combien y avait-il de personnes à ce point raisonnables ?

Pas beaucoup.

Pas autant.

Le *Dew Drop Inn* était un de ces établissements qui auraient dû être bondés, même en plein orage. Ce n'était pas la pluie qui empêchait les buveurs invétérés d'aller dans leur bar favori, et la plupart prenaient leur automobile pour pouvoir s'entre-tuer en rentrant soûls à deux heures du matin.

« Roule ! s'ordonna-t-elle. Traverse ce patelin et continue tout droit. Ne t'arrête pas. Il y a quelque chose de pas très catholique, ici. »

Mais elle n'avait pas de carte routière et ne connaissait pas la région. Elle ignorait à quelle distance se situait la prochaine ville et elle craignait que ce qui lui était arrivé dans cet hôpital – à la Milestone – ne l'eût rendue paranoïaque. Ce fut seulement à la hauteur du quatrième pâté de maisons qu'elle vit un lieu où elle sut qu'elle trouverait de l'aide et s'engagea sur son parking.

WILLAWAUK COUNTY SHERIFF
HEADQUARTERS
WILLAWAUK — OREGON

C'était une bâtisse basse aux murs de pierre et au toit d'ardoise qui jouxtait le bâtiment bien plus imposant du tribunal du comté.

Elle gara la Pontiac à côté de l'entrée et fut heureuse d'en descendre. L'odeur de tabac froid n'avait plus rien d'agréable, même si elle était différente de celle de l'hôpital.

Elle courut sous la pluie battante jusqu'à un énorme épicéa que les assauts du vent glacial faisaient gémir. De là, elle se précipita vers l'abri d'un auvent d'aluminium blanc, puis vers les portes de verre qu'elle poussa.

Et elle se retrouva dans le décor morne et stérile propre à la plupart des lieux publics : des parois grises et un sol en mosaïque multicolore illuminés par la clarté blafarde des néons.

Elle passa devant un alignement de chaises métalliques d'aspect inconfortable et deux tables basses où s'empilaient des brochures diverses pour gagner le comptoir en U qui la séparait d'une zone encombrée par des bureaux, des classeurs, une grande table, un distributeur d'eau, une photocopieuse, une carte du secteur et un tableau d'affichage sur lequel étaient punaisés des avis de recherche, des notes de service, des photographies et des bouts de papier.

Dans une alcôve invisible du point où elle se trouvait, une femme bavardait par radio avec un policier en patrouille. L'orage ajoutait des parasites à leur conversation.

Dans la salle principale, il n'y avait qu'un homme qui pianotait sur une IBM Selectric et lui tournait le dos, assis à un bureau.

Elle essuya ses cils festonnés de gouttes de pluie et demanda :

— Excusez-moi. Pourriez-vous m'aider ?

Il fit pivoter son fauteuil, pour lui sourire et déclarer :

— Je suis l'agent Whitlock. Que puis-je pour vous ?

Il était jeune, entre vingt et vingt et un ans.

Il était corpulent.

Il avait des cheveux blond sale et un visage rond, une fossette, un nez retroussé et de petits yeux porcins.

Un rictus sarcastique gauchissait ses lèvres.

C'était Carl Jellicoe.

Susan inhala et eut l'impression qu'une myriade de clous transperçaient ses poumons. Elle ne put exhaler cet air caustique.

Lorsqu'il enfilait une blouse d'aide-soignant, il se faisait appeler Dennis Bradley. À présent qu'il portait un uniforme brun avec des écussons du County Sheriff's Department cousus sur sa manche et la poche de sa chemise, et qu'il avait un calibre 45 glissé dans un étui sur sa hanche, il disait se nommer Whitlock.

Susan ne pouvait parler. Le choc avait grillé ses cordes vocales ; sa gorge était sèche, craquelée, et elle avait un goût de brûlé dans sa bouche.

Elle était paralysée.

Lorsqu'elle put finalement libérer sa respiration, elle hoqueta et dut inhaler de nouveau. Toutefois, se mouvoir était toujours impossible.

— Surprise ! fit Jellicoe en gloussant.

Il se leva de son siège.

Elle secoua la tête, tout d'abord lentement puis avec plus de vigueur. Elle essayait encore de nier son existence.

— Tu as cru que tu pourrais nous échapper ? Vraiment ?

Il se tenait devant elle, jambes écartées, pour remonter son ceinturon.

Elle le fixait, les pieds soudés au sol. Elle agrippait le rebord du comptoir, son unique prise sur la réalité.

Ce fut sans la quitter du regard qu'il s'adressa à quelqu'un se trouvant dans une autre pièce.

— Eh, devine qui vient nous rendre une petite visite !

Un second adjoint arriva. Un grand rouquin âgé de vingt ou vingt et un ans, aux yeux noisette et à la peau claire parsemée de taches de rousseur. Quand il avait une tenue d'aide-soignant, il se faisait appeler Patrick O'Hara. Elle ignorait quel était à présent son nom, mais elle savait lequel il avait porté treize ans plus tôt, lorsqu'il était étudiant au Briarstead College et qu'il avait participé au meurtre de Jerry Stein dans l'Antre du Tonnerre : Herbert Parker.

— Tiens, tiens ? fit-il. Cette dame semble avoir des ennuis.

— Eh oui, elle croyait s'être débarrassée de nous, expliqua Jellicoe.

— C'est vrai ?

— C'est vrai.

— Ne sait-elle pas qu'elle ne pourra jamais nous échapper ? Que nous sommes morts ?

Jellicoe sourit à Susan.

— Tu ne l'as donc pas encore compris, pauvre conne ?

— Tu as pourtant dû le lire dans les journaux, lui rappela Parker. Aurais-tu oublié ?

— Un accident de voiture.

— Il y a onze ans.

Dans l'alcôve, la femme continuait de s'entretenir par radio avec les policiers en patrouille, comme si de rien n'était. Alors qu'elle savait certainement ce qui se passait.

— Cette saloperie de bagnole a fait des tonneaux...

— *Deux* tonneaux, précisa Parker.

— Le tas de ferraille n'était pas beau à voir.
— Nous non plus.
— À cause de cette pute.

Ils contournèrent des bureaux pour venir vers le comptoir, sans se hâter, le sourire aux lèvres.

— Et elle croit s'en tirer comme ça, fit Carl Jellicoe.
— On a crevé, espèce de tarée. Tu ne sais pas ce que ça signifie ? Il est impossible de se soustraire à la vengeance des macchabées.
— Parce que nous pouvons être n'importe où...
— ... partout...
— ... n'importe quand.
— C'est un des avantages de la mort.
— Peut-être bien le seul.

Jellicoe gloussa.

Ils étaient sur le point d'atteindre la séparation.

Elle hoquetait, sa respiration était aussi bruyante qu'un soufflet de forge.

— Vous n'êtes pas morts, bordel ! rétorqua-t-elle en recouvrant soudain sa voix.
— Oh, si ! Nous sommes morts...
— ... et enterrés...
— ... partis en enfer...
— ... et revenus.
— Un enfer que nous avons ramené avec nous...
— Susan, tu vas toi aussi connaître l'enfer... avant de crever à ton tour.

Jellicoe se dirigeait vers le portillon qui donnait accès au vestibule.

Un lourd cendrier en verre était posé sur le comptoir, à portée de main de Susan. Elle réagit finalement et le saisit pour le lancer à la tête de Jellicoe.

Il n'attendit pas que le projectile le traverse de part en part, ce qui lui eût permis de démontrer qu'il était bien un spectre. Pour un défunt, il manifesta une peur singulière d'être blessé. Il se baissa et l'objet le rata, atteignit un bureau métallique, se brisa et explosa sur le sol.

Une grosse lampe torche se trouvait également sur le

comptoir. Elle s'en empara. Elle la levait pour la jeter sur Jellicoe lorsqu'elle vit du coin de l'œil que Parker dégainait son revolver. Elle bondit et franchit les portes de verre, pour s'enfuir dans la nuit.

Les branches du grand épicéa s'entrechoquaient et un éclair teinta en argent leurs milliers d'aiguilles vertes.

Susan courut jusqu'à la Pontiac et l'ouvrit. Elle y monta et tendit la main vers les clés qu'elle avait laissées sur le tableau de bord.

Elles avaient disparu.

Susan, tu vas toi aussi connaître l'enfer... avant de crever à ton tour.

Elle regarda l'entrée du bâtiment de pierre.

Jellicoe et Parker en sortaient, sans se hâter.

Elle se déplaça sur la banquette et descendit du véhicule du côté du passager. Il constituerait un obstacle entre elle et ces deux hommes.

Elle tenta de déterminer vers quelle direction il convenait de se diriger. Elle espérait que ses jambes ne la trahiraient pas et remercia Mme Atkinson pour ses séances de rééducation. Sans elles, elle n'aurait jamais pu arriver jusque-là. Mais elle n'était pas pour autant en pleine forme physique. Ses forces s'épuiseraient bien avant celles de ses adversaires.

En dépit des rugissements de la pluie et des hurlements du vent, elle entendit Jellicoe lui crier :

— Inutile de courir, Susan.

— Tu n'as nulle part où aller ! ajouta Parker.

— Va te faire foutre ! lui lança-t-elle en repartant.

16

La maison était très accueillante avec sa clôture blanche, son allée bordée de massifs, sa véranda à la balustrade de bois ouvragée et sa vieille balancelle suspendue aux chevrons. Une chaude clarté dorée filtrait à travers les rideaux de dentelle du rez-de-chaussée.

Susan s'attarda devant le portillon afin d'étudier la demeure et tenter de déterminer si elle y serait en sécurité. Elle était transie, trempée et désespérée, et la pluie tombait toujours aussi dru. Bien qu'impatiente de se mettre à l'abri, elle craignait de foncer tête baissée dans un autre piège. Elle voulait se faire une opinion avant d'aller jusqu'à la porte, sonner et demander asile.

« Vas-y, se dit-elle. Qu'est-ce que tu attends ? Tu ne vas pas rester plantée là toute la nuit. Tous les habitants de ce patelin ne peuvent pas être leurs complices, bon Dieu ! »

Que les membres du personnel de l'hôpital soient impliqués était une évidence, mais il ne s'agissait pas d'un véritable centre hospitalier. C'était la Milestone Corporation, dont les activités étaient toujours pour elle aussi mystérieuses.

Et si la police était à sa solde – une révélation qui l'avait ébranlée et effrayée – elle n'avait pas lieu de s'en étonner. Dans les petites villes dont l'avenir économique dépendait d'une seule entreprise – par le travail offert et les taxes locales – il était fréquent que ces dernières imposent leurs volontés aux autorités et se servent dans certains cas des forces de l'ordre comme d'une milice privée. Elle n'aurait pu affirmer que la Milestone était le principal employeur de la région, mais il sautait aux yeux qu'elle avait utilisé son influence et son argent pour soudoyer les services du shérif. Si la situation était choquante, elle n'avait rien d'extraordinaire.

Et tout devait s'arrêter là. Cette société, son personnel et la police étaient ligués contre elle. Entendu, elle l'admettait. Cependant, un complot d'une telle envergure manquait de stabilité. Mettre plus de gens dans la confidence eût été trop dangereux. Les conjurés étaient par définition peu nombreux.

Elle restait néanmoins sous la pluie. Les occupants de cette villa étaient au chaud et au sec... et elle les enviait tout en les redoutant.

Elle était à trois pâtés de maisons des bureaux du shérif. Pour semer Jellicoe et Parker, elle avait emprunté des allées, s'était tapie dans l'ombre, avait filé d'un arbre au suivant sur les pelouses.

Et à présent qu'elle y réfléchissait, elle estimait que leur échapper avait été trop facile. Comme le fait d'avoir trouvé des clés dans le premier véhicule. Elle avait appris à se méfier, quand la chance semblait vouloir la favoriser.

Un éclair encore plus brillant que les autres métamorphosa la nuit en jour et la tourmente redoubla d'intensité. Les trombes d'eau étaient glaciales.

Ce fut suffisant pour l'inciter à franchir le portillon et sonner.

Avait-elle le choix ? Où aurait-elle pu se rendre ? Elle ne connaissait personne à qui elle aurait pu s'adresser. Elle devait se rabattre sur des inconnus, choisis au hasard dans une des maisons de ces étranges rues battues par la pluie.

On fit la lumière sous la véranda.

Elle sourit, consciente de ne pas avoir un aspect très engageant. Ses vêtements étaient ruisselants, ses cheveux bouclés par l'humidité et emmêlés par le vent, son visage émacié et ses yeux enfoncés et hagards. Elle craignait qu'en la voyant les habitants de cette demeure ne lui refusent leur hospitalité. Un sourire forcé ne pourrait la métamorphoser, mais c'était mieux que rien.

La porte s'ouvrit. Une femme regarda à l'extérieur et battit des cils, surprise. Une brune d'environ quarante-cinq ans, avec des traits de chérubin et une coiffure en pain de sucre. Susan n'eut pas le temps de dire quoi que ce soit qu'elle s'exclama :

— Doux Jésus ! Que faites-vous sous ce déluge, sans parapluie ni imperméable ? Des ennuis ?

— Oui, effectivement. Je...

— Votre voiture est en panne ?

Elle était débordante de vitalité, extravertie, visiblement ravie d'avoir quelqu'un à qui parler. Elle ajouta, sans lui permettre de répondre à sa question :

— Oh, il faut toujours qu'elles nous lâchent quand le temps est pourri ! Jamais en juin et qu'il fait beau. Invariablement en pleine nuit et sous l'orage, lorsque les garages sont fermés et qu'on n'a pas de pièce pour le taxiphone. Je présume que vous souhaitez utiliser notre téléphone. C'est ça, n'est-ce pas ? Évidemment, ça coule de source. Ne restez pas là. Entrez, il fait moins froid à l'intérieur. Et appelez qui vous voulez pendant que je vous prépare du café. Il suffit de vous regarder pour savoir que vous allez prendre une pneumonie, si vous ne buvez pas quelque chose de chaud.

Elle s'écarta pour la laisser passer.

Surprise par tant d'hospitalité et de loquacité, Susan déclara :

— C'est que... heu... je vais tout mouiller.

— Aucune importance. La moquette est sombre... C'est indispensable, quand on a des enfants. Imaginez un peu dans quel état ils la mettraient, si elle était blanche ! Label T, ce qui signifie qu'ils peuvent y renverser ce qu'ils veulent sans la tacher, ces petits diables. En outre, c'est de l'eau de pluie, pas du ketchup ou du chocolat. Entrez, entrez !

Susan obéit et la femme referma la porte.

Elle se retrouva dans un vestibule douillet. Bien que surchargés, les motifs floraux de la tapisserie n'étaient pas laids pour autant. Au-dessus d'un guéridon sur lequel trônait un bouquet de fleurs séchées était suspendu un miroir au cadre de cuivre.

Elle entendait la télévision dans une autre pièce. Un film ou une série d'action : des crissements de pneumatiques, des cris, des coups de feu, une musique qui entretenait le suspense.

— Je m'appelle Enid, déclara la maîtresse de maison. Enid Shipstat.

— Susan Thorton.

— Vous savez, Susan, il faut toujours avoir un parapluie dans sa voiture, même quand le temps n'est pas à l'orage. Au cas où. Un parapluie, une lampe de poche et une trousse de premiers secours. Ed – c'est mon mari – y ajoute une pompe électrique, un de ces petits machins qui se branchent sur l'allume-cigare. Et quand on a un pneu à plat, on peut le regonfler pour atteindre une station-service. Ça évite de devoir changer la roue en pleine nature, parfois sous un véritable déluge comme ce soir. Mais ce n'est pas le moment de vous expliquer comment on devient un parfait boy-scout, pas vrai ? Je jacasse pendant que vous tremblez comme une feuille. Il m'arrive de croire que ma langue est indépendante de mon cerveau. Venez dans la cuisine. C'est l'endroit le plus chaud de la maison et je vous préparerai un bon café. Il y a un téléphone, là-bas aussi.

Susan décida d'attendre d'avoir bu quelques gorgées de ce breuvage avant de préciser que ses ennuis n'avaient pas des causes mécaniques. Elle suivit Enid Shipstat dans un étroit couloir éclairé par l'ampoule du vestibule et le halo bleuté d'une pièce située sur la droite.

Et lorsqu'elles passèrent devant la voûte qui y donnait accès, Susan faillit s'arrêter et rester bouche bée. C'était une salle de séjour américaine classique où tout était disposé autour du récepteur de télévision, mais elle était encombrée de fauteuils, de divans... et d'enfants. Elle en voyait une douzaine assis en demi-cercle sur les sièges ou à même le sol en face du tube cathodique dont l'éclat s'associait à celui de l'unique lampe pour révéler les lieux. Comme s'il s'agissait d'une seule entité, ils tournèrent la tête vers elle et la fixèrent sans que leurs visages ne traduisent la moindre émotion. Puis, au signal donné par une rafale de mitraillette et un gémissement de sirène, ils reportèrent leur attention sur l'écran. Leur silence et leurs traits figés la firent frissonner.

— Je n'ai que du Hills Brothers, déclara Enid en guidant Susan vers la cuisine. Ed n'en boit pas d'autre. Moi, j'aime autant le Folger, mais il le trouve moins velouté et il ne supporte pas cette Mme Olsen de leurs publicités. Il dit qu'elle lui rappelle une vieille institutrice tatillonne qu'il a eue autrefois.

— N'importe quelle marque fera l'affaire.

— Comme je vous l'ai dit, nous n'avons que du Hills Brothers. J'espère que ça vous ira.

— Ce sera parfait.

Elle se demandait comment les Shipstat réussissaient à élever douze enfants dans cette maison. Elle était spacieuse, certes, mais pas suffisamment. Ils avaient dû aménager chaque chambre de l'étage en dortoir, comme à l'armée, avec des lits superposés pour au moins quatre occupants.

— Vous avez une grande famille, dit-elle à l'instant où Enid Shipstat poussait la porte battante de la cuisine.

— Vous comprenez pourquoi nous avons choisi une moquette sombre ?

Elles pénétrèrent dans une pièce brillamment éclairée. Il y avait un plan de travail en carreaux de céramique jaune, assortis aux boutons de porcelaine des meubles blancs.

Un jeune homme était assis à la table. La tête calée entre ses mains, il se penchait vers un livre et leur tournait le dos.

— Voici Tom, mon aîné, déclara fièrement Enid. Il

termine ses études et passe son temps à réviser. Un jour, il deviendra un grand avocat et il pourra alors aider ses vieux parents. Pas vrai, Tom ?

Elle fit un clin d'œil à Susan afin de lui signifier qu'elle voulait plaisanter.

Tom baissa les bras et se redressa, pour s'intéresser à Susan.

C'était Ernest Harch.

« *La folie,* pensa-t-elle en sentant son cœur s'emballer. *C'est de la folie !* »

— Cette dame a des ennuis avec sa voiture, expliqua Enid à son fils. Elle voudrait téléphoner.

Harch sourit.

— Salut, Susan !

Enid cilla.

— Oh, vous vous connaissez ?

— Ouais, répondit Harch. Très bien, même.

Le sol parut tanguer.

Harch se leva.

Elle recula, heurta le réfrigérateur.

— Je vais l'aider, m'man. Tu peux retourner regarder la télé.

Enid les dévisagea.

— C'est que... Je lui ai proposé du café...

— Je viens d'en préparer. J'en consomme beaucoup pendant mes longues nuits d'étude. Tu le sais, m'man.

Enid feignit de ne pas remarquer la tension qui régnait dans la pièce et déclara à Susan :

— En ce cas, veuillez m'excuser. C'est une de mes séries préférées et il suffit de rater un seul épisode pour ne rien y comprendre la semaine suivante...

— *La ferme, la ferme, la ferme !* gronda Susan. Vos conneries, ça commence à bien faire !

Enid en resta bouche bée. Elle cillait, comme sidérée par un tel comportement.

Harch éclata de rire.

Susan recula d'un pas vers la porte du couloir.

— N'essayez pas de me retenir. Je vous avertis... Si

vous me touchez, je vous arrache les yeux et je vous égorge. Juré !

— Êtes-vous folle ? balbutia Enid Shipstat.

Toujours en riant, Harch fit le tour de la table.

— Tom, ton amie veut plaisanter ou quoi ?

Susan s'écarta du réfrigérateur.

— N'approchez pas !

— Mais si c'est une plaisanterie, je ne la trouve pas amusante, insista Enid.

— Allons, Susan, c'est inutile. Tu ne l'as donc pas encore compris ?

Elle pivota sur ses talons et sortit de la cuisine, se précipita dans le couloir. Elle s'attendait à voir les enfants barrer son chemin, mais le vestibule était désert. En passant devant la voûte, elle les vit dans la salle de séjour. Nimbés par la clarté bleuâtre et les reflets papillotants de l'écran, ils n'avaient pas prêté attention à leurs cris.

« C'est quoi, ici ? se demanda-t-elle en courant dans le corridor obscur. Qui sont ces gosses, ces petits zombies figés devant la télé ? »

Elle atteignit l'entrée, voulut ouvrir la porte et constata qu'elle était fermée à clé.

Harch arrivait posément, sans manifester plus de hâte que Jellicoe et Parker.

— Écoute, pauvre conne. Nous t'aurons, quoi que tu fasses.

Elle forçait sur la poignée, dans un sens puis dans l'autre.

Il approchait dans la pénombre.

— La nuit prochaine, tu expieras tout ce que tu nous as fait. Ce sera le septième anniversaire de ma mort et tu finiras par payer. On va te baiser, tous les quatre, par-devant et par-derrière, par-dessus et par-dessous, au point que t'en deviendras complètement dingue...

Elle tirait frénétiquement la porte qui refusait de céder.

— ... ouais, on te baisera comme on aurait dû le faire cette nuit-là, dans la caverne, et ensuite on te fendra le ventre, jusqu'en haut, et on tranchera ta jolie petite tête, toujours comme on aurait dû le faire il y a treize ans, comme je voulais le faire.

Susan désirait se tourner vers lui pour le griffer et le mordre. Elle n'eût pas hésité, si elle n'avait craint de découvrir qu'il était invulnérable. Sa rage était telle qu'elle aurait pu boire son sang sans en avoir des nausées. Cependant, elle craignait qu'il n'y eût rien dans ses veines, qu'il ne fût effectivement mort depuis longtemps. C'était impossible, évidemment, mais à présent qu'elle l'avait de nouveau devant elle et revoyait ses étranges yeux gris luisants de haine, sa raison ne lui permettait plus de nier son existence. Sa foi en la science et la logique s'effondrait. Elle était assaillie par une peur avilissante. Elle ne s'exprimait que par des balbutiements et perdait toute maîtrise de soi. Elle s'inspirait de la colère et du mépris.

Elle se remémora les paroles de Jellicoe : *Susan, tu vas toi aussi connaître l'enfer... avant de crever à ton tour.*

Prise de panique, elle tira la porte qui s'ouvrit en crissant. Elle n'avait pas été verrouillée. L'humidité avait simplement dilaté le bois.

— Tu gaspilles tes forces, ma belle, lui cria Harch. Économise-les pour vendredi. Je serais vraiment déçu, si tu étais trop lasse pour qu'on puisse s'amuser.

Elle franchit le seuil en titubant, traversa la véranda et descendit les trois marches qui la séparaient de l'allée. Elle se précipita vers le portillon de la clôture, sous la pluie et le vent.

Elle courait dans la rue obscure sans faire cas des flaques si profondes que l'eau recouvrait ses chaussures, quand elle entendit Harch lui crier :

— ... inutile... tu n'as nulle part où te cacher...

Elle approcha du *Main Street Cinema* en suivant des ruelles et en coupant par des aires de stationnement. Avant de franchir l'angle du bâtiment pour se retrouver sur le trottoir éclairé de la Grand-Rue, elle regarda de tous côtés afin de s'assurer que la nuit ne dissimulait aucun policier.

Le guichet était fermé. La dernière séance avait débuté et on ne vendait plus de billets.

Elle poussa les portes et pénétra dans le hall. Il était désert.

Mais il y régnait une chaleur agréable.

Le bar était éteint, ce qu'elle trouva étrange. Il était bien connu que la vente des boissons rapportait plus aux propriétaires que les entrées, et les bars restaient habituellement ouverts jusqu'au départ de l'ultime client.

Elle entendit de la musique et un rire aviné de Dudley Moore. Le film en cours de projection était *Arthur*.

Elle était venue ici pour se réchauffer et s'abriter de la pluie, s'asseoir et réfléchir, analyser la situation avant de perdre la raison. Depuis qu'elle avait vu Jellicoe au poste de police, elle avait réagi et non agi. Et il était impératif qu'elle ne se laisse plus chasser là où ils voulaient l'envoyer. Elle devait reprendre en main sa destinée.

Elle avait envisagé de se rendre au *Plenty Good Coffee Shop*, plutôt qu'au cinéma, mais elle avait craint qu'un flic en patrouille ne passe dans la rue et ne la voie derrière les larges vitrines. L'obscurité de ce lieu lui offrirait l'anonymat.

Elle traversa le hall moquetté jusqu'aux portes capitonnées, qu'elle entrebâilla juste assez pour se glisser dans la salle.

Arthur venait de se réveiller dans son lit après une nuit de débauche. Susan était allée voir ce film à sa sortie, l'été précédent, et elle l'avait tant aimé qu'elle y était retournée deux fois. Cette scène se déroulait au début. Elle pourrait rester au moins une heure au chaud et au sec avant le générique de fin, une heure qu'elle consacrerait à chercher des explications.

Ses yeux ne s'étaient pas accoutumés à la pénombre et elle ne pouvait savoir si les spectateurs étaient nombreux. Puis elle se rappela qu'il n'y avait que deux voitures garées sur le parking. La clientèle ne devait pas être importante, on n'allait pas à pied au cinéma par un temps pareil.

Elle se trouvait à la hauteur du dernier rang et le siège le plus proche était inoccupé. C'était le seul qu'elle apercevait distinctement et elle jeta son dévolu sur lui, plutôt que de chercher un emplacement plus discret au risque d'attirer l'attention. Ses vêtements détrempés par la pluie firent un bruit de succion lorsqu'elle s'assit. Ils adhéraient à sa peau, froids et collants.

Elle oublia le film.

Pour penser aux fantômes.

Aux démons.

Aux morts vivants.

Elle décida de rejeter les explications surnaturelles. Pour l'instant. Les prendre en considération n'eût pas été constructif, car si elle était confrontée à des forces infernales, rien ne lui permettrait d'en venir à bout.

Elle élimina également l'hypothèse de la démence. Si elle était folle, elle ne pourrait y remédier et mieux valait en faire abstraction.

Restait la théorie de la machination.

Qui n'avait de théorie que le nom. Elle n'avait aucune réponse à fournir à trois questions fondamentales : qui, comment et pourquoi.

Alors qu'elle y réfléchissait, elle fut distraite par des rires qui s'élevaient dans la salle. La scène était drôle et cette hilarité n'était pas déplacée, mais elle était malgré tout étrange.

Le volume sonore indiquait que les spectateurs étaient plus nombreux qu'elle ne l'avait supposé : une centaine, au moins. Ce qui était déconcertant, étant donné qu'il n'y avait que deux voitures à l'extérieur. Et ce n'était pas le plus bizarre.

Il y avait autre chose.

Un détail se rapportant à la nature de ces sons.

Ils s'interrompirent et elle retrouva le fil de ses pensées.

Quand la situation avait-elle commencé à dégénérer ?

Dès son départ de l'hôpital... ou plutôt de la Milestone. Les clés dans la Pontiac. Trop providentielles. Ils savaient qu'elle allait tenter de fuir et lui avaient facilité la tâche. Ils avaient mis ce véhicule à sa disposition.

Comment avaient-ils pu prévoir qu'elle regarderait si la clé de contact était dans la voiture, deviner qu'elle s'arrêterait au bureau du shérif et – surtout – qu'elle irait se réfugier chez les Shipstat ?

Il y avait des centaines de maisons, à Willawauk. Pour quelle raison le double de Harch était-il allé l'attendre là-bas ?

Elle pensait connaître la réponse à cette question mais refusait de la prendre en considération. Peut-être l'avaient-ils su parce qu'ils l'avaient *conditionnée* à le faire. Ils avaient pu utiliser l'hypnose pour implanter des instructions dans son subconscient pendant qu'elle était dans le coma. Cela eût permis de comprendre pourquoi ils ne l'avaient pas véritablement poursuivie chaque fois qu'elle s'était enfuie. Ils savaient qu'elle reviendrait se jeter dans la gueule du loup, en un lieu prévu à l'avance.

Avait-elle perdu son libre arbitre ? Cette possibilité eut sur elle un violent impact tant physique que psychique.

Qui étaient ces manipulateurs qui exerçaient sur elle un pouvoir quasi divin ?

D'autres rires firent dérailler le train de ses pensées et elle détermina enfin ce qu'ils avaient d'étrange. Ils étaient enfantins, aigus et spontanés.

À présent accoutumée à la pénombre, elle redressa la tête pour regarder autour d'elle. Il y avait au moins deux cents spectateurs. Non, trois cents. Les plus proches, ceux qu'elle voyait, étaient très jeunes. Pas des enfants mais des adolescents de treize à dix-huit ans. Des collégiens et des lycéens. Pour autant qu'elle pouvait en juger, elle était la seule adulte.

Pourquoi trois cents gosses avaient-ils bravé la tourmente pour voir un film sorti dix mois plus tôt ? Et quels parents les auraient autorisés à risquer une pneumonie pour assister à la projection d'*Arthur* ?

Elle pensa à la marmaille révélée par le reflet bleuté du téléviseur, chez les Shipstat.

À Willawauk, le taux de fécondité des femmes était plus élevé que partout ailleurs.

Existait-il un rapport avec sa situation ?

Il devait y avoir quelque chose, un lien dont elle ignorait la nature.

Pendant qu'elle s'interrogeait, une porte s'entrebâilla sur une pièce faiblement éclairée à gauche de l'écran. Un individu de grande taille la franchit et la referma derrière lui. Il alluma une lampe de poche dont il braqua le faisceau devant ses pieds.

Un ouvreur ?

Il remonta l'allée.

Vers elle.

La salle était vaste, trois fois plus longue que large. L'inconnu avait fait plus de six pas lorsqu'un sixième sens informa Susan qu'il représentait pour elle une menace.

Elle se leva. Ses vêtements collaient à sa peau. Elle n'était restée au sec qu'un quart d'heure, un laps de temps insuffisant pour qu'ils puissent sécher. Elle hésitait à ressortir.

L'homme approchait.

Le cercle de clarté dansait sur le sol à chacun de ses pas.

Elle quitta discrètement son siège. Sitôt dans l'allée, elle scruta la pénombre pour tenter de discerner son visage.

Il se trouvait à une dizaine de mètres et venait toujours vers elle, invisible derrière l'éclat de sa torche. Les reflets de l'écran ne révélaient que sa silhouette.

Dudley Moore fit un trait d'esprit.

Les enfants rirent.

Susan se mit à trembler.

John Gielgud lança une réplique tout aussi spirituelle, imité par Liza Minnelli. De nouveaux rires s'élevèrent.

« S'ils m'ont conditionnée pour que je vole la Pontiac

puis que j'aille au bureau du shérif et ensuite chez les Shipstat, ils savaient également que j'irais au cinéma plutôt qu'au *Plenty Good Coffee Shop* ou en tout autre endroit », pensa-t-elle

L'inconnu n'était plus qu'à neuf mètres.

Elle recula de trois pas vers les portes du hall, tendit la main derrière elle et les toucha.

Le faisceau cessa d'éclairer le sol. L'homme levait sa lampe vers le visage de Susan.

Bien que faible, sa clarté fut suffisante pour l'aveugler après ce séjour dans la pénombre.

« C'est un de ces salopards ! sut-elle. Un des zombies. Sans doute Quince. Il ne s'est pas encore manifesté, cette nuit. »

Si ce n'était pas Jerry Stein, un cadavre en décomposition aux lèvres violacées suintantes de pus. Son ex-petit ami qui s'était substitué à l'ouvreur pour la retrouver.

« Non, ce qui se passe ici n'a rien de surnaturel ! » se dit-elle pour contrer sa panique.

Mais elle ne pouvait avoir la certitude que ce n'était pas ce mort au teint livide, verdâtre autour des yeux, avec ses cloques brunes sous les narines. C'était peut-être Jerry qui venait l'étreindre, la prendre dans ses bras. Il se pencherait pour coller ses lèvres purulentes aux siennes et fourrer sa langue glacée et visqueuse dans sa bouche, en un baiser plein de fougue macabre.

Susan, tu vas toi aussi connaître l'enfer... avant de crever à ton tour.

Elle tira les panneaux capitonnés et s'enfuit sur l'épaisse moquette du hall. Elle franchit les portes extérieures sans oser regarder derrière elle. Arrivée à l'angle du bâtiment, elle prit à droite dans le parking, en direction d'une allée obscure. L'air humide qu'elle inhalait était si dense qu'elle avait l'impression de respirer du coton imbibé d'eau.

Quelques secondes plus tard, ses vêtements étaient aussi trempés qu'à son entrée dans ce cinéma.

Les muscles de ses jambes la faisaient souffrir. Elle

essayait de ne pas y prêter attention et de se convaincre qu'elle pourrait courir jusqu'à l'aube, en cas de besoin.

Cependant, elle savait que c'était faux. Les forces qu'elle avait recouvrées ces derniers jours s'épuisaient rapidement. Il n'en restait presque rien. De simples résidus.

La station-service de l'Arco était fermée pour la nuit. La pluie cinglait les pompes, crépitait sur les larges vitrines, martelait les portes métalliques des garages.

Il y avait une cabine téléphonique au sein des ombres, juste à côté. Elle y pénétra mais la laissa entrouverte pour éviter qu'elle ne s'éclaire.

Elle avait obtenu la monnaie d'un dollar au distributeur d'une laverie automatique. Elle inséra une pièce de dix cents dans l'appareil et composa l'indicatif de l'interurbain.

Elle tremblait. Elle avait froid et était très lasse.

— Ici le standard.

— C'est pour un appel en Californie et je voudrais qu'il soit débité sur mon compte personnel.

— Quel numéro ?

Susan fournit celui de Sam Walker, à Newport Beach. Ils étaient sortis ensemble pendant un an et il avait pris leurs relations bien plus au sérieux qu'elle. S'ils avaient rompu au printemps, ils étaient restés en bons termes. Il leur arrivait de se téléphoner et ils dînaient à la même table lorsqu'ils se rencontraient dans un de leurs restaurants favoris.

Qu'elle n'eût aucune amie proche était le prix que lui imposait de payer sa nature solitaire et indépendante. Elle n'avait que Sam, et elle l'avait vu pour la dernière fois environ cinq semaines avant son départ pour l'Oregon.

— Sur quel numéro voulez-vous faire débiter l'appel ?

Elle récita son indicatif, à Newport Beach.

Depuis sa fuite du Main Street Cinema, elle estimait

qu'elle ne devait pas tenter de quitter Willawauk avant d'avoir contacté une personne étrangère à cette ville. Elle doutait de réussir à convaincre Sam de la véracité de ses dires. S'il savait qu'elle n'était ni une ivrogne ni une toxicomane, il se demanderait malgré tout si elle ne faisait pas un mauvais trip. Il était impossible de tout lui raconter, même en passant sous silence les détails les plus abracadabrants. Il se dirait qu'elle avait une araignée au plafond. Elle devrait lui révéler juste assez de choses pour qu'il accepte de venir la chercher ou d'avertir le FBI.

Seigneur, le FBI ! On aurait cru un feuilleton télévisé ! Mais à qui fallait-il s'adresser quand la police était corrompue ? À qui ? En outre, il y avait eu enlèvement et c'était un crime fédéral qui relevait de la juridiction de cet organisme.

Téléphoner directement au bureau local du FBI eût été plus logique. Cependant, dès l'instant où persuader Sam qu'elle disait la vérité s'avérerait difficile, elle savait que ce serait peine perdue si elle parlait de tout ceci à quelqu'un qui ne la connaissait pas.

Elle entendit sonner, loin de là, à Newport Beach.

Pourvu qu'il soit chez lui, pensa-t-elle.

Une rafale de vent glacial s'engouffra dans la cabine par la porte entrouverte et la pluie la cingla.

C'était la troisième sonnerie.

La quatrième.

« *Réponds, réponds, réponds...* »

La cinquième.

On décrocha enfin.

— Allô ?

— Sam ?

— Allô ?

Il y avait de nombreux parasites.

— Sam ?

— Oui. Qui est à l'appareil ?

— Sam, c'est moi, Susan.

Après une hésitation, il demanda :

— Suzie ?
— Oui.
— Suzie Thorton ?
— Oui, fit-elle, soulagée d'avoir pu joindre quelqu'un hors de cette ville maudite.
— Où es-tu ?
— Willawauk, Oregon.
— J'ai l'impression que tu es à Tahiti, répondit-il entre deux rafales de crépitements.
Et un terrible soupçon s'insinua dans l'esprit de Susan, tel un serpent dont la langue glacée léchait sa colonne vertébrale.
— Je t'entends à peine.
— Je disais que tu sembles m'appeler du bout du monde.
Elle colla le combiné à une oreille, appliqua sa paume sur l'autre.
— Sam, tu...
— Hein ? Suzie, tu es là ?
— Sam... tu... tu es bizarre.
— Que veux-tu dire ?
Elle ouvrit la bouche mais ne put se résoudre à exprimer son horrible doute.
— Suzie ?
On ne pouvait même pas faire confiance à la compagnie du téléphone, ici.
— Suzie, tu es toujours là ?
Ce fut avec colère qu'elle dit ce qui était inconcevable.
— Vous n'êtes pas Sam Walker.
Des parasites.
Le silence.
D'autres parasites.
Finalement, un rire.
— Évidemment que je ne suis pas Sam Walker, pauvre conne.
Elle reconnut Carl Jellicoe.
Elle se sentit vieille, ratatinée, épuisée, vidée.
Le vent changea de direction et agressa la cabine, fit trembler ses vitres.

— Ce qui me sidère, c'est que tu crois toujours pouvoir nous échapper.

Elle resta muette.

— Tu n'as aucun refuge, nulle part où aller.

— Salaud.

— Tu es perdue. Tu es foutue. Bienvenue en enfer, salope.

Elle raccrocha, d'un geste rageur.

Elle ressortit et regarda la station-service, la rue. Personne. Rien ne bougeait. Ils ne venaient pas la chercher. Pas encore.

Elle était libre.

Non, pas libre. Ils la tenaient en laisse. Elle se trouvait au bout d'une longe... qu'ils commençaient à tirer.

Elle marcha longtemps, sans plus remarquer la tourmente. Elle avait oublié ses jambes douloureuses et ne pouvait échafauder de nouveaux plans de fuite. Elle se contentait de les attendre.

Elle s'arrêta devant l'église luthérienne de St. John.

De la lumière filtrait à travers les vitraux et teintait la pluie en rouge, bleu, vert et jaune sur près d'un mètre. Elle dessinait des arcs-en-ciel dans le voile de brouillard.

Elle voyait un presbytère de style victorien attenant : une construction avec un étage et des combles, des fenêtres en saillie au premier. La pelouse bien entretenue était éclairée par un lampadaire en fer forgé dressé à l'extrémité de l'allée et par des lanternes assorties de chaque côté de l'escalier de la véranda. Elle lut sur une plaque vissée à la clôture, RÉV. POTTER B. KINFIELD.

Elle resta deux minutes avec une main sur le portillon, pour s'y appuyer. Elle était trop lasse pour aller plus loin et trop fière pour s'avouer vaincue.

Elle n'avait plus d'espoir, mais nulle part où se rendre, et elle finit par suivre l'allée et gravir les marches du perron. On pouvait habituellement compter sur les ministres du culte. Il était toujours possible de leur parler de ses problèmes et de solliciter leur aide. Ces principes s'appliquaient-ils à Willawauk ? Elle en doutait.

Elle sonna.

Si l'extérieur était illuminé, la maison était plongée dans l'obscurité. Ça ne signifiait pas qu'il n'y avait personne. Le prêtre avait pu se coucher. Il était tard, après tout. Elle n'aurait pu dire l'heure exacte, mais il ne devait pas être loin de minuit.

Elle sonna encore.

Et encore.

Pas de lumière. Pas de réponse.

En attendant qu'on vînt lui ouvrir, elle s'était représenté des lieux chauds et confortables : un salon douillet ; des fauteuils moelleux ; une robe de chambre, des pantoufles et un pyjama empruntés à la femme du pasteur ; peut-être des tartines et un bol de chocolat ; de la sympathie et de l'indignation suscitées par ce qu'elle venait de subir ; des promesses de protection et d'assistance ; un lit avec un matelas bien ferme ; des draps propres et d'épaisses couvertures de laine ; deux oreillers et une agréable, très agréable, sensation de sécurité.

Ces images continuaient de la hanter même à présent qu'elle constatait que tout était désert. Se résoudre à oublier ce beau rêve et repartir était au-dessus de ses forces. Bien qu'elle n'en eût pas bénéficié, perdre tout cela était trop pénible. Elle restait là, au bord des larmes. Son désir de trouver un pyjama sec et une boisson chaude était si puissant qu'il chassait les autres émotions, y compris la peur que lui inspiraient les morts vivants et le personnel de la Milestone.

Elle essaya d'ouvrir la porte. Elle était verrouillée.

Elle suivit la véranda pour tenter sa chance avec les fenêtres à guillotine. Celles de gauche étaient fermées. La première sur la droite également, mais pas la deuxième. L'humidité ambiante avait gonflé le bois. Elle réussit malgré tout à la remonter suffisamment pour se glisser dans le presbytère.

C'était une violation de domicile. Cependant, elle était désespérée et le révérend Kinfield lui accorderait certainement son pardon lorsqu'il connaîtrait les faits. En outre, elle était à Willawauk, une ville de l'Oregon où nul ne semblait respecter la loi.

Tout était plongé dans une obscurité totale. Elle ne voyait qu'à quelques centimètres.

Chose étrange, la température était aussi glaciale qu'à l'extérieur.

Elle suivit le mur à tâtons et passa devant la première fenêtre. Elle atteignit la porte et trouva l'interrupteur, l'abaissa.

Elle cilla face à la brusque clarté... puis de surprise en découvrant que ce presbytère était très différent de ce qu'elle avait imaginé. Ce n'était pas une confortable demeure victorienne mais un entrepôt ; une pièce au sol de béton aussi vaste qu'une grange, haute de deux étages et privée de cloisons intérieures. Les personnages en papier mâché grandeur nature d'une crèche ainsi qu'un traîneau et des rennes étaient suspendus au plafond par des cordes. Des piles de cartons encombraient les lieux. Il y avait des malles, des coffres, de grosses caisses en bois et deux douzaines de placards métalliques d'environ deux mètres cinquante de largeur sur deux de hauteur et un de profondeur. Tout était disposé en rangées régulières qui occupaient la longueur du bâtiment, séparées par des allées.

Sidérée, Susan alla ouvrir les armoires les plus proches. Elle y trouva des soutanes noires dans des housses en plastique. Il y avait dans la troisième plusieurs costumes de Père Noël, deux déguisements de Lapin de Pâques et quatre tenues de Pères Pèlerins sans doute utilisées pour la fête du Thanksgiving. À en croire l'étiquette, le premier carton contenait des opuscules religieux, des bibles et des recueils de cantiques.

La présence de ces accessoires et des santons suspendus au plafond n'avait rien de surprenant dans un presbytère. Le problème, c'était que ce dernier n'était qu'un décor. Ce qui était absurde. Mais, pour en revenir à ces objets, ils étaient parfaitement à leur place en un tel lieu.

Puis elle découvrit des choses qui lui parurent en revanche déplacées et étranges.

Trois longues rangées de boîtes empilées les unes sur les autres occupaient toute la longueur de la pièce, soit près de dix-huit mètres. Il y en avait deux ou trois mille, pleines de vêtements. Leurs étiquettes étaient curieuses. Une centaine avait l'inscription suivante :

MODE US
ROBES
1960-1964
(PÉRIODE KENNEDY)

Un plus petit nombre était désigné en tant que :

MODE US
COSTUMES ET CRAVATES
1960-1964
(PÉRIODE KENNEDY)

Il y avait une profusion d'effets correspondant aux tendances qui s'étaient succédé jusqu'à la fin des années soixante-dix. Il y avait même des tas de cartons contenant des garde-robes plus ciblées.

MODE US
DIVERS ACCOUTREMENTS MASCULINS
SOUS-CULTURE HIPPIE

Il ne s'agissait pas de vieux habits collectés pour des démunis mais d'un véritable programme de stockage à long terme.

Ce n'était pas non plus un ambitieux projet de préservation à des fins historiques, des échantillons de tous les styles vestimentaires destinés à un musée. Il y avait là de quoi vêtir des centaines et des centaines de personnes en fonction de pratiquement tout ce qui avait été en vogue au cours de ces vingt dernières années.

Les habitants de Willawauk étaient-ils donc si pingres qu'ils s'étaient entendus pour mettre tous leurs vêtements usagés dans la naphtaline, au cas où une mode rétro leur permettrait de les réutiliser ? Si c'était le cas, il s'agissait d'une mesure pleine de sagesse pour contrer la tyrannie ruineuse des couturiers. Mais au sein d'une société de consommation où presque tout finissait à la poubelle, qui aurait pu organiser et mener à bien un programme de stockage d'une telle envergure ?

Des robots, peut-être ?

Des fourmis.

Plus elle inspectait les piles, plus elle était perplexe. Elle trouva une vingtaine de boîtes sur lesquelles était écrit : FÊTES NON LÉGALES : HALLOWEEN. Elle tira la bande adhésive de la première. Elle était pleine à ras bord de masques de lutins, sorcières, gnomes, vampires, créatures de Frankenstein, loups-garous, extraterrestres, etc. Elle en ouvrit une autre qui contenait des accessoires pour une soirée de Halloween : guirlandes en papier orange et noires, lanternes potirons en plastique, bottes d'épis de maïs, silhouettes de chats et de fantômes. Cet assortiment ne permettait pas de décorer que la salle des fêtes de la paroisse. Il y avait là de quoi égayer toute la ville et déguiser tous ses enfants.

Elle se déplaçait dans les allées en lisant les étiquettes de quelques-unes des centaines d'autres boîtes :

FÊTES NON LÉGALES : SAINT-VALENTIN
FÊTES LÉGALES : NOËL
FÊTES LÉGALES : RÉVEILLON DE LA SAINT-SYLVESTRE
FÊTES LÉGALES : INDEPENDENCE DAY
FÊTES LÉGALES : THANKSGIVING
SOIRÉES PRIVÉES : NAISSANCE
SOIRÉES PRIVÉES : ANNIVERSAIRE
SOIRÉES PRIVÉES : ANNIVERSAIRE DE MARIAGE
SOIRÉES PRIVÉES : BAR-MITSVA

Elle interrompit cet examen lorsqu'elle comprit qu'il ne lui apprendrait rien. Tout ce qu'elle découvrait ne faisait qu'allonger la liste des mystères de Willawauk. Tout ce qu'elle voyait la sidérait, la désorientait et la déprimait. Elle avait l'impression d'avoir suivi le lapin blanc d'Alice et d'être tombée dans un terrier qui débouchait en un lieu plus bizarre et dangereux que le Pays des Merveilles. Pourquoi avait-on entreposé des décorations pour une fête juive dans une église protestante ? Et n'était-il pas étrange qu'on pût y trouver de quoi célébrer l'enterrement d'une vie de garçon ? Films pornos, posters de femmes nues, serviettes en papier agrémentées de dessins obscènes... comment avait-on pu ranger de telles choses dans un presbytère ? Si c'était un presbytère, évidemment. Le révérend Potter B. Kinfield n'était-il pas qu'un nom gravé sur une plaque ? Était-il concevable que Willawauk fût habité par quatre mille avares qui ne jetaient jamais rien ? Que se passait-il, ici ? À première vue, tout était normal. Mais, sitôt qu'on s'y intéressait de plus près, tout se révélait déconcertant.

Combien de maisons de cette agglomération ne correspondaient-elles pas à ce que laissait supposer leur apparence ?

Elle suivit les rangées de cartons avec lassitude, en direction de la porte. Les doutes la rongeaient. Elle se demandait si elle avait une seule chance de ressortir de ce terrier et de regagner le monde réel.

Rien n'était moins sûr.

Lorsqu'elle se retrouva à l'extérieur, elle tenait à peine sur ses jambes. Ses vêtements trempés pesaient des tonnes. La pluie la cinglait avec violence et les coups de bélier du vent la faisaient tituber, menaçaient de la déséquilibrer.

Restait l'église. Au moins y serait-elle à l'abri des éléments déchaînés. Si ce n'était pas qu'une simple façade, un décor de cinéma.

Elle était éclairée. C'était bon signe. Peut-être était-elle également chauffée.

Susan gravit les marches de brique qui la séparaient des lourdes portes de chêne sculpté, en espérant qu'elles n'étaient pas fermées à clé.

Elles étaient censées rester ouvertes vingt-quatre heures sur vingt-quatre, tous les jours, pour permettre aux fidèles de bénéficier du réconfort offert par la prière chaque fois qu'ils avaient besoin de fuir les souffrances de la vie. C'était une tradition dans tout le pays. Hormis dans cette petite ville de l'Oregon, qui sait ?

Elle les atteignit et tenta sa chance sur celles de droite. Elles n'étaient pas verrouillées.

Il y avait donc à Willawauk une chose normale.

Elle poussait le battant et allait entrer, quand elle entendit derrière elle un bruit de moteur, des crissements de pneumatiques sur l'asphalte mouillé et des plaintes de freins.

Elle se tourna et regarda vers le bas des marches.

Une ambulance venait de s'arrêter au ras du trottoir, devant l'église. Trois mots étaient peints sur son flanc : WILLAWAUK COUNTY HOSPITAL.

— Un hôpital qui n'existe pas, marmonna-t-elle.

Et elle s'étonna de découvrir que de la colère se mêlait encore à sa résignation et à son abattement.

Jellicoe et Parker descendirent du véhicule et la fixèrent. Ils avaient échangé leurs uniformes de shérifs adjoints contre des imperméables et des chapeaux de pluie blancs, des bottes noires. Ils avaient réintégré l'équipe des aides-soignants.

Susan n'avait pas l'intention de fuir. C'eût été impossible. Elle avait épuisé toute sa réserve d'énergie et de volonté.

Mais elle s'interdisait de capituler et de se livrer à ces hommes. Ils devraient monter la chercher et la porter jusqu'à l'ambulance.

En attendant, elle entrerait dans l'édifice pour bénéficier de sa chaleur. Elle irait aussi loin que ses jambes accepteraient de la conduire, pour leur compliquer la tâche. C'était un acte de rébellion futile, pour ne pas dire pathétique. Néanmoins, l'unique forme de résistance qu'elle pouvait encore leur opposer était passive.

L'église était chauffée. C'était merveilleux.

Elle traversa le narthex en traînant le pas et s'engagea dans l'allée centrale en direction de l'autel.

La nef était magnifique. Il y avait du bois, du marbre et du cuivre de toutes parts. Le jour, quand la lumière du soleil pénétrait par les vitraux pour la nimber de couleurs vives, elle devait être encore plus belle.

Elle entendit Carl Jellicoe et Herbert Parker entrer.

Ses jambes ankylosées et vacillantes la soutinrent jusqu'aux bancs de la première travée, mais elle savait qu'elle s'effondrerait si elle faisait un pas supplémentaire.

— Eh, salope ! cria Jellicoe.

Elle ne se retourna pas. Elle refusait de leur accorder cette satisfaction.

Elle s'assit sur le bois ciré.

— Eh, salope !

Elle fixait la grande croix de cuivre dressée derrière l'autel. Elle regrettait de ne pas avoir la foi qui lui eût permis d'être réconfortée par la vision du Christ.

Dans le chœur, sur la gauche, la porte de la sacristie s'ouvrit. Sur deux hommes.

Ernest Harch.

Randy Lee Quince.

Elle découvrait à quel point on l'avait manipulée. Elle n'avait pas décidé de s'enfuir. C'était leur idée, un élément de leur plan. Ils avaient joué avec elle comme un chat avec une souris en alimentant ses espoirs, en lui permettant de leur échapper et de s'éloigner de quelques pas avant de la saisir à nouveau. Le mezuzah n'était pas tombé accidentellement dans le cabinet de toilette. Harch l'avait laissé à dessein pour l'inciter à quitter l'hôpital, s'offrir une distraction supplémentaire.

Elle n'avait pas eu une seule chance de réussir son évasion.

Harch et Quince descendaient les marches du chœur en direction du chancel.

Dans l'allée centrale, Jellicoe et Parker arrivaient à sa hauteur. Ils souriaient.

Elle était apathique. Elle ne pouvait lever la main pour se protéger et encore moins pour les frapper.

— Tu n'as pas dû t'amuser autant que nous, pas vrai ? lui demanda Carl Jellicoe.

Parker rit.

Elle ne répondit pas. Elle regardait droit devant elle.

Harch et Quince ouvrirent le portillon du chancel et s'approchèrent de la première travée. Ils baissèrent les yeux sur elle, en souriant eux aussi.

Elle fixait la croix, entre Quince et Harch. Elle ne voulait pas leur offrir la satisfaction de la voir trembler de peur. Elle était bien décidée à les priver de cette joie, ne serait-ce qu'un court instant.

Harch se pencha dans son champ de vision et feignit de s'apitoyer sur son sort.

— La pauvre enfant. La petite garce est fatiguée ? C'est qu'elle a fait une longue promenade, ce soir.

Elle souhaitait fermer les paupières et retrouver les ténèbres qui l'attendaient derrière, aller se réfugier dans les profondeurs de son être et y rester longtemps, très longtemps.

Elle résista à cette tentation. Elle soutint le regard de glace de Harch. Elle en avait la nausée, mais elle ne détourna pas la tête.

— Tu as perdu ta langue ?

— J'espère que non, fit Quince. Je veux la lui trancher.

Jellicoe gloussa.

— Tu te demandes ce qui se passe, pas vrai ? lança Harch.

Elle ne répondit rien.

— Tu aimerais bien savoir à quoi rime tout ça.

Elle le foudroya du regard.

— Oh, tu es courageuse ! Une femme forte, pas du genre à brailler. J'adore ça.

Ses compagnons rirent.

— Je suis sûr que tu voudrais qu'on te mette au parfum, Susan. Tu en *meurs* d'envie.

— Tu en es morte, le corrigea Jellicoe en ricanant.

Les autres l'imitèrent, comme s'ils partageaient un secret.

— Ton accident, sur la route du Viewtop Inn. Il a réellement eu lieu.

Elle s'interdisait de demander des précisions.

— Ta voiture a franchi un talus et percuté deux arbres. Nous n'avons pas menti à ce sujet. Évidemment, tout le reste est faux.

— Que veux-tu, nous sommes des menteurs invétérés, ricana Jellicoe.

— Tu n'as pas passé trois semaines dans le coma. Tu es morte sur le coup.

« Oh, merde ! se dit-elle. Où vont-ils chercher tout ça ? »

— Sur le coup, répéta Parker.

— Ton crâne a été défoncé.

— Pas une simple égratignure sur le front.

— Tu as clamsé, Susan.

— Et tu te retrouves avec nous.

« Non, non, non, pensa-t-elle. C'est impossible. C'est de la folie. »

— Tu es en enfer.

— Avec nous.

— Il fallait organiser un comité d'accueil.

— C'est bien volontiers que nous nous sommes portés volontaires.

— Je dirai même, avec joie.

« *Non !* »

— Nous n'aurions jamais osé espérer que tu finirais ici.

— Pas une chic fille comme toi.

— Tu devais avoir des vices cachés.

— Que tu ne sois pas allée au paradis nous ravit.

Pendant que ses compagnons se donnaient la réplique, Harch se contentait de la fixer et son regard glacial la gelait jusqu'au tréfonds de son être.

— Nous allons fêter ça.

— Éternellement.

— Tous les cinq.

— Entre amis.

Elle ferma les yeux. Elle savait que c'était faux, impossible. L'enfer n'existait pas... Pas plus que le paradis. Elle n'avait jamais cru à ces sornettes.

« *Mais les incroyants n'étaient-ils pas censés aller en enfer ?* »

— On va la baiser tout de suite, proposa Jellicoe.

— Ouais, approuva Quince.

Elle écarta les paupières.

Jellicoe baissait déjà la fermeture à glissière de son pantalon.

— Non, la nuit prochaine, s'interposa Harch. Pour le septième anniversaire de ma mort. Je tiens à ce qu'elle en garde un souvenir impérissable.

Jellicoe hésita, la braguette à moitié ouverte.

— Et il faut que ça se passe à l'endroit prévu, intervint Parker. Pas ici.

— Absolument, fit Harch.

« Par pitié, mon Dieu ! pria Susan. Faites que je trouve la sortie de ce terrier... ou que je m'endorme. Là, sur ce banc... que je m'endorme... et que je ne me réveille jamais. »

— Emmenons-la, décida Harch.

Il se pencha et agrippa son pull-over pour l'obliger à se lever.

— Il y a longtemps que j'attends cet instant, fit-il en rapprochant son visage.

Elle tenta de se dégager.

Il la gifla.

L'impact ébranla sa denture et sa vision se brouilla. Elle s'affaissa. D'autres mains la saisirent.

Ils l'emportèrent hors de l'église. Sans ménagement.

Dans l'ambulance, ils la sanglèrent sur la couchette et Harch prépara une seringue.

Elle émergea de sa léthargie pour leur dire :

— Si nous sommes en enfer, pourquoi me faites-vous une piqûre ? Il serait plus simple de me jeter un sort.

— Parce que c'est plus rigolo comme ça, expliqua Harch en souriant.

Et il planta avec sadisme l'aiguille dans son bras.

La douleur la fit crier.

Puis elle s'endormit.

17

Des lumières vacillantes.

Des ombres qui dansaient.

Un plafond haut et obscur.

Susan était couchée, dans son lit.

Là où Harch avait planté l'aiguille, son bras était douloureux. Tout son corps la tourmentait.

Elle n'avait pas regagné sa chambre. Il faisait ici bien trop froid pour que ce fût un hôpital. Si elle avait chaud sous les couvertures, ses épaules, son cou et son visage étaient glacés. C'était par ailleurs un lieu humide où régnait une odeur de moisi. Une forte odeur de moisi.

Il lui paraissait familier.

Tout était trouble. Elle ferma à demi les paupières, sans rien voir de plus.

L'effort lui donna des étourdissements. Elle eut l'impression d'être sur un manège qui s'emballait, puis elle se rendormit.

Un peu plus tard, avant d'ouvrir les yeux, elle resta sans bouger pour écouter les grondements des trombes d'eau. Pleuvait-il encore ? C'était un vrai déluge. Comme dans la Bible.

Elle rouvrit les yeux et eut de nouveaux vertiges,

moins violents qu'auparavant. Il y avait toujours une clarté vacillante qui faisait danser les ombres... la lueur de bougies aux flammes agitées par des courants d'air.

Elle tourna la tête sur l'oreiller et les vit : dix cylindres de cire posés sur des rochers et des corniches de calcaire.

« Non ! »

Elle regarda de l'autre côté, vers le point d'origine du bruit sourd ininterrompu. Elle ne put rien discerner. La lumière papillotante ne repoussait les ténèbres que sur cinq mètres environ. La chute d'eau se trouvait bien au-delà, mais elle était là-bas... dans le recoin le plus obscur de cette grotte.

Elle était à l'intérieur de l'Antre du Tonnerre.

« Non, non, non, se dit-elle. C'est un rêve... ou du délire ! »

Elle ferma les yeux et cessa de voir ces lueurs. Elle ne pouvait toutefois se couper de l'odeur de moisi de la caverne et des grondements de la cascade souterraine.

Elle était à trois milliers de miles de ce lieu maudit, bon sang ! En Oregon, pas en Pennsylvanie !

La folie.

Ou l'enfer.

On tira brusquement ses couvertures et elle rouvrit les paupières en criant.

C'était Ernest Harch. Il toucha sa jambe et elle prit conscience d'être nue. Il fit remonter sa main sur sa cuisse, son pubis, son ventre, ses seins.

Elle se figea à ce contact.

Il lui sourit.

— Non, pas encore. Pas encore, salope. Pas encore. Ce soir. Au moment voulu. À l'heure exacte où je suis mort en prison. À la minute précise où le couteau de ce sale nègre a pénétré dans ma gorge, je te pénétrerai à mon tour et, quand tu me sentiras partir, tu sentiras aussi ma lame s'enfoncer dans ton cou. Ce soir, pas maintenant.

Il cessa de la caresser et leva l'autre main, ce qui permit à Susan de constater qu'il tenait une seringue hypodermique.

Elle tenta de se redresser.

Jellicoe apparut et la repoussa.

— Tu dois te reposer, fit Harch. Je tiens à ce que tu sois en pleine forme, pour notre petite fête.

Il prit un plaisir sadique à la faire souffrir.

Il attendit d'avoir terminé l'injection pour demander à Jellicoe :

— Tu sais ce que je vais apprécier le plus, quand je la buterai ?

— Non, accouche.

— C'est que ce ne sera pas une fin mais un début. Je pourrai la tuer encore et encore.

Jellicoe gloussa.

— C'est ton destin, salope. Voilà comment tu vas passer l'éternité. On va te violer et t'assassiner tous les soirs. Jamais de la même manière. Il existe des milliers de façons de crever, et tu les connaîtras toutes.

La folie.

Puis elle sombra dans un sommeil narcotique.

Sous l'eau. Elle était sous l'eau et se noyait.

Elle ouvrit les yeux, inspira et sut qu'elle entendait le grondement de la cascade.

Elle était toujours dans son lit. Elle tenta de s'asseoir et les couvertures glissèrent, la dénudant. Elle n'avait pas la force de rester assise et s'effondra sur les oreillers, le cœur battant.

Elle referma les paupières.

Une minute.

Ou une heure.

Le déterminer eût été impossible.

— *Susan...*

Elle les rouvrit et fut terrifiée. Ce qu'elle voyait était trouble, mais la clarté vacillante lui révélait un visage.

— *Susan...*

Il se rapprocha et devint plus net. C'était Jerry. Sa tête

épouvantable, en décomposition. Ses lèvres étaient encore plus molles et dilatées que la fois précédente, prêtes à éclater sous la pression du pus.

— *Susan...*

Elle hurlait. Et plus elle hurlait, plus le lit tournoyait. Le tourbillon l'emporta dans des profondeurs insondables.

Elle se réveilla à nouveau.

Les effets de la drogue s'étaient dissipés. Elle n'osait regarder autour d'elle.

Elle regrettait d'avoir repris connaissance. Elle eût préféré être morte.

— Susan ?

Elle demeura immobile.

Du pouce, Harch souleva une de ses paupières. Elle tressaillit.

— N'essaie pas de m'avoir, pauvre idiote. Je sais que tu ne dors pas.

Elle était engourdie, en dépit de sa terreur. Avec un peu de chance, cette torpeur serait plus puissante que le reste et elle ne ressentirait rien.

— Le grand moment approche. Tu en as conscience, j'espère ? Notre petite fête débutera bientôt. Et deux heures plus tard je te trancherai la gorge. Tu vois, ça nous laissera largement de quoi nous amuser. Tu ne voudrais pas décevoir mes potes, hein ? Ils auront le temps de prendre leur pied. Ils ne devraient pas en avoir pour longtemps, avec une fille aussi bandante.

Rien ne lui semblait réel. C'était trop dément, trop absurde, trop flou pour être concret. Un lit d'hôpital dans une grotte ? Ridicule. La terreur, la violence, la menace qui pesait sur elle, la méchanceté exacerbée de Harch... tout possédait les caractéristiques d'un cauchemar.

Mais la douleur des deux piqûres n'avait rien d'onirique.

Harch repoussa les couvertures, pour contempler son corps nu.

— Ordure, fit-elle d'une petite voix, à peine audible.

— Un simple avant-goût. Dis, ma belle, est-ce que tu n'attends pas ce moment avec autant d'impatience que moi ? Hm ?

Elle avait fermé les yeux à la recherche de l'oubli et...

— *Harch !*

... elle venait d'entendre McGee appeler son bourreau. Elle rouvrit les paupières et vit ce dernier se détourner, surpris.

— Que faites-vous ici ?

Trop faible pour s'asseoir, elle se redressa tant bien que mal et aperçut Jeff. Il était proche du pied du lit et les flammes vacillantes des bougies projetaient sur lui des ombres mouvantes, comme s'il portait une cape noire agitée par le vent. Il braquait sur son tortionnaire un pistolet au canon démesuré.

— Qu'est-ce que vous...

McGee tira. Atteint en plein visage, Harch bascula en arrière et disparut du champ de vision de Susan. Il s'écrasa sur le sol avec un bruit mat.

Il n'y avait pas eu de détonation, seulement un chuintement, et elle comprit que la longueur étonnante de l'arme était due à l'ajout d'un silencieux.

Le sifflement de la balle, la tête qui explosait, le son de sa chute... tout cela avait eu les caractéristiques de la réalité. C'était bien différent de la violence outrancière, exagérée et surréaliste à laquelle elle avait été confrontée durant ces derniers jours. Cette mort froide, dure, rapide, n'avait rien eu d'irréel.

McGee contourna le lit.

Elle regarda le pistolet en cillant. L'étrange tournure que prenaient les événements la déconcertait autant que le reste. Elle titubait au bord d'un abîme.

— Je suis la suivante ?

Il fourra l'arme dans une poche de son manteau.

Il tenait dans son autre main un sac qu'il posa sur le lit,

près d'elle. Non, ce n'était pas un sac mais une taie d'oreiller servant de baluchon.

— Il faut filer, dit-il.

Il sortit des vêtements. Les effets de Susan : culotte, pantalon noir, pull blanc, mocassins...

Il n'y avait plus au fond du sac qu'un gros objet vaguement sphérique, et l'angoisse réapparut. L'impression de vivre un cauchemar refit surface. La réalité s'estompa et elle fut brusquement certaine qu'il s'agissait de la tête à moitié décomposée de Jerry Stein.

— Non, s'exclama-t-elle. Pas ça !

Il la prit. Ce n'était que sa veste de cuir, roulée en boule.

Mais elle ne se sentit pas soulagée pour autant. Elle partait à la dérive et ne disposait d'aucune prise qui lui eût permis de se stabiliser.

— Non, répéta-t-elle. Non. C'est insoutenable. Mieux vaut en finir tout de suite.

Il la dévisagea avant de saisir le fond de sa pensée.

— Vous croyez que c'est le début d'un autre cauchemar ?

— Je n'en peux plus.

— Rassurez-vous, ce n'est pas une nouvelle mise en scène.

— Je ne souhaite qu'une seule chose, que tout ceci s'achève.

— Écoutez-moi bien. Votre lassitude est en grande partie due aux drogues qu'ils vous ont administrées. Ça va s'arranger.

— Allez-vous-en !

Redresser la tête était trop épuisant. Elle la laissa retomber sur l'oreiller.

Être nue devant lui ne la gênait pas outre mesure. Elle n'essaya même pas de remonter les couvertures. Il eût été ridicule de vouloir préserver sa pudeur, après ce qu'elle avait déjà subi. Elle n'en était plus à ça près.

Elle avait froid, ce qui était également secondaire. Rien n'avait plus d'importance.

— Vous ne pouvez pas comprendre ce qui se passe, ajouta McGee. Je vous l'expliquerai plus tard. Pour l'instant, vous devez m'accorder votre confiance.

— Je l'ai fait, murmura-t-elle.

— Et me voici.

— Ouais, vous êtes venu.

— Pour vous sauver.

Et elle crut déceler dans sa voix de la frustration et de l'affection.

— Me sauver de quoi ?

— De l'enfer. N'est-ce pas leur dernière trouvaille ? L'enfer. C'est d'ailleurs le nom de ce programme.

— Programme ?

Il soupira et secoua la tête.

— Pas le temps de vous expliquer. Fiez-vous à moi.

— Allez-vous-en.

Il glissa un bras sous ses épaules et la redressa. Il attrapa le pull blanc, pour le lui enfiler.

Elle tenta de résister.

— Non, ça suffit !

— Seigneur !

Il lâcha le vêtement et reposa sa nuque sur l'oreiller.

— C'est bon, écoutez... Vous entendez ?

Sur ces mots, il sortit une lampe de sa poche, l'alluma et s'éloigna dans les ténèbres. Le fracas de la chute d'eau vers laquelle il se dirigeait couvrit bientôt ses pas.

Elle espéra qu'il la laisserait tranquille ou qu'il l'achèverait. Dans un cas comme dans l'autre, elle aurait la paix.

Elle ferma les yeux.

Le grondement s'interrompit soudain.

L'Antre du Tonnerre était devenu l'Antre du Silence.

Elle rouvrit les paupières et fronça les sourcils. Elle se croyait sourde.

— Et voilà le travail, lui cria-t-il au sein de l'obscurité. Une bande magnétique.

Il se rapprochait d'elle en parlant. Nul son ne se superposait à ses pas.

— Un enregistrement en quadriphonie.

Il pénétra dans le cercle de clarté des chandelles et éteignit sa lampe.

— On n'a jamais vu une chute d'eau aussi sèche. Quant à la grotte, ce sont des rochers en papier mâché, un décor en carton-pâte. Ce qui explique le petit nombre de bougies. Si vous pouviez voir un peu plus loin, vous constateriez que c'est du bidon. Tout a été aménagé au centre du gymnase du collège, pour vous donner une sensation d'espace. Je ferais la lumière pour vous le prouver, si ça ne risquait pas d'attirer l'attention. Ils ont condamné les ouvertures mais il suffirait d'un rien pour leur mettre la puce à l'oreille... et les inciter à rappliquer au pas de course. Et si vous vous demandez d'où vient l'odeur de moisi, sachez qu'elle est en boîte. Avec ce machin, les spéléologues se sentiraient partout chez eux. Ces sont des gars du labo qui ont mitonné ça. Une sacrée réussite, non ?

— Et Willawauk, c'est quoi ? s'enquit-elle.

Car elle commençait à s'intéresser à ses explications, en dépit de sa peur d'être victime d'un nouveau coup monté.

— Je vous le raconterai dans la voiture. Le temps presse. Vous devez avoir confiance en moi.

Elle hésita, prise de vertiges.

— Sinon, vous ne l'apprendrez jamais.

Elle finit par soupirer.

— Entendu.

— Je savais que vous aviez du cran, fit-il en souriant.

— Mais plus de forces.

— Je sais.

Elle se laissa vêtir et eut l'impression d'être redevenue une petite fille quand il lui enfila le pull, sa culotte, son jean et pour terminer ses chaussures.

— Je ne pourrai pas marcher.

— Je ne vous en demande pas tant. Êtes-vous capable de tenir la lampe ?

— Je le pense.

Il la souleva.

— Légère comme une plume. Enfin, une grosse plume. Glissez l'autre bras autour de mon cou.

Elle dirigea le faisceau de la torche dans la direction qu'il lui indiquait et il l'emporta dans la fausse caverne. Le cercle de clarté dansait sur le sol de bois vernis du gymnase, et ses reflets lui révélèrent qu'ils passaient sous un panier de basket-ball. Puis ils descendirent une volée de degrés en béton, franchirent une porte entrebâillée et atteignirent un vestiaire.

Les lieux étaient éclairés et elle vit trois corps entre le bureau de l'entraîneur et les placards. Jellicoe avait perdu la moitié de son visage, Parker avait la poitrine perforée et du sang gouttait du cou de Quince qui s'était effondré sur un banc.

Désormais haletant, McGee longea deux alignements d'armoires, traversa des douches et s'engagea dans un couloir.

Où les attendait un cadavre.

— C'est qui ?

— Un garde.

Ils suivirent le passage et tournèrent dans un corridor donnant sur des doubles portes métalliques près desquelles gisait un autre inconnu.

— Éteignez la lampe.

Elle obéit et il poussa la barre. Ils étaient à l'extérieur.

C'était une nuit fraîche et limpide. Une journée complète, ou presque, s'était écoulée depuis qu'on l'avait droguée.

Deux voitures étaient garées sur l'aire de stationnement du collège. Le souffle court, McGee la transporta vers une Chevrolet bleue. Une fois là, il la posa et elle dut prendre appui sur le véhicule tant ses jambes étaient faibles, même s'il ne lui fallut que quelques secondes pour ouvrir la portière et l'aider à s'installer sur la banquette.

Ils traversèrent Willawauk en empruntant la Grand-Rue qui devint peu après une route de campagne. Ils ne s'éloignaient pas seulement de l'agglomération mais aussi du bâtiment où on l'avait hospitalisée. Ils n'échangèrent pas un mot avant d'avoir laissé loin derrière eux les lumières de la ville.

Recroquevillée sur le siège du passager, Susan regarda McGee. La luminescence verdâtre du tableau de bord donnait à son visage un aspect étrange. Étrange... pas menaçant.

Ce qui était insuffisant pour dissiper sa méfiance. Elle se demandait ce qu'elle devait croire.

— J'ai droit à des explications.

— Je ne sais pas par quel bout commencer.

— N'importe lequel, bon sang !

— La Milestone Corporation.

— Là-bas, sur la colline ?

— Non, non. Ils ont installé le panneau que vous avez vu pour augmenter votre confusion, pour vous embrouiller encore plus les idées.

— C'est donc un véritable hôpital ?

— Entre autres choses. La Milestone Corporation se situe à Newport Beach.

— Et j'y suis employée ?

— Oh, oui ! Tout est vrai, même si ce n'est pas Phil Gomez que vous avez eu au téléphone mais quelqu'un qui se faisait passer pour lui.

— Quelles sont mes activités, là-bas ?

— Comme je vous l'ai dit, c'est un groupe de réflexion. Cependant, il ne travaille pas pour l'industrie privée. C'est un centre de recherche militaire top secret, directement placé sous l'autorité du ministère de la Défense et du Président. Même le Congrès ignore son existence et il est subventionné par des voies détournées. On y trouve la banque de données la plus complète du monde, les ordinateurs les plus performants et les meilleurs scientifiques de ce pays... dans tous les domaines.

— Est-ce que je suis un de ces experts ? s'enquit-elle.

Elle ne se souvenait toujours pas de la Milestone et doutait encore de sa réalité.

— Ils ont deux champions de la physique moléculaire, dont vous.

— Je ne m'en souviens pas.

— Je sais.

Pendant qu'ils traversaient des forêts obscures, McGee lui révéla tout ce qu'il savait sur ses employeurs... ou tout ce qu'il prétendait savoir.

Selon lui, la Milestone devait mettre au point l'arme absolue – un rayon désintégrant, un laser surpuissant, un virus, *n'importe quoi* – qui rendrait d'une manière ou d'une autre les arsenaux nucléaires non seulement démodés mais inutilisables. Si le gouvernement américain était depuis un certain temps convaincu que l'URSS voulait obtenir une supériorité stratégique sur les USA pour les attaquer sitôt que sa victoire serait assurée, il n'avait pu faire admettre à l'opinion publique la nécessité d'un réarmement. C'était pour cette raison qu'au milieu des années soixante-dix le Président et le ministre de la Défense avaient espéré découvrir l'arme miracle qui empêcherait les Soviétiques de se servir de leurs missiles et ferait disparaître le spectre d'un holocauste atomique. S'il était impossible de lancer un programme d'armement coûtant des milliards de dollars, rien n'interdisait de créer un centre de recherche disposant de ressources financières très importantes, afin que l'ingéniosité des savants permette au pays de se tirer de ce mauvais pas. C'était ainsi que la Milestone était devenue l'ultime espoir de l'Amérique.

— Je suis certaine qu'on effectuait déjà des travaux de ce genre, dit-elle. Pourquoi ont-ils débloqué des fonds supplémentaires ?

— Au sein de la communauté scientifique, des pacifistes convaincus – pour la plupart des assistants – communiquaient des informations à quiconque souhaitait se joindre à eux pour dénoncer la machine de guerre du Pentagone. Au milieu des années soixante-dix, les cellules mises en place dans les universités ont perdu leur cohésion et le Président a décidé de poursuivre ces recherches dans le plus grand secret, afin que les découvertes restent la propriété exclusive des États-Unis.

« Pendant longtemps, les services de renseignements soviétiques ont tout ignoré de la Milestone. Quand des agents du KGB ont finalement eu vent de son existence, ils ont craint que les USA ne réussissent – ou n'aient déjà réussi – à rendre leur arsenal nucléaire inutilisable. Ils se sont résolus à faire enlever un de ses chercheurs pour le soumettre à un interrogatoire serré.

Il dut freiner car la Chevrolet s'emballait dans une descente.

— Dans votre société, tous sont encouragés à s'intéresser aux travaux de leurs collègues, de façon à pouvoir combiner leurs idées et à étendre leur champ d'application. *Chaque responsable d'un département sait où en sont les progrès dans tous les domaines.* Ce qui signifie qu'il peut à lui seul compromettre les projets du Pentagone.

— Et c'est sur moi que les Russes ont jeté leur dévolu, acheva Susan qui commençait à le croire.

— En effet. Le KGB a épluché le passé de tous les employés, analysé leur existence. Vos doutes sur la moralité de ces recherches vous rendaient vulnérable. Vous vous étiez engagée sur cette voie sitôt après avoir obtenu votre doctorat, à seulement vingt-six ans. Vous n'aviez pas encore de valeurs bien ancrées. Vous vous inquiétiez de l'impact de vos travaux sur les générations futures. Vous en avez parlé à des collègues, et vous avez même pris un mois de congé sans solde pour faire le point. Mais vous n'avez dû parvenir à aucune conclusion car à votre retour vous étiez toujours rongée par vos scrupules.

— J'ai l'impression que vous vous référez à une inconnue, fit-elle en le lorgnant avec suspicion. Je devrais m'en souvenir, à présent.

— Je vous expliquerai pourquoi c'est impossible après une petite pause.

Ils atteignirent le bas de la colline et virent au-delà

d'un tournant une longue ligne droite à l'extrémité de laquelle se trouvait un barrage.

— Qu'est-ce que c'est ?

— Un poste de contrôle.

— Où vous allez me livrer à ces types ? C'est là que tout va recommencer ?

Elle n'arrivait pas à croire qu'il était son allié.

— Laissez-moi une chance, d'accord ? Une seule. Il est normal qu'on vérifie l'identité des gens qui quittent une base militaire ultrasecrète.

Il conduisit d'une main pour sortir des documents de sa poche.

— Tassez-vous sur votre siège et faites semblant de sommeiller.

Elle garda les paupières mi-closes pour s'intéresser aux deux baraques et à la barrière brillamment illuminée. Puis elle feignit de dormir profondément.

— Pas un mot...

— Comptez sur moi.

— ... quoi qu'il advienne.

Il freina, arrêta la voiture et baissa la glace.

Il y eut des bruits de bottes.

Un inconnu et McGee échangèrent quelques mots. Ils étaient incompréhensibles.

Elle en fut si surprise qu'elle faillit se trahir. Elle avait omis de lui demander pourquoi elle devait jouer cette comédie, dès l'instant où tout indiquait qu'ils avaient des laissez-passer. Elle savait à présent qu'il avait redouté qu'un soldat ne lui adresse la parole. Un seul mot en anglais eût suffi pour les perdre.

L'attente fut interminable. Elle entendit finalement un mécanisme déplacer la barrière et ils repartirent.

Elle rouvrit les yeux, sans oser regarder derrière elle.

— Où sommes-nous ? voulut-elle savoir.

— Vous n'avez pas reconnu la langue ?

— Si, je le crains.

— Du russe.

Elle resta sans voix et secoua la tête : *non, non.*

— Nous nous trouvons à environ cinquante kilomètres de la mer Noire. C'est notre but. Le littoral.

— *En Union soviétique ?* C'est incroyable !

— Mais vrai.

— Non, insista-t-elle en se calant contre la portière du passager. Ça ne se peut pas. C'est une mise en scène.

— Écoutez-moi bien.

Elle n'avait d'autre choix que de lui obéir. Elle ne pouvait sauter en marche. D'ailleurs, en admettant qu'elle survive à cette cascade, il lui serait impossible de courir sur une distance importante. Les effets des drogues s'étaient estompés et elle recouvrait ses forces, mais elle était toujours très lasse, condamnée à l'impuissance.

En outre, peut-être disait-il la vérité. En dépit de ses doutes, ce n'était pas à exclure.

— Des agents du KGB vous ont enlevée pendant vos vacances.

— Je n'ai pas eu un accident de voiture ?

— Non. Ils ont concocté cette fable pour justifier votre admission à l'hôpital de Willawauk. Ils se sont emparés de vous en Oregon et ils vous ont transportée en URSS par vol diplomatique.

— Je devrais m'en souvenir, il me semble ?

— Vous êtes restée sous anesthésiants jusqu'à Moscou.

— Ce n'est pas ce qui a pu tout effacer.

— Ils ont utilisé des drogues et des techniques d'hypnose...

— Lavage de cerveau ?

— Oui. Pour que vous ne puissiez mettre en doute la réalité de ce qui vous arriverait dans le cadre de ce programme, ils devaient faire disparaître de votre esprit tout ce qui se rapportait à ce rapt.

Elle avait une centaine de questions à lui poser au sujet de Willawauk et du « programme » auquel il se référait, mais elle contint son impatience et le laissa poursuivre ses explications à sa guise.

— À Moscou, ils vous ont enfermée dans une prison

du KGB, la Lubianka de sinistre réputation. Les interrogatoires ne donnaient aucun résultat en dépit de leurs pressions psychologiques et ils ont durci leurs méthodes. Pas de passage à tabac, de poucettes ou de trucs de ce genre. Mais c'était en un certain sens pire qu'une torture physique. Ils ont eu recours à des drogues aux effets secondaires très dangereux, des saloperies qui affaiblissent tant le corps que l'esprit et que nul ne devrait jamais utiliser, quelles qu'en soient les raisons. Alors que c'est une procédure couramment employée par le KGB pour arracher des informations aux prisonniers récalcitrants. Mais dès qu'ils ont tenté de vous forcer la main de cette manière, il s'est produit une chose étrange. Vous avez perdu tous vos souvenirs de votre travail à la Milestone, jusqu'aux moindres détails, et il n'est resté qu'un trou béant à l'emplacement qu'ils avaient occupé.

— Un trou qui subsiste toujours.

— Oui. Même droguée, même docile, vous ne pouviez rien leur révéler. Ils se sont acharnés sur vous pendant cinq jours, avant de comprendre de quoi il retournait.

Il se tut et ralentit. Ils approchaient d'un village d'une centaine de maisons qui ne ressemblait guère à Willawauk. Ce n'était pas une agglomération américaine et s'il n'y avait eu quelques ampoules électriques, elle aurait pu se croire au siècle dernier. Des bâtisses avaient des toits de pierre, d'autres de planches ou de chaume. Elles étaient sombres et basses, avec des fenêtres minuscules. Tout ici évoquait le Moyen Âge.

Sitôt qu'il eut traversé le hameau et fut de nouveau en rase campagne, McGee enfonça la pédale de l'accélérateur.

— Vous alliez m'apprendre pourquoi j'ai perdu mes souvenirs de la Milestone, lui rappela-t-elle.

— Oui. Tous ceux qui travaillent sur ces projets doivent se soumettre à un conditionnement psychologique qui les empêche de parler de leurs activités professionnelles à quiconque, hormis à des collègues. C'est une clause incontournable pour obtenir un poste. Ces mesures de sécurité sont complétées par l'implantation dans les profondeurs du subconscient d'une clé qui provoque un blocage dès que quelqu'un veut les forcer à révéler des informations importantes. Sitôt qu'on essaie de leur arracher des renseignements sur les recherches effectuées à la Milestone au moyen de la torture, de la drogue ou de l'hypnose, tout ce qui s'y rapporte est instantanément relégué derrière une barrière mentale infranchissable.

Elle savait à présent pourquoi elle ne se souvenait pas de son laboratoire.

— Tout serait donc enfoui au tréfonds de mon esprit ?

— Oui. Quand vous aurez quitté la Russie et serez de retour aux États-Unis, ils pourront probablement faire sauter ce verrou et vous rendre la mémoire. Une chose qui n'est certainement réalisable que dans les locaux de la Milestone, peut-être à l'aide de mots clés stockés dans leurs ordinateurs et auxquels vous seule aurez accès... après avoir été dûment identifiée grâce à vos empreintes digitales. Ce sont de simples suppositions, cela va de soi. Si nous avions su quelles méthodes il convenait d'employer, nous les aurions utilisées. Il n'aurait pas été nécessaire de vous amener ici dans l'espoir de briser ces protections en les soumettant aux coups de boutoir de tous ces chocs psychologiques.

Le paysage qui défilait sur les côtés était moins accidenté qu'à proximité de Willawauk et les arbres plus rares. La lune s'était levée et baignait la contrée de sa clarté spectrale.

Affaissée sur son siège, épuisée et tendue, Susan dévisageait McGee pour y chercher des signes de mensonge. Elle espérait qu'il ne la préparait pas à un autre des « chocs psychologiques » qu'il venait de citer.

— Un tel blocage peut être fondé sur n'importe quelle émotion, l'amour comme la haine, mais la plus efficace est incontestablement la peur, ajoutait-il. C'est ce que la Milestone a utilisé sur vous. *La peur.* Vous redoutez dans votre subconscient de révéler quoi que ce soit de votre travail car ils se sont servis de suggestions hypnotiques et de drogues pour vous persuader que vous connaîtriez une fin atroce si vous en parliez. Contourner une barrière de ce genre est presque toujours irréalisable... surtout quand l'inhibition a été implantée avec tant de soin.

— Mais vous avez trouvé un moyen.

— Pas moi. Le KGB dispose d'une armée de spécialistes des techniques de modification du comportement – lavage de cerveau et le reste – et certains d'entre eux estiment qu'il est possible d'éliminer un tel blocage en confrontant le sujet – vous, en l'occurrence – à une terreur plus grande que celle sur laquelle il repose. Pour la plupart des gens, rien n'est aussi terrifiant que mourir. À quelques exceptions près. Les agents du KGB avaient constitué un important dossier sur votre vie, avant de décider de s'en prendre à vous. Ils ont découvert votre point faible en le consultant. Ils y ont cherché un événement de votre passé qui pourrait être transformé en cauchemar, une chose que vous redouteriez plus encore que la mort.

— L'Antre du Tonnerre, fit-elle. Ernest Harch.

— Oui. C'était la clé de ce programme. Ils vous ont longuement étudiée et ont déterminé que vous étiez extrêmement ordonnée, efficace, cartésienne. Ils savaient que vous aviez horreur de l'irrationnel. C'était pour vous quasi obsessionnel, dans tous les domaines.

— Obsessionnel? Oui, il est possible que je sois un peu maniaque. Ou que je l'aie été.

— Toujours est-il que les agents du KGB ont estimé que le meilleur moyen de vous faire craquer consistait à vous plonger dans un monde cauchemardesque, un milieu où la logique disparaissait progressivement, où les défunts revenaient à la vie et où rien n'était conforme aux apparences. Ils vous ont amenée à Willawauk et ont isolé une aile du centre de recherche comportementale. Ils l'ont transformée en décor pour leurs représentations macabres. Ils voulaient vous briser avec, comme clou du spectacle, ce final dans un Antre du Tonnerre factice. Ils avaient prévu un programme assez chargé : viols et tortures par quatre morts vivants.

Elle secoua la tête, déconcertée.

— Mais... En admettant qu'ils aient réussi, qu'est-ce que ça leur aurait rapporté ? Même si ce verrou psychique avait cédé, je n'aurais pas pu leur fournir d'informations dignes de foi. Qu'espéraient-ils obtenir d'une simple d'esprit balbutiante ou catatonique ?

— La crise n'aurait pas été permanente. Un effondrement de la raison provoqué par une terreur extrême mais brève est relativement facile à soigner. Sitôt après être arrivés au résultat escompté, ils auraient fait sauter le blocage mémoriel en vous promettant de tout interrompre en échange de votre coopération. Ils auraient immédiatement débuté une thérapie destinée à vous ramener vers la santé mentale ou un état assez proche pour vous permettre d'assimiler leurs questions et d'y répondre de façon sensée.

— Un moment ! Attendez une minute. Trouver et réunir ces sosies, écrire le scénario de cette histoire de fous, régler tous les détails et transformer cet hôpital... tout cela a dû prendre énormément de temps. Ils m'ont enlevée il y a quelques semaines... non ?

Comme il se taisait, elle répéta :

— *Non ?*

— Vous êtes en Union soviétique depuis plus d'un an.

— Non. Oh, non ! Non, non, c'est impossible.

— Vous avez passé la majeure partie de cette période dans une cellule de la Lubianka, à vous morfondre. Vous ne pouvez vous en souvenir parce qu'ils ont tout effacé avant de vous amener à Willawauk.

La confusion céda la place à de la colère.

— *Effacé ?*

Elle se redressa sur son siège, les poings serrés.

— Et vous me le dites comme ça ! Effacé. Vous parlez de mon esprit comme si c'était une bande magnétique ! Bon Dieu, on m'enferme un an dans une prison puante et ensuite on efface tout et on recommence, en me faisant vivre ce cauchemar avec Harch et les autres...

La rage l'étouffait, mais elle le croyait. Ou presque. Elle était pratiquement certaine qu'il lui avait dit la vérité.

— Votre exaspération est compréhensible, fit-il en la lorgnant sous le halo du tableau de bord. Cependant, ne vous emportez pas contre moi. Je n'y suis pour rien. Quand je vous ai vue pour la première fois, ils venaient de vous transférer à Willawauk, et j'ai dû ensuite attendre qu'une opportunité de vous tirer de là se présente.

Ils roulèrent en silence, le temps qu'elle se détende.

Ils atteignirent le rivage d'une mer qui brasillait sous le clair de lune et ils prirent au sud sur une route un peu plus fréquentée, même si les rares véhicules qu'ils croisaient étaient pour la plupart des camions.

— Qui diable êtes-vous ? lui demanda-t-elle enfin. Quel est votre rôle dans tout ceci ?

— Pour le comprendre, il faut savoir ce que Willawauk est.

Doutes et confusion revinrent l'assaillir.

— Ils n'ont pas pu construire cette ville en un an. Quoi qu'il en soit, ne venez pas me dire qu'ils ont fait tout ça uniquement pour m'arracher des renseignements sur les travaux effectués à la Milestone.

— Vous avez raison. Willawauk date du milieu du siècle. La reproduction d'une bourgade des USA qui a été depuis constamment complétée et modernisée.

— Mais pourquoi ? Pourquoi ont-ils reconstitué une agglomération des USA en URSS ?

— Willawauk est un centre d'entraînement. C'est ici que de futures taupes apprennent à penser comme des Américains, à *se comporter* comme des Américains.

— Des taupes ?

Il fit déboîter la Chevrolet sur la voie de gauche pour doubler un vieux camion de fabrication soviétique au pot d'échappement pétaradant.

— Chaque année, trois à quatre cents enfants âgés de trois ou quatre ans sont sélectionnés et expédiés à Willawauk. Leurs parents ignorent ce qu'ils deviendront et ne les reverront jamais. Lorsqu'ils arrivent ici, ces gosses sont confiés à des familles adoptives et, dès cet instant, ils suivent deux programmes distincts. Premièrement, ils sont soumis à des séances d'endoctrinement intensif destinées à faire d'eux des communistes fanatiques. Et croyez-moi, je n'emploie pas le terme de fanatiques à la légère. Comparé à la plupart d'entre eux, l'ayatollah Khomeyni évoque un professeur d'Oxford modéré et raisonnable. Ils ont droit tous les matins à deux heures de bourrage de crâne. Plus grave encore, ils écoutent des bandes de propagande subliminales à longueur de nuit, pendant qu'ils dorment.

— Vous me décrivez une armée d'enfants-robots.

— C'est exactement ça. Des enfants-robots, des espions-robots. Et deuxièmement, on leur apprend à vivre comme des Américains, à penser comme des Américains, à *devenir* des Américains... tout au moins en surface. Ils doivent passer pour des patriotes bon teint sans jamais révéler qu'ils soutiennent Moscou corps et âme. On ne parle que l'anglais, à Willawauk. Ces gosses ne connaissent pas un mot de russe. Tous les livres et les films viennent des USA. Les programmes télévisés sont repiqués sur les trois principales chaînes américaines et quelques stations indépendantes – des émissions en tout genre, variétés, sports et bulletins d'information – puis diffusés dans chaque maison de Willawauk en circuit fermé. Ils grandissent dans le même environnement médiatique et le même contexte que s'ils étaient aux States. Finalement, après de nombreuses années de conditionnement, lorsque ce qu'on appelle *l'American Way of life* est bien enraciné en eux, ils sont envoyés outre-Atlantique avec de faux papiers qu'il serait impossible de différencier des vrais. Ils ont alors entre dix-huit et vingt et un ans. Certains vont à l'université avec un cursus scolaire en béton, une histoire familiale à toute épreuve, car ils ont aux États-Unis un réseau de sympathisants toujours prêts à en témoigner. Ils finissent par trouver des emplois dans l'industrie ou l'administration et ils occupent pendant dix, quinze, vingt ans ou plus, des positions de plus en plus importantes. La plupart ne seront jamais contactés par leurs supérieurs et ils vivront et mourront en bons Américains... tout en sachant au fond de leur cœur qu'ils sont de bons Russes. D'autres devront effectuer des actes de sabotage ou des missions d'espionnage. Le KGB fait appel à eux constamment.

— Seigneur, je n'ose penser au prix de revient d'un tel programme ! Les efforts nécessaires pour le mettre en place et le faire fonctionner dépassent l'imagination. Les résultats en valent-ils la peine ?

— C'est ce qu'estiment les Soviétiques, en tout cas. Et je pourrais citer des réussites surprenantes. Des gens originaires de Willawauk ont infiltré l'industrie aérospatiale, l'armée, la marine, l'US Air Force. Ils ne sont pas plus d'une centaine mais bon nombre sont montés en grade au fil des ans et occupent à présent des positions importantes. D'autres travaillent dans les médias, ce qui leur permet de pratiquer la désinformation. Le plus grand succès de cette opération, c'est qu'au moins un sénateur, deux membres du Congrès, un gouverneur et une vingtaine de personnages politiques influents ont été formés à Willawauk.

— Bon Dieu !

L'ampleur du complot lui faisait oublier sa colère et ses peurs.

— Et il est rare que l'un d'eux retourne sa veste et devienne un agent double pour les Américains. Leur conditionnement est trop parfait, ils sont trop fanatisés. Le lieu où vous vous trouviez est un véritable hôpital, bien équipé et plus performant que la plupart des autres services hospitaliers d'URSS, mais c'est également un centre de recherche sur la modification comportementale et le contrôle de l'esprit. Les découvertes qui y ont été réalisées ont permis de faire de ces gosses les espions les plus fidèles et les plus sûrs du monde.

— Et vous ? Quel rôle jouez-vous dans tout ça, McGee ? Si c'est votre nom, évidemment.

— Non. Je m'appelle Dimitri Nicolnikov et je suis né à Kiev, il y a trente-sept ans. Jeff McGee est le nom que j'ai reçu à Willawauk. J'ai été un des premiers cobayes qui ont suivi ce programme. Il venait de débuter et ils n'avaient pas encore décidé d'utiliser des enfants en bas âge. Ils recrutaient des adolescents qu'ils ne soumettaient qu'à trois ou quatre années de conditionnement. Et je suis un de leurs rares agents qui ont retourné leur veste, même s'ils l'ignorent...

— Ils s'en rendront compte en découvrant les cadavres.

— Nous serons loin.

— Vous semblez sûr de vous.

— Il le faut, fit-il avant de lui adresser une ébauche de sourire. Je n'ose pas penser à ce qu'ils nous feront, s'ils nous rattrapent.

Elle percevait de nouveau sa force de caractère exceptionnelle, une des caractéristiques qui l'avaient séduite.

« Est-ce que je l'aime encore ? » se demanda-t-elle.

Oui.

Non.

Peut-être.

— Quel âge aviez-vous, à votre arrivée à Willawauk ?

— Comme je viens de le préciser, ils n'avaient pas décidé de prendre des enfants et de les soumettre à un conditionnement aussi poussé. Je suis resté ici de treize à dix-huit ans.

— Vous avez donc terminé votre formation il y a une vingtaine d'années. Pourquoi ne vous ont-ils pas envoyé aux États-Unis ? Pour quelle raison étiez-vous toujours à Willawauk, quand ils m'y ont transférée ?

Il n'eut pas le temps de répondre que la circulation ralentit. Des feux brillaient à l'arrière des camions qui stoppaient devant eux.

Il écrasa la pédale de frein.

— Que se passe-t-il ? demanda-t-elle, inquiète.

— Le poste de contrôle de Batoumi.

— Autrement dit ?

— C'est là qu'ils vérifient les sauf-conduits. Nous avons pratiquement atteint ce port où nous prendrons un navire pour regagner l'Occident.

— À vous entendre, on pourrait croire que ce n'est pas plus compliqué que partir en vacances.

— Ce sera peut-être aussi simple, si la chance continue de nous sourire.

Les conducteurs avançaient lentement et s'arrêtaient pour présenter divers documents à un soldat qui avait un pistolet-mitrailleur suspendu à l'épaule gauche.

Un garde ouvrait les portes arrière de certains véhicules et braquait le faisceau d'une lampe torche sur leur chargement.

— Que font-ils ?

— Je l'ignore. D'habitude, ils sont moins zélés.

— A-t-on pu leur signaler notre fuite ?

— Non. Ceux de Willawauk ne remarqueront rien avant minuit, ce qui nous laisse une heure. Quoi qu'ils puissent chercher, ça ne doit pas être très sérieux car ils semblent détendus.

Un camion fut autorisé à passer. La file progressa. La Chevrolet était en troisième position.

— Ils espèrent sans doute coincer un type qui fait du marché noir. S'ils en avaient après nous, ils seraient plus nombreux et procéderaient à des fouilles plus méthodiques.

— Nous sommes si importants que ça ?

— C'est certain. Si vous leur échappez, la plus grande opération d'espionnage de tous les temps aura été un fiasco.

Un autre véhicule franchit le barrage.

— Il leur suffisait de déverrouiller ce blocage pour avoir accès à tout ce que vous savez, et faire pencher la situation en faveur des pays de l'Est. Oui, ils tiennent énormément à vous. Et dès qu'ils auront compris que je les ai doublés, ils manifesteront autant d'acharnement à me capturer. Plus, peut-être, étant donné que je suis le seul à pouvoir leur apprendre combien de leurs taupes j'ai balancées.

— Il y en a beaucoup ?

— Toutes, fit-il en souriant.

Puis ils arrivèrent à la hauteur du poste de contrôle et il abaissa la glace pour tendre des documents au militaire qui les regarda pour la forme et les lui rendit aussitôt.

McGee remercia l'homme qui reportait son attention sur le camion suivant. Ils repartirent en direction de Batoumi et McGee remonta la vitre.

— Marché noir, j'avais vu juste, dit-il.

Ils atteignaient les faubourgs du petit port, quand Susan lui demanda :

— Si vous avez quitté Willawauk à dix-huit ans, pourquoi n'êtes-vous pas allé aux USA ?

— J'y ai vécu. C'est là-bas que j'ai fait ma médecine et que je me suis spécialisé dans l'étude du comportement. Mais, le temps que je décroche un emploi correspondant à mes qualifications et en rapport avec la défense, je n'étais déjà plus un communiste bon teint. Comme je l'ai précisé, ils ne prenaient pas encore des mômes de trois ou quatre ans. Nous étions presque des adolescents. J'avais passé mon enfance en Russie, quand mon endoctrinement a commencé, et j'ai pu établir des comparaisons. Je n'ai pas hésité longtemps. Un amour immodéré de la liberté m'a incité à m'adresser au FBI, pour parler de moi et tout ce que je savais sur Willawauk. Les deux premières années, ils m'ont utilisé pour refiler des informations bidon qui permettaient de contrecarrer les projets des Soviétiques. Puis, il y a cinq ans, ils ont décidé que je devais regagner l'URSS en tant qu'agent double. J'ai été « arrêté » et j'ai eu droit à un grand procès au cours duquel j'ai refusé de dire un seul mot. Les journalistes m'ont d'ailleurs baptisé « l'espion muet ».

— Seigneur, je m'en souviens ! Cette histoire a fait du bruit.

— Ils ont dit que j'avais été pris la main dans le sac pendant que je transmettais des renseignements top secret et que je n'avais pas révélé pour qui je travaillais. Il était facile de le deviner, mais ceux du KGB ont apprécié mon petit numéro.

— C'était le but recherché.

— Évidemment. Si la sentence a été très lourde, je suis resté moins d'un mois en prison. On m'a échangé contre un agent américain capturé par les Russes. À Moscou, j'ai été accueilli en héros parce que je n'avais parlé ni de Willawauk ni du réseau implanté aux USA. N'oubliez pas que j'étais le célèbre « espion muet ». Finalement, ils m'ont réexpédié là d'où je venais, comme la CIA l'avait espéré.

— Et, depuis, vous avez envoyé des renseignements dans l'autre sens, vers les States.

— Oui, j'ai deux contacts à Batoumi. Des pêcheurs qui travaillent pour le gouvernement. Leurs activités ne sont guère lucratives mais elles leur permettent d'être propriétaires de leur navire. Des Géorgiens, naturellement. Ceux qui portent les autorités de Moscou dans leur cœur sont rares. Je leur remets des informations qu'ils transmettent à des Turcs lorsqu'ils sont au large, au milieu de la mer Noire. Nous allons suivre la même filière que des documents top secret. Si rien ne va de travers, évidemment...

Le port était étroitement surveillé. Pour atteindre les bateaux, y compris ceux de pêche, il fallait se soumettre à un contrôle. Il y avait des accès réservés aux camions transportant du fret, d'autres aux véhicules de l'armée et particuliers, et d'autres encore aux piétons. Ils se dirigèrent vers une de ces portes.

Les docks étaient mal éclairés et l'obscurité régnait de partout, hormis autour des postes de garde qui étaient illuminés comme en plein jour par des batteries de projecteurs. Deux soldats équipés de kalachnikovs étaient plongés dans une conversation animée, inaudible de l'extérieur de leur abri, et semblaient peu désireux d'affronter la froidure pour procéder à une inspection dans les règles. McGee fit glisser par le guichet ses papiers et les faux documents de Susan. Le plus âgé des militaires leur jeta un coup d'œil rapide et les rendit sans interrompre le flot de paroles qu'il adressait à son compatriote.

Ils pressèrent un bouton et la barrière couronnée de fil de fer barbelé bascula. Elle se referma dès que Susan et McGee eurent pénétré dans le port.

Ils se tenaient par le bras et avançaient dans la pénombre, en direction d'un alignement de hangars qui leur dissimulaient les bassins.

— Et maintenant ? s'enquit-elle.

— Nous devons aller jusqu'au quai des pêcheurs et chercher un bateau, le *Filet d'or*.

— Ça semble facile !

— Un peu trop.

Il lorgna par-dessus son épaule le poste qu'ils venaient de franchir, visiblement inquiet.

Leonid Golodkin était le commandant de ce chalutier de cent pieds dans lequel avait été aménagée une grande chambre froide. C'était un marin rougeaud, aux traits taillés à la serpe et aux mains démesurées.

Appelé par un homme d'équipage, il gagna la passerelle d'embarquement et vit le couple qui se dressait sous la clarté jaunâtre d'un réverbère. Il fronça les sourcils et entama une conversation rapide avec McGee.

Si Susan ne comprenait pas le russe, elle n'avait aucune difficulté à interpréter la réaction du capitaine. Il était à fois irrité et terrifié.

Lorsque McGee avait des documents à lui confier afin qu'il les remette aux Turcs en haute mer, un individu qui vendait de la vodka au marché noir servait d'intermédiaire. Golodkin avait rarement rencontré McGee, qui n'était jamais venu jusqu'à son navire avant cette nuit-là.

Il scrutait les quais avec nervosité, semblant s'attendre à y voir des fureteurs, des agents de la police secrète. Elle crut un long moment qu'il refuserait de les laisser embarquer mais il finit par ouvrir une section de bastingage au sommet de la passerelle et leur faire signe de la gravir rapidement. À présent qu'il avait accepté de les prendre à bord, il était impatient de les soustraire aux regards.

Ils traversèrent le pont arrière en direction d'un escalier métallique en hélice qu'ils descendirent. Ils le suivirent dans une coursive obscure, froide et humide, et Susan se demanda si elle se retrouverait un jour en un lieu qui ne lui inspirait pas de l'angoisse.

La cabine du capitaine se situait à l'extrémité du passage et elle s'y sentit encore plus mal à l'aise, bien qu'elle fût chauffée et brillamment éclairée par trois lampes. Il y avait un bureau – sur lequel était posé un verre à moitié plein d'un breuvage ambré – une bibliothèque aux portes vitrées, un bar et quatre chaises. Un rideau les isolait d'une alcôve qui devait abriter la couchette de Golodkin.

Il leur désigna deux sièges, et ils s'assirent.

McGee inclina la tête vers l'alcool.

— Ça vous tente ?

Elle frissonnait, et penser à un remontant la ragaillardissait déjà.

— Oh oui, volontiers !

McGee demanda en russe du cognac au capitaine. Ce dernier n'eut pas le temps de répondre qu'un bruissement attira leur attention sur le rideau. Il s'écarta sitôt après... sur le Dr Léon Viteski qui s'avançait en souriant dans la cabine, armé d'un pistolet muni d'un silencieux.

La déception eut un violent impact sur Susan. Furieuse qu'on l'eût une fois de plus trahie et manipulée, elle foudroya McGee du regard en se reprochant de lui avoir accordé sa confiance.

Mais il semblait aussi surpris qu'elle. Dès qu'il vit Viteski, il se pencha pour se lever et plongea la main dans sa poche pour saisir son arme.

Golodkin l'empêcha de s'en servir et la lui subtilisa.

— Leonid, fit McGee sur un ton accusateur.

Puis il ajouta quelque chose qu'elle ne put comprendre.

— Pardonnez-lui, intervint Viteski, en anglais. Nous ne lui avons pas laissé le choix. Maintenant, veuillez vous rasseoir.

McGee hésita et finit par obéir. Il se tourna vers Susan et lut ses doutes dans ses yeux.

— Je ne savais pas.

Elle eût aimé pouvoir le croire. Il était blême et paraissait effrayé. Il avait tout d'un homme confronté à une mort imminente. *« Mais c'est un excellent acteur »,* se rappela-t-elle. Il lui avait joué la comédie des jours durant et peut-être continuait-il.

Viteski fit le tour du bureau pour prendre place dans le fauteuil du capitaine.

Golodkin s'était posté à côté de la porte et son expression était indéchiffrable.

— Nous avons découvert la vérité à votre sujet il y a deux ans et demi, annonça Viteski à McGee.

Ce dernier rougit, et son embarras ne semblait pas contrefait.

— Nous avons établi sitôt après que votre contact était Leonid et nous avons su le convaincre de travailler pour nous.

McGee fixa Golodkin, qui baissa la tête.

— Leonid ?

Le marin haussa les épaules et lui répondit en russe.

— Il n'a pas eu le choix, répéta Viteski. Nous avions un excellent moyen de pression. Sa famille, évidemment. Devenir un agent double ne lui plaisait guère, mais nous le tenions. Il nous a été très utile et je suis persuadé qu'il nous permettra de démasquer d'autres espions.

— Dois-je en conclure que tous les documents que je lui ai confiés depuis plus de deux ans...

— Ils nous ont été immédiatement remis. Nous les avons censurés et nous y avons inséré des données destinées à tromper la CIA. Après quoi, nous les avons rendus à Leonid qui les a transmis alors aux Turcs.

— Merde.

En riant, Viteski prit le verre de cognac et en but une gorgée.

Susan les étudiait en sentant croître son malaise. Elle commençait à croire que ce n'était pas une nouvelle comédie, que McGee avait vraiment eu l'intention de lui faire quitter ce pays et été trahi. Ce qui signifiait qu'ils venaient de perdre leur unique chance de recouvrer leur liberté.

— Si vous saviez que je voulais sauver Susan, pourquoi n'êtes-vous pas intervenus avant que je la fasse sortir de cet Antre du Tonnerre bidon et que je lui révèle la vérité ?

Viteski but encore.

— Nous avions compris que nos efforts étaient inutiles, qu'il serait impossible de faire sauter son blocage. Vous avez pu constater qu'elle ne réagissait pas comme prévu.

— Vous m'avez rendue à moitié folle, dit-elle.

Viteski se tourna vers elle.

— Oui. *À moitié.* Et je crois que vous en seriez restée là. Vous n'auriez pas craqué. Vous avez trop de force de caractère pour ça, ma chère. Peut-être auriez-vous sombré dans la catatonie, mais certainement pas dans la démence. C'est pour cette raison que nous avons décidé de passer à la solution de rechange.

— Quelle solution ? s'enquit McGee.

Viteski regarda Leonid Golodkin et s'adressa à lui en russe.

Le pêcheur hocha la tête et les laissa.

— Que vouliez-vous dire ? insista McGee.

Viteski récupéra son verre, sans répondre.

— Qu'y a-t-il ? demanda Susan à McGee.

— J'aimerais le savoir.

Il lui tendit sa main, qu'elle prit après une brève hésitation. Son sourire était peu convaincant, altéré par l'angoisse.

— Ce cognac est excellent, déclara Viteski. Contrebande, je présume. On ne trouve rien de comparable sur le marché officiel... sauf quand on a accès aux magasins des pontes du Parti. Il faudra que Golodkin m'indique le nom de son fournisseur.

La porte s'ouvrit et le capitaine entra en compagnie d'un couple.

Un des nouveaux venus était Jeffrey McGee.

L'autre Susan Thorton.

Deux sosies de plus.

Même leurs tenues vestimentaires étaient identiques.

Susan eut l'impression que son sang se figeait dans ses veines, lorsqu'elle les vit.

Son double lui sourit. Leur ressemblance était surnaturelle.

Livide, McGee foudroya Viteski du regard.

— C'est quoi, ça ?

— La solution de rechange. Nous les gardions en réserve depuis longtemps. Nous ne vous avons naturellement rien dit.

La Susan factice s'adressa à la réelle :

— Vous voir en chair et en os est fascinant.

— On croirait m'entendre ! s'exclama Susan, sous le choc.

— Nous avons étudié des enregistrements de vos voix pendant près d'un an, précisa le faux McGee.

Qui parlait lui aussi comme l'original.

Viteski sourit aux *doppelgängers,* et sa fierté était celle d'un père. Puis il se tourna vers le McGee authentique.

— Une fois en haute mer, nous vous éliminerons et vous jetterons par-dessus bord. Vos sosies se rendront aux USA à votre place et *notre* Susan ira travailler à la Milestone.

Ce fut à l'attention de Susan qu'il ajouta :

— Tout aurait été plus simple et rapide si nous avions pu briser votre conditionnement, mais elle nous apprendra ce qui nous intéresse. Ce sera seulement un peu plus long. Dans un an, nous saurons tout ce que vous auriez pu nous dire. Et, s'il est possible de faire durer cette petite ruse, nous obtiendrons plus de renseignements que vous n'auriez pu en fournir.

Il se tourna vers Jeff.

— Quant à votre double, il se substituera à vous auprès des services secrets américains, peut-être dans leur centre de recherche sur le contrôle comportemental. Ce qui nous fera une autre taupe bien placée.

— C'est voué à l'échec, rétorqua McGee. Je reconnais que vos chirurgiens ont fait du bon boulot, mais ils n'ont pas pu modifier leurs empreintes digitales.

— Celles des personnes habilitées à accéder aux secrets d'État sont stockées dans un ordinateur du ministère de la Défense auquel nous avons accès. Nous n'aurons qu'à remplacer vos fichiers par les leurs. Depuis que tout repose sur l'informatique, les individus comptent moins que les données qui les concernent.

— Ça devrait marcher, admit Susan.

Elle les voyait déjà balancer leurs cadavres par-dessus bord, dans les flots glaciaux de la mer Noire.

— Bien sûr, fit gaiement Viteski. D'ailleurs, nous les aurions envoyés aux États-Unis même si vous aviez craqué et révélé tout ce que nous voulions savoir.

Il vida son verre, poussa un soupir de satisfaction et se leva. Il serrait toujours son arme.

— Capitaine, attachez leurs poignets pendant que je vous couvre.

Golodkin tenait une corde. Il les fit se lever et exécuta les instructions de Viteski.

— Maintenant, enfermez-les en lieu sûr, ajouta ce dernier avant de s'adresser aux captifs. Vos jumeaux iront vous rendre visite un peu plus tard. Ils ont quelques questions à vous poser sur vos habitudes, afin de parfaire leurs imitations. Je vous conseille de dire la vérité, car nous connaissons déjà certaines réponses, ce qui nous permettra de nous assurer de votre sincérité. Si vous les menez en bateau, ils vous débiteront en morceaux jusqu'à ce que vous ayez compris qu'il est dans votre intérêt de coopérer.

Susan regarda le second McGee. S'il souriait, son expression était menaçante. Il ressemblait en tout point à Jeff, à une exception près : il ne possédait pas sa compassion ni sa sensibilité. Il n'hésiterait pas à les torturer, à les mutiler, pour parvenir à ses fins.

Elle frissonna.

— Quant à moi, je vous fais mes adieux, déclara Viteski. Je vais débarquer avant que le navire ne lève l'ancre. Bon voyage !

Golodkin poussa les deux prisonniers dans la coursive. Viteski resta dans la cabine avec les doubles. Sans dire un mot, refusant de répondre aux questions de McGee, le capitaine les fit descendre vers les cales du chalutier qui empestaient le poisson.

Il les enferma dans un petit compartiment de stockage du bas de l'escalier, un réduit d'à peine quatre mètres de côté. Des rouleaux de cordage étaient accrochés aux parois. Des aussières de diamètre plus important étaient enroulées sur le sol. Il y avait également des gaffes et des grappins, des moufles de diverses dimensions et des caisses contenant des pièces de rechange pour les moteurs.

Golodkin les fit asseoir sur le pont, qui était glacé. Il attacha leurs chevilles puis s'assura que les liens de leurs poignets étaient bien serrés. En sortant, il éteignit la lumière et referma la porte, les laissant dans une obscurité totale.

— J'ai peur, murmura Susan.

McGee ne dit rien.

Elle l'entendait se démener, se contorsionner.

— Jeff ?

Il grogna. Il se colletait à quelque chose et sa respiration était bruyante en raison de ses efforts.

— Qu'est-ce que vous... Qu'est-ce que tu fais ?

— Chut !

Un instant plus tard, elle sentit des contacts sur sa peau et faillit crier de surprise avant de comprendre que c'était lui. Il s'était libéré et cherchait ses poignets à tâtons.

Tout en dénouant la corde qui les attachait, il se pencha pour lui chuchoter :

— Je doute qu'ils nous écoutent, mais mieux vaut être prudents. Au lieu de resserrer mes liens, Golodkin les a détendus.

Sitôt qu'elle recouvra l'usage de ses mains, Susan massa ses avant-bras endoloris et lui demanda, également à l'oreille :

— Que va-t-il tenter?

— Rien de plus. Il a déjà pris d'énormes risques. Nous ne pouvons compter que sur nous-mêmes, et nous ne bénéficierons pas d'une seconde chance.

Il s'écarta pendant qu'elle se levait et chercha un moment dans l'obscurité avant de trouver l'interrupteur et faire la lumière.

Elle comprit ses intentions et l'appréhension la fit frissonner.

Comme elle s'en était doutée, il se dirigea vers les gaffes suspendues à la paroi et en décrocha deux. La clarté du plafonnier qui se reflétait sur leurs crochets révélait qu'ils étaient aussi tranchants que des lames de rasoir.

Elle prit celle qu'il lui tendait mais murmura :

— Je ne pourrai pas m'en servir.

— Il le faudra.

— Oh, mon Dieu...

— C'est eux ou nous.

Elle hocha la tête.

— Tu y parviendras, crois-moi. Et si la chance veut nous sourire, ce sera facile. Ils ne s'y attendent pas. Golodkin n'a pas dû leur dire qu'il nous a enfermés dans un arsenal.

Elle le regarda pendant qu'il choisissait les emplacements d'où ils lanceraient leur attaque, puis elle alla se poster au point qu'il lui indiquait.

Il éteignit.

Et les ténèbres lui parurent encore plus profondes.

McGee entendit un son très léger, un bruissement à peine audible au sein de l'obscurité. Il se raidit et inclina le cou pour écouter. Lorsqu'il en identifia l'origine, il se détendit et s'adressa à mi-voix à Susan :

— Ce n'est qu'un rat.

Elle ne fit aucun commentaire.

— Susan ?

— Ça va, murmura-t-elle sans bouger. Je n'ai pas peur de ces bestioles.

Il dut sourire, en dépit de leur situation précaire.

Les secondes s'écoulaient très lentement.

Puis le pont du *Filet d'or* se mit à vibrer. Les moteurs tournaient. Un peu plus tard, des cloches tintèrent. Les tremblements du plancher changèrent de nature quand les hélices du chalutier commencèrent enfin à brasser les flots.

Une autre longue attente.

Ils avaient appareillé depuis dix bonnes minutes, peut-être un quart d'heure. Sans doute étaient-ils sortis du port de Batoumi, lorsqu'ils entendirent des bruits à l'extérieur.

McGee banda ses muscles et leva sa gaffe.

La porte s'ouvrit vers l'intérieur et la lumière de la coursive éclaira le réduit. Les doubles entrèrent, la femme en premier.

McGee s'était placé sur la gauche, derrière le battant. Il s'avança et plongea le crochet dans le ventre de son jumeau qui abaissait l'interrupteur. Écœuré par le sang qui giclait mais fermement résolu, il fit tourner la perche dans les entrailles de son sosie qui s'effondra à ses pieds en s'agitant faiblement, comme un poisson. La stupeur et la souffrance l'empêchaient de hurler.

La fausse Susan était armée du pistolet équipé d'un silencieux que Viteski avait brandi dans la cabine du capitaine. Elle recula de surprise puis tira sur McGee, presque sans bruit.

La balle le rata.

Elle tira encore.

Il sentit le projectile traverser sa manche, mais il était indemne.

Susan émergea de derrière une pile de caisses et abattit sa gaffe vers son double.

Le crochet se planta dans le cou de sa jumelle, qui écarquilla les yeux et lâcha son arme.

McGee était bouleversé. Il savait que ce n'était pas la véritable Susan mais il ne supportait pas de voir le croc métallique transpercer sa gorge, le sang couler entre ses lèvres...

Elle tomba à genoux et bascula sur le flanc, la bouche ouverte sur un cri qui ne sortirait jamais.

McGee se tourna vers sa copie conforme qui appliquait ses mains sur son ventre déchiqueté, pour retenir ses intestins. La souffrance déformait ses traits, quand l'étincelle de la vie quitta enfin ses yeux.

« J'ai l'impression d'avoir assisté à ma propre mort », pensa-t-il sans pouvoir détacher le regard de ce visage qui était le sien.

Il était glacé et vide.

Il n'avait à aucun moment hésité à éliminer un adversaire lorsque c'était indispensable, mais tuer lui avait toujours inspiré une profonde répugnance. Il estimait à présent qu'il en serait à l'avenir incapable, quelles qu'en soient les conséquences.

Susan alla se réfugier dans un angle du réduit, prit appui contre la cloison et eut des haut-le-cœur.

McGee referma la porte.

Plus tard, dans la cabine de leurs doubles, Susan s'assit sur la couchette inférieure et demanda :

— Golodkin sait-il qui nous sommes ?

Debout près du hublot et le regard rivé sur la mer obscure, McGee lui répondit :

— Bien sûr.

— Comment peux-tu en être certain ?

— Il ne t'a pas adressé la parole... Il est conscient que tu ne connais pas le russe.

— Nous allons donc rentrer aux States et fournir des renseignements bidon aux Soviétiques, qui ne mettront pas leur authenticité en doute parce qu'ils croiront que ce sont nos sosies qui les leur expédient.

— Oui. À condition de découvrir quelles filières ils étaient censés utiliser.

Ils n'ajoutèrent rien. McGee s'était plongé dans la contemplation des flots que lui dissimulait la nuit.

Susan regardait ses mains, y cherchant des traces de sang qui ne seraient pas parties au lavage. Finalement, elle demanda :

— C'est la bouteille de cognac que Golodkin nous a laissée ?

— Oui.

— J'en prendrais volontiers un verre.

— Je vais t'en servir un double.

En mer, peu après l'aube.

Susan s'éveilla, la bouche ouverte sur un hurlement. Elle hoquetait, étouffait.

McGee fit la lumière.

Pendant un instant, elle ne put se rappeler où elle se trouvait. Puis elle s'en souvint.

Mais elle était toujours haletante, incapable de recouvrer une respiration normale. Son rêve semblait se poursuivre, un songe qui aurait pu correspondre à la réalité, estimait-elle.

McGee venait de sauter de la couchette supérieure. Il s'agenouilla près d'elle.

— Tout va bien, Susan. C'est fini. Nous sommes en haute mer. Nous avons réussi.

— Non.

— Que veux-tu dire ?

— L'équipage.

— Qu'est-ce qui t'inquiète ?
— Harch, Quince, Jellicoe et Parker. Ils sont ici !
— Non, non, tu as fait un cauchemar.
— *Ils sont ici !* répéta-t-elle, prise de panique.
— Leur comédie est terminée, lui affirma-t-il avec patience. Ça ne risque pas de recommencer.
— *Ils sont ici, merde !*
Afin de la calmer, il lui fit parcourir la totalité du navire, visiter chaque compartiment et voir chaque marin. C'était pour lui le seul moyen de lui démontrer que Harch et ses complices n'avaient pas embarqué à bord du *Filet d'or*.

Ils prirent leur petit déjeuner dans leur cabine, afin de pouvoir parler librement sans confirmer à Golodkin que Susan ne connaissait pas un mot de russe.
— Comment ont-ils trouvé les sosies des membres de cette confrérie ? voulut-elle savoir.
— Des agents soviétiques implantés aux États-Unis se sont procuré leurs photos dans des journaux de l'époque et les archives du collège. Des hommes du KGB ont cherché en URSS des individus qui leur ressemblaient, même vaguement, puis la chirurgie esthétique et le maquillage ont fait le reste.
— Les yeux de Harch...
— Lentilles de contact.
— Comme dans un film.
— Quoi ?
— Effets spéciaux.
— Oui, je pense qu'ils valaient ceux d'Hollywood.
— Et la tête de Jerry ?
— Un petit chef-d'œuvre de laideur et de réalisme, pas vrai ?
Elle se remit à trembler.
— Eh, calme-toi, calme-toi !
Elle ne pouvait se détendre.

Il la prit dans ses bras.

Elle fut soulagée sitôt après leur transbordement sur le bateau turc.

Leur cabine était plus confortable et propre, la nourriture meilleure.

Ils déjeunaient de viande froide et de fromage, lorsqu'elle lui dit :

— Pour que tu n'aies pas hésité à sacrifier ta couverture afin de me sauver, je dois avoir énormément d'importance aux yeux des Américains.

Il ne répondit pas immédiatement.

— À vrai dire... Ce n'est pas ce qu'ils avaient prévu.

— Quoi ?

— Je n'étais pas censé te tirer de là.

Elle ne comprenait pas.

— J'avais pour instructions de t'éliminer avant que ceux de Willawauk ne te fassent parler. Une petite bulle d'air dans une seringue et... *boum,* embolie cérébrale ! Ou autre chose du même genre, un truc qui ne risquait pas d'éveiller leurs soupçons. C'était la seule solution pour que je puisse rester à Willawauk tout en les empêchant de faire sauter le blocage.

Elle était livide et avait perdu tout appétit.

— Pourquoi n'as-tu pas exécuté ces ordres ?

— Parce que j'ai succombé à ton charme.

Elle le fixa en cillant.

— Ton conditionnement a duré des semaines et, pendant que nous te préparions sous hypnose à te rendre au bureau du shérif puis chez les Shipstat, ta force de caractère m'a fortement impressionné. Il n'était pas facile de te manipuler. Tu avais... du cran.

— C'est donc mon cran qui t'a séduit ?

Il sourit.

— En quelque sorte.

— Et tu n'as pas pu me tuer ?